N&K

VERENA WYSS

Verdecktes Spiel

Roman

NAGEL & KIMCHE

Dieses Buch wurde gemäß den neuen Rechtschreibregeln gesetzt.

Umschlag von Urs Stuber
unter Verwendung eines Gemäldes von John Nava.
Gesetzt in Baskerville antiqua bei Tau Type
ISBN 3-312-00230-3

Maxie

Rau klingende Worte des Kinderreims, den Axel der Sechsjährigen auf die Hand trommelte. Gut fünfundzwanzig Jahre ist es her:

Es brummt der Bär, wo kommt er her, er kommt vom Bärengraben her, was will der Bär, so zottlig schwer, er brummt, mein Bauch ist leer.

Liebkosend, neckend, immer höher den weichen Kinderarm hinauf:

Der Bär, er tanzet hin und her, ein schwerer, schwarzer Zottelbär, er tanzt die lange Straß hinauf bis zu Maxies Haus.

Bedrohlich immer näher am Hals, das Wichtigste war der heftige, nasse Kuss, zum Abschluss hinter das Ohr geschmatzt, das Geknutsche, Gequietsche und gemeinsame Gelächter nach der Spannung. Vaters Geruch nach Mecarillos.

Mit einem Staccato trommelt Maxie den vertrauten Rhythmus mit den Fingerkuppen auf das Holzgeländer.

Tot, natürlich ist Vater seit einer Ewigkeit tot, sie ist erwachsen, sie trommelt. Axels Wunschtochter, er wäre stolz auf sie, das weiß sie. Sie hat sich für seinen Beruf entschieden, ist keine Anfängerin mehr, schon Nachrichtenmoderatorin. Wie Axel wird sie freie Fernsehjournalistin sein.

Wer sagt, dass du dich bewegen musst, um zu dir zu kommen. Wer sagt, dass du irren und kämpfen und dich durchsetzen musst, um zu leben – du bist eine Frau.

Roberts Worte. Sie steht auf der winzigen Dachterrasse, trommelt den Rhythmus aufs Holzgeländer der Balkonbrüstung, blickt über die mattschimmernden Dächer auf die vor dem gefärbten Abendhimmel scharf gezeichnete Silhouette der Stadt.

Einfach so da zu sein, erleuchtete Fenstervierecke zu sehen, hinter den meisten bläuliches Fernsehlicht, von andern Terrassen und Balkonen Stimmen, Lachen zu hören, untermalt vom dumpfen Vibrieren des Verkehrs. Noch ist es heiß, auch hier der schwache Geruch nach Dieselöl, ab und zu der Hauch eines leichten Windes. Die Hektik des vergangenen Tags wegzutrommeln, den rhythmisch pochenden Fingern zuzusehen, raschelnde, wippende Blütenrispen eines fremdartigen Baums, liebkosende Hände eines Mannes.

Eines Mannes, der jetzt bei ihr wäre, mit dem sie reden könnte, mit dem Liebe schön wäre, der nicht meinte, weil sie eine Frau ist, wäre sie Ersatzmutter, Gratis-Haushälterin, ein Besen, bei Bedarf hervorzunehmen und wieder wegzustellen.

Robert, der in Alaska auf Bärenjagd ist, wie sie sein Forschungsprojekt spöttisch nennt, der sich in der Rolle des Abenteurers und Eroberers gefällt; sie hätte seine andere Hälfte zu sein, der ruhende Pol, die wahre Liebe, dass ich nicht lache.

Natürlich gehört Liebe und Sex zum Leben, zum Spin. Doch wenn das alles sein soll, in einer Beziehung … sie trommelt, sie ist nicht mehr zwanzig, es ist ihr zu wenig.

Ein erster Stern flirrt am mauvefarbenen Himmel, oder ist es ein Satellit?

Über der Horizontlinie des nahen Hügels das vertraute rote Blinken, das Positionslicht des Sendeturms, Teil ihres Lebens. Von dort wird allabendlich um halb acht die «Tagesschau» des Zweiten Nationalen Fernsehens in den Äther geschickt, «ihre» Kurznachrichten, die sie meist auch spricht – ihr Turm, ihr Licht.

Maxie trommelt. Tag für Tag Konferenzen, Attentate, Kriege, das Zählen der Opfer. Das Entsetzen des Bürgerkriegs hier, die Ungeheuerlichkeit der großen Zahl dort, weiter weg die saloppe Brutalität eines schnellen Militäreinsatzes. Willkür, Grausamkeit auf der einen, Ohnmacht, Leiden, Schmerzen auf der anderen Seite, und hinter jeder einzelnen Ziffer der Opferzahlen ein Mensch – aufgetaucht für den Bruchteil einer Sekunde in den Abendnachrichten und rasch wieder zugedeckt. Sie besänftigt nach Vorschrift, übergeht, verharmlost, pro Gräuel eine positive Meldung, zum Wohl des Zuschauers, der am verdienten Feierabend nicht erschrecken soll.

Auch heute hat sie die Sequenz über die gefolterten Kinder eigenhändig weggeschnitten: zu unerträglich, zu plakativ. Sie sieht die Kindergesichter vor sich, ihr Magen krampft sich zusammen.

Der erträumte Held, samt Superausrüstung und Trapperromantik, entschwindet hinter dem rötlich verglühenden Horizont. Sie pfeift auf Helden, die nicht da sind, wenn ein Mensch gefragt wäre.

Sie trommelt, zornig, dass Roberts Vorstellungen und Verhalten diesem Schwarzweißraster entsprechen, auf das sie sich in ihrer Arbeit festlegen lässt. Dass die Farbfilme eine Illusion von Wirklichkeit erzeugen, Manipulation der Gefühle statt Leben.

Skelettierte Fakten, nackte Worte, sie zeichnet verantwortlich, ein zynisches Lächeln, spuck drauf! Die Fernsehzuschauer starren auf das Bild ihres Gesichts, auf die Lippen, die Bluse, den Kragen des Jacketts, die Ohrringe. Sie machen sich Gedanken über die dunklen Ringe unter ihren Augen, die vom Wachsein kommen, vom Überwachsein, vom viel zu genauen Hinsehen. Sie schließen daraus auf ein Lotterleben.

Die Publikumsgunst gilt dem ausführlichen Bericht über die Wanderbewegung der nordamerikanischen Schwarzbären.

Ihre Nachrichten hingegen sind nichts für die Zuschauer, nichts für Stefan, Tom oder Cecile aus dem Studio, nichts für Tiziano und nichts für von Tavel, den Leiter des Senders; gäbe es wirklich niemanden, der sie hören wollte, so spräche sie sie eben für sich selber. Doch heute, da sie gute Arbeit geleistet hat, da sie auf der Beliebtheitsskala als Moderatorin sicher gestiegen ist, da konnte sie nach dem Abschminken dem eigenen Blick aus dem Spiegel nicht standhalten – weggeschnitten. Nein, es geht ihr nicht immer gleich nahe.

Ein flüchtiger Gedanke an Vater. Lebte Axel noch, riefe er an. Robert hingegen hat zwar sein Handy dabei, doch das ist nur für äußerste Notfälle gedacht, sozusagen versiegelt, ein Hauch von Robinson umgibt ihn, diesen verspäteten Pfadfinder. Als er es ihr zu erklären versuchte, hat sie es lächerlich gefunden: Telefone seien dazu da, benutzt zu werden, den Bären sei es gleich, ob er sie anriefe, diese Expeditionen seien nur eine Verschleuderung von Steuergeldern, unternommen, damit er im nächsten Wintersemester, stolz vor dem Auditorium hin- und herwandelnd, vom Brunstverhalten der Bären faseln könne.

Birgit wird morgen Mittag anrufen, sie hat es versprochen, als zuverlässige Mutter wird sie sich daran halten. Mutters Wohnung, die Maxie vorübergehend wieder mitbenutzt, wirkt ohne sie etwas leer. Doch erstens liegt sie näher beim Studio, und zudem fühlt sich Maxie unfrei in Roberts Maisonette, gerade weil er weg ist, so als wartete sie auf ihn, als wäre alles entschieden, eine unausweichliche Partnerschaft.

Maxie schläft unruhig in dieser Nacht zum Donnerstag, es liegt an der Hitze. Und sie hat zu lange nicht allein gelebt. Ihr früheres Kinderzimmer ist heute Birgits Arbeits- und Gästezimmer. Es wirkt unbewohnt, kaum verändert, und es ist, als kehrte mit der vertrauten Umgebung die Erinnerung an die Kindheit, an Axel zurück.

Nachts um zwei wandert Maxie umher, wärmt sich ein Glas Milch auf, findet das Honigtöpfchen im Küchenschrank oben links, wo es schon immer stand, trinkt Honigmilch, wartet darauf, dass es sie entspannt, setzt sich, in Birgits kirschroten wattierten Bademantel gewickelt, auf den wackligen Bistrostuhl vor den leeren Kamin, betrachtet den Patchwork-Wandbehang. Birgit hat ihn genäht, als Maxie klein war, als Axel noch lebte oder vielleicht kurz nach seinem Tod. Er stellt die grellweiße siebenhüglige Stadt dar, in deren Nähe sie damals gewohnt haben, in einem flachen Bungalow. Schmale eierschalenfarbene und schieferweiße Stoffstreifen sind die Häuser, weißgrüne und weißblaue Seidenstreifen das Meer, mit weißen schäumenden Wellenkränzen. Es braucht Birgits Erklärungen, um vorne das weiße Reittier zu erkennen, seine Nüstern, oder waren die Augen gemeint, und dass die Palmen, die vielleicht Akazien sind mit Blütentrauben, ebenfalls weiß schimmern, die Ziegen, eine Schlange und die Menschen im Weiß verloren, silberweiß, puderweiß, sandweiß, staubweiß, viel Silber und

Gold für das Licht, das alles beherrscht, ein Licht, das du daheim nie so siehst. Maxie erinnert sich, wie sie sich als Kind gefragt hat, ob Birgit Farben erkenne, ob die Pflanzen dort nicht grün seien wie anderswo, ob dieses Weiß sie daran hindere, Grün schön zu finden oder Rot. Weiß wie Birgits monotone Stimme. Später hat sie gewusst, weiß wie der Tod. Es war ein Gebetsteppich für Axel. Maxie lächelt, all die Erinnerungsstücke, die hier hängen. Gut, dass sie sich abgenabelt hat. Birgit hat ihren Beruf erst nach Maxies Auszug wieder aufgenommen. Seit ein paar Jahren wirkt sie munterer. Sie treffen einander selten, zu Weihnachten, um Ostern, im Sommer. Gut, dass es ist, wie es ist.

Immer noch steht die plumpe kleine Steinfigur auf dem Kaminsims, dumpfschwarzer Marmor, früher lag daneben der schmale Dolch in der silbergefassten Lederscheide mit den eingeprägten Pferdeköpfen. Axel hat beides von einer seiner letzten Exkursionen ins Hinterland zurückgebracht, hat das Figürchen schwarze Madonna genannt, meine schwarze Muttergöttin, und Birgit dabei angesehen. Maxie erinnert sich an Axels weiße Zähne im gebräunten Gesicht, daran, dass sie gedacht hat, Birgit sei doch hellhaarig und weißhäutig, wie könne er sie da mit dem schwarzen Figürchen vergleichen. Deswegen hat sie es nicht vergessen.

Als sie vor zwanzig Jahren dieses Appartement bezogen, Birgit und sie, hat Birgit Dolch und Marmorfigur auf den Sims gelegt.

Ab und zu, an Weihnachten, Ostern, an Axels Geburtstag und an seinem Todestag hat Birgit eine Kerze daneben gestellt und sie angezündet. Damals hat sich Maxie noch an Axels Gesicht erinnert. Geweint hat Birgit nie. Sie ist einfach dagestanden, und danach hat sie zu trinken begonnen. Maxie zieht den Bademantel enger um sich. Seit ein paar Jahren scheint das vorbei zu sein. Birgit hat zu trinken aufgehört, hat Fuß gefasst im Beruf, ist erfolgreich.

Maxie geht hinaus auf die Terrasse, blickt hinunter auf die schwach erleuchtete Promenade, hinüber zum dunklen Fluss, jetzt fröstelt sie doch. Mit dem Handballen streicht sie über das Geländer, trommelt mit dem Daumen dagegen, lauscht auf die Schnellstraße, entfernt ein Zug, vereinzelt Stimmen, gelegentlich ein Auto, eine dunkle Schwingung, die aus dem schwarzblanken Dunkel aufsteigt, eine Vibration, die in der Lichtglocke der Stadt zittert, fühlt das Beben mit der auf dem warmen glatten Holz liegenden Hand, so dumpf, so grollend, so bedrohlich, der Ton redet in ihrer Haut, die sich mit Gänsehaut überzieht. Maxie blickt ins helle Viereck der Terrassentür zur schwarzen Marmorfigur auf dem Kaminsims, sieht traumhaft das ovale Rund, das sich dehnt, sich in die Länge zieht und verfestigt zu einer Tür, sieht den Mann darin stehen, eine schwarze Silhouette, der schwarze Kopf ohne Gesicht, die Hände erhoben, und jetzt und wieder und nochmals ein Schuss, er kippt vornüber, in Zeitlupe die Eingangsstufen hinunter, immer wieder vier Stufen, schlägt auf.

Dein Herz, dein Herz, dein Herz will der Bär, dein Herz, dein Herz.

Nein, sie ist nicht verrückt. Weich wie ein Trommelfell vibriert das Holz, nimmt einen Ton auf, der von unten, aus der Stadt, vom Fluss aufsteigt, ein Summen, eine unheimlich sanfte Musik.

Am Donnerstagmorgen erinnert sie sich beim Erwachen schwach daran, dass sie nicht schlafen konnte, aufstand, Milch trank und vor dem Kamin saß.

Donnerstag ist ein Tag, an dem Maxie ausschließlich im Studio arbeitet, keine Außeneinsätze: Donnerstagmorgen Zwischenkonferenz der Gesamtredaktion im klimatisierten Konferenzraum, Kritik am schon abgespulten wie am aktuellen Programm; anschließend der Überblick über das für die kommenden zwei Wochen vorgesehene Programm. Tiziano sitzt wie immer an der Schmalseite des Konferenztisches, den obersten Hemdknopf geöffnet. Heute fällt ihr sein bleiches schlaffes Gesicht auf, die etwas verklebten grauen Haarlocken, er schwitzt. Tiziano ist ihr Chef: Was zu «ihrer» Sendung zu sagen ist, hat sie mit Tiziano vorbereitet.

Donnerstag ist der Tag der Pressekonferenzen; die Equipen sind routinemäßig unterwegs. Außergewöhnliches hat auf den Freitag zu fallen.

In diese Sitzung platzt der Anruf der Sicherheitspolizei. Tiziano nimmt ihn entgegen: eine Geiselnahme. Geheimhaltungsstufe. Keine Orientierung der Öffentlichkeit. Maxie wird Tiziano begleiten – als Kamerafrau, als Gehilfin, es ist niemand sonst verfügbar.

Sie fahren in Tizianos kleinem Fiat, mit dem er täglich zum Studio kommt, aus der Tiefgarage und kurbeln gleichzeitig die Fenster herunter, schon schlägt warme Abgasluft ins Innere. Maxie weiß, dass er den blauen sportlichen BMW mit der Klimaanlage Agnes, seiner Frau, überlässt. Hier finden Kamera und Tonbandtaschen knapp Platz auf dem Hintersitz.

Tiziano kaut auf einer kalten Havanna, im Auto raucht er prinzipiell nicht. Eine Geiselnahme im Kindergarten *Am Park*, sagt er aus dem Mundwinkel, im Stadtkreis neun, nobel. Die Mütter nennen es Sozialisationsprozess für ihre Kleinen und gehen unterdessen zum Tennisspiel oder zum Reiten.

Maxie mustert ihn von der Seite. Hemdsärmlig sitzt er hinter dem Steuer, den maßgeschneiderten hellen Veston sorgfältig gefaltet über die Kameras gelegt, helle Härchen auf den Unterarmen. Das frisch gebügelte blaue Baumwollhemd spannt über dem Bauch, offener Kragen mit locker heruntergezogener dunkelblauer Krawatte, glänzendes Gesicht und graues gelocktes Haar, zum Fahren die schmalgerandete Brille, schwitzende breite Hände am Steuerrad, am rechten Mittelfinger der Siegelring mit dem blauen Stein.

Tiziano ist gleich alt wie Birgit. Doch Birgit wirkt zehn Jahre jünger. Tiziano ist siebenundfünfzig, hat mit Axel die Schulen besucht, hat von Anfang an für das ZNF gearbeitet, ist die Karriereleiter hinaufgeklettert. Es war ein Freund Tizianos, der angerufen hat.

Ellen

In der Nacht auf Donnerstag liegt Ellen wach in einem Doppelzimmer in der Kaserne: allein, sie ist die einzige Frau im Kurs. Sie ist müde, ein zehnstündiger Schulungstag, von morgens bis nachts um zehn unter Neonlicht. Früher waren die Kurse nicht so anstrengend, es mag an der neuen Methodik liegen: Gruppenübungen, Tests, Fallbeispiele, Präsentation der Lösung. Dazu die sie belastenden Inhalte: Explosion im nahen Kernkraftwerk, Giftgasunfall in der größten Düngemittelfabrik, Terroranschlag auf die Überland-Gasleitung. Da Gruppenleiter wie Kollegen das Gegenteil erwarten, hat sie als Frau besonders kaltblütig zu sein.

Sie liegt da und lauscht auf die Geräusche der Kaserne, das Rauschen der Stadt. In Sental ist die Nacht still, da hört Georg jetzt die Grillen zirpen, den Wind in Blättern, irgendwo entfernt eine Kuhglocke, den Schrei einer Eule, wenn es ganz still ist das Donnern des Bachs.

Hier liegt ein anderes Rauschen in der Luft, die Hochstraße, Züge. Heute ist sie angespannt, erregt. Das vibrierende Summen dringt ihr unter die Haut, ein tiefer pochender Ton wie von einer Trommel. Was hat sie an diesem Kurs zu suchen?

Seit dem Kursbeginn am Montag lebt Ellen in der Kaserne. Wie jedes Mal hat sie gleich beim Betreten, beim hallenden Klang ihres Schritts in den festen Schuhen, den Kasernengeruch begierig eingeatmet – hat sich zu Hause gefühlt. Sie ist mit dem Auto hierher gefahren, die Vorschrift, sich öffentlicher Verkehrsmittel zu bedienen, ist lachhaft. Das ist keine Frage des Umweltschutzes. Benutzte sie Postauto, Regionalbahn und Schnellzug, dauerte die Anreise dreimal so lang. Mit dem Auto konnte sie am Montag um halb sieben Uhr wegfahren, um vor Kursbeginn um neun Uhr ihr Zimmer zu beziehen. Einer der Vorträge, die sie sich heute anhören musste, handelte von Erderwärmung und möglicher Klimakatastrophe mit weltweiter Wasserknappheit.

Wieder das tiefe, vibrierende Summen, Ellen liebt Trommeln. In Schächen, wo sie aufgewachsen ist, wurde die Fronleichnamsprozession immer von den Tambouren im Jägeranzug angeführt, ihnen folgten die Jäger der Hochjagd, dann kamen die Fahnenträger, der Kirchenchor, dahinter die Erstkommunikanten, schließlich der Pfarrer mit der Monstranz, den Ministranten, am Schluss die Frauen. Fronleichnam gefiel ihr wegen den Trommeln, dem Glanz und den Fahnen. Höhepunkt war das Krachen der Kartätschen.

Vor drei Monaten ist sie überraschend zu diesem einwöchigen Zusatzkurs aufgeboten worden. Eigentlich hatte sie absagen wollen; sie leistet freiwillig Dienst, und sie hat schon doppelt so viele Diensttage übernommen wie andere. Doch sie ist unternehmungslustig, und Spezialistenkurse haben ihren besonderen Reiz. Vielleicht wird man sie nie wieder zu einem solchen Kurs aufbieten. Sie kann es als Auszeichnung ansehen. Der Spaß am Großstadtleben hat den Ausschlag gegeben. Heute Abend werden die Kursteilnehmer gemeinsam ausgehen. Georg arbeitet meistens auch nach dem Abendessen, momentan an einem Umlagerungsprojekt. In Sental sind die Zivilschutzsitzungen die einzige Abwechslung für sie.

In Sental nennt man Ellen der roten Haare wegen Georgs Hexe, etwas spöttisch, etwas bewundernd. Sie genießt es, das Lenkrad ihres schwarzen Geländewagens fest in den Händen zu halten, die Straße von Sental nach Blixen hinunterzukurven. Da Georg als Werkleiter wirklich gut verdient, Mutter hätte gesagt großartig verdient, können sie sich zwei Autos leisten.

Ellen ist sich dessen jedesmal bewusst, wenn sie in einen tieferen Gang schaltet und die Brücke unterhalb Schächen passiert. Ihr Vater war ein kleiner Rucksackbauer aus Schächen, der in der Fabrik schuftete. Es war Großmutter, die sie und ihre Brüder beaufsichtigte, die den Haushalt erledigte, die Ziegen und Kaninchen versorgte, die Wäsche wusch und den Gemüsegarten pflegte. Mutter servierte unterdessen im *Rebstock* in Sental. Seit Ellen vierzehn war, hatte die Mutter sie in den Schulferien immer mitgenommen, damit sie mitverdienen konnte. Die Trommler übten in der Tenne des *Rebstock*. Saß Ellen auf der Leiter und ließ die Beine baumeln, hatte sie das Gefühl, sie trommelten ihretwegen so wild. Doch die Trommler waren Bauernsöhne, deren Vieh auf Maiensäßen übersömmerte, denen war sie zu arm.

Damals lebte Ober- und Untersental wie die anderen umliegenden Dörfer von den Monte-Dünger-Werken, vom Elektrizitätswerk und vom Militär. Auch im *Rebstock* verkehrten vor allem Soldaten.

Bald erhielt sie mehr Trinkgeld als die Mutter. Wenn eine nicht auf den Kopf gefallen ist, lässt sie sich nicht mit einem Auswärtigen ein, außer er heiratet sie. Ellen ging in die Stadt.

Als Georg Lachats Frau ist sie vor fünfzehn

Jahren nach Sental zurückgekehrt. Georg kam damals als neuer Werkleiter ins untere Werk. Es ergab sich eines aus dem andern. Ellen konnte keine Kinder bekommen. Sie war die Frau eines Werkleiters, konnte Maschine schreiben und hatte Zeit. Zunächst führte sie das Büro der Betriebswehr, dann ersatzweise das Feuerwehrbüro, schließlich zusätzlich das des Zivilschutzes. Damals besuchte sie ihren ersten Kurs, wurde Büroordonnanz. Es folgten kantonale Kurse über Lawinenverbauungen und über die Sicherung besonders gefährdender Betriebe. Das verlieh ihr Ansehen im Dorf. Achselzuckend nimmt sie ihr ungewöhnliches paramilitärisches Interesse zur Kenntnis. Wäre sie ein Mann, vielleicht hätte sie beim Militär Karriere gemacht.

Donnerstag erwacht sie und fühlt sich wie zerschlagen, als hätte sie die ganze Nacht die Trommeln gehört. Im Spiegel blickt ihr ein graues Gesicht entgegen. Auf der Wange bildet sich ein Pickel vom fettigen Essen, Schweinefleisch täglich, Bratkartoffeln, Schmalzsaucen, scheußlich. Dieses Kunstlicht bekommt ihr auch psychisch nicht. Sie fühlt sich gereizt, gelangweilt und irgendwie doch aufgekratzt. Seit drei Tagen sitzt sie in dieser kalten Betonanlage, nimmt überregionale Einsatzpläne zum Schutz sensibler Objekte zur Kenntnis, merkt sich Orte und Unterschiede, sie wird das Wissen nie anwenden müssen.

Die Kollegen sehen beim Frühstück genauso

grau aus wie sie. Morgen Abend wird sie müde heimfahren.

In der Morgenpause um halb zehn trinkt sie Cola, um während der nächsten zwei Stunden wach zu bleiben. Sie plaudert mit andern über ökologische Zeitbomben im Umkreis von Metallwerken, als der Adjunkt des Kursleiters dazutritt, sie bittet, mit ihm in die Kanzlei zu kommen.

Anstatt in die Kanzlei begleitet er sie ins Direktionszimmer. Den Direktor des Schulungszentrums kennt sie. Sie werde für einen Spezialeinsatz angefordert. Keine Übung diesmal, sie müsse sich geistig umstellen, jetzt gelte es ernst. Vor einer Stunde sei ein Kindergarten besetzt worden, Oberst Mettler, Leiter der Antiterroreinheit, benötige eine Frau als Kurier. Er habe ausdrücklich sie angefordert.

Ellen ist hellwach, innerlich läuft ein Uhrwerk: Ausweise, Auftragsbefehl, Einsatzort, Ernstfallvorschriften, außerordentliche Befehlssituation. Vielleicht ist das die wichtigste Situation, die sie in ihrem Leben zu bewältigen hat.

Im Nebenraum wartet ein Soldat in der Uniform der Sondereinheit, dunkelblauer Overall, schwarzer Gürtel, schwarze, wadenhohe Schnürstiefel, das Béret zusammengerollt auf der Achsel: ihr Fahrer. Er trägt ein Namensschild, heißt offensichtlich März.

Regula

Sie befestigt die Klanghölzer mit Gummischnüren auf dem halbrunden Holzrahmen; dass sie selber einmal Musik studiert haben soll, erscheint ihr inzwischen ganz unglaubhaft. Sie hat versucht, mit den Knirpsen Kinderlieder zu singen, hat bei der Stiftungskommission zwei dieser pädagogisch wertvollen orffschen Musikinstrumente beantragt, das Xylophon, die große Bambusflöte. Zusätzlich wurde ein verstimmtes Klavier in den Spielraum gestellt. Die Kleinen hören gar nicht hin, ob sie nun singt oder Klavier spielt, sie sausen herum, von einem Spielzeug zum andern. Regula kommt nicht dazu, irgendwie einzugreifen, vermag sie nicht zu beruhigen, kriegt keinen geregelten Tagesablauf hin. Für alle Kinder einheitliche Hortzeiten würden sich mit den Terminkalendern der Mütter nicht vereinbaren lassen, also herrscht ein ständiges Kommen und Gehen, die Kinder kennen einander kaum. Eine teure Kinderbewahranstalt mit einer Unmenge Spielzeug, um das sie sich streiten können, das sie zerlegen, mit dem sie einander bewerfen. Sie hat nicht gewusst, dass Kinder so sind. Schwer vorstellbar, dass auch Florian eines Tages so sein wird.

Manchmal könnte sie losweinen, sie ist so müde, und alles für lumpige zweitausendfünfhundert Franken im Monat. Von dem Gehalt könnte sie nicht leben mit Florian, doch ohne dieses Gehalt ginge es auch nicht. Erst zusammen mit Clemens' Gehalt, das allein eben auch nicht genügt, kommen sie durch.

An diesem Donnerstagmorgen erwacht sie wie immer vom Quäken des Weckers, fühlt sich, als hätte sie eine halbe Flasche Baldrian getrunken. Florian weint, wenn er bloß nicht fiebert, wenn er bloß keine Blähungen hat. Sie bringt ihn eine Viertelstunde früher als sonst zu Josefine nach oben, Josefine hat Erfahrung mit Kindern. Er zahnt vielleicht, sagt Josefine beruhigend, überhaupt fehlt kleinen Kindern ab und zu etwas, man gewöhnt sich am besten daran. Ich passe schon gut auf ihn auf.

Josefine schenkt Regula eine zweite Tasse heißen Kaffee ein. Es tut gut, etwas umsorgt zu werden.

Natürlich ist Regula übermüdet. Sie hat das Gefühl, Florian eben erst geboren zu haben. Hätte sie ihn nicht vorzeitig abgestillt, weil sie ihn einfach nicht mitnehmen konnte, er hinge immer noch an ihrer Brust. Jetzt erträgt sie es kaum, sich jeden Morgen von ihm zu trennen, auch wenn sie weiß, dass niemand besser für ihn sorgen könnte als Josefine.

Die Arbeit frisst sie auf. Manchmal ist sie so erschöpft, dass sie die fremden kleinen Kinder anschreit, die um sie herumkrabbeln, die alle etwas wollen, ihr Gefühle abfordern, die doch Florian gehören.

Dabei war es ein unglaublicher Zufall, unter der Hand die Stelle als Kindergärtnerin zu erhalten und dass sie außerdem das Glück hatten, für einen solch günstigen Mietpreis diese Wohnung in einer alten Villa zu finden. Clemens hat ihnen beides verschafft. Eine Erleichterung auch für ihn, der in diesem Haus ungestört üben kann. Clemens, ihr Genie. Bis vor vier Wochen hatte alles so viel versprechend ausgesehen. Sie wollte seine Karriere fördern, nichts sollte ihr im Weg stehen. War nicht Florian schon ihre Schuld? Ein großer Geiger darf nicht mit einem schreienden Kind belastet werden, geschweige mit der Sorge um den Lebensunterhalt. Clemens hatte Gönner. Alles würde sich zum Guten wenden.

Die Anrufe einer ihr unbekannten Frau hatte sie zunächst nicht beachtet. Vor vier Wochen hatte dann ein Brief mit Fotos im Briefkasten gelegen. Seitdem wusste sie, dass Clemens ein Verhältnis mit einer seiner Gönnerinnen hatte. Sie hatte ihn zur Rede gestellt, verlangt, das Verhältnis müsse aufhören. Er hatte ihre Reaktion kleinlich und spießig genannt.

Diese Frau begleitet ihn auch jetzt auf Tournee, sie managt die Finanzen des Orchesters. Alle zwei Tage ruft Clemens an, mehr oder weniger gereizt. Er liebt Florian, selbstverständlich liebt er auch sie. Ob sie zurechtkomme. Nach diesen Anrufen weint sie.

Abend für Abend beim Einschlafen fragt sie sich, ob er sich daran erinnert, dass sie vor zwei Jahren seinetwegen ihr Musikstudium abgebrochen hat, dass sie die Schnellausbildung zur Hortleiterin absolviert hat, um Geld für sie beide zu verdienen. Täglich ist er mit dieser Frau zusammen. Wie soll das gut gehen? Ob er an Scheidung denkt?

Sich ruckartig einer schwarzen Wand zu nähern, sich von Schwärze verschlucken zu lassen. Am liebsten nicht mehr aufzuwachen.

Josefine

Am Donnerstagmorgen sitzt Josefine im rotgestrichenen Korbsessel auf dem großen gedeckten Balkon ihrer Dachwohnung, plaudert mit Florian im Laufgitter, lacht, kitzelt ihn, redet zur Abwechslung mit Moritz, dem Pinscher, krault ihn, ölt die Schildkröte ein und setzt sie wieder auf den Boden. Dass ich das erlebe, denkt sie, ein Hündchen, ein kleines Kind, keine Sorgen. Schwerfällig stemmt sie sich aus dem Sessel hoch, tappt auf Socken in die Küche, setzt Wasser auf, um Hagebuttentee aufzubrühen, süßsauer, das ist genau das Richtige an einem heißen Sommertag. Sie wirft Moritz ein Stückchen Kuchen zu, Regula braucht das nicht zu wissen, sie ist in solchen Dingen etwas heikel.

Dass Regula schon wieder arbeitet, obwohl Florian erst acht Monate alt ist; so was hat man früher nur getan, wenn es am Nötigsten fehlte. Anfangs hat Regula das Kind sogar zur Arbeit mitgenommen, hat den Säugling einfach in die Tragetasche gepackt – Josefine wusste, dass das nicht gut gehen konnte. Babys brauchen Ruhe. Und die anderen Kinder, die Regula hütet, sind für den Umgang mit einem Säugling noch zu klein. Natürlich haben die Drei- bis Fünfjährigen Florian gestossen und gekniffen, das war viel zu gefährlich. Josefine hingegen macht es Freude, auf das Kind aufzupassen. Und sie wird sogar dafür bezahlt. Das wäre gar nicht nötig, denn für Josefine bedeutet es das Glück.

Es ist für alle gut, wie es ist: Florian wächst und gedeiht, er quietscht und lacht, wenn Regula heimkommt und ihn nach unten holt, Moritz hat ebenfalls ein rundes Bäuchlein.

Wie jeden Morgen haben sie heute zu dritt einen kleinen Spaziergang zur Promenade am Fluss unternommen. Josefine braucht dazu bloß in die Schuhe zu schlüpfen, Florian das Sonnenhäubchen umzubinden und ihn samt seinem Fläschchen, dem Schnuller und der leichten Stoffdecke die Treppen hinunterzutragen, Moritz folgt ihnen von selber, und der Kinderwagen steht am Hintereingang bereit. Sie ist ja erst fünfundsechzig, eine Leihnonna.

Dass alles so gekommen ist, verdankt Josefine

Frau Broglie, bei der sie dreiundzwanzig Jahre in Diensten war, das waren gute Jahre. Bis zu ihrem Tod hat sie Frau Broglie hier in diesem Haus gepflegt, während Monaten Tag und Nacht. Fast wie eine Mutter war Frau Broglie für sie gewesen, eine so gütige Frau. Darum wohnt sie jetzt für immer hier, denn Frau Broglie hat Josefine in ihrem Testament ein Wohnrecht in der obersten Wohnung des Hauses eingeräumt; nun kann sie von ihrer Altersrente sorgenfrei leben. Da sie jetzt Florian hütet, kann sie bis auf weiteres ihre Schwestern nicht besuchen. Das hat sie ihnen auf einer Ansichtskarte geschrieben; zu telefonieren ist zwischen ihnen nicht üblich. Sie haben zurückgeschrieben, dass sie es zwar verstehen, sie solle sich aber vorsehen, damit sie nicht ausgenutzt werde. So etwas. Sie ist glücklich, dass jemand sie braucht.

Glück ist zerbrechlich. Wäre sie eine junge Frau, wäre es ihr vergönnt gewesen, eine eigene Familie zu haben, sie hätte dieses Glück gepackt mit beiden Händen. Sie hätte alles getan, es zu halten. Sie wäre daheim geblieben, hätte ihren Mann verwöhnt, und wäre er Geiger gewesen wie Herr Choppard, dann hätte sie dafür gesorgt, dass er wenigstens mittags richtig isst. Einmal am Tag braucht der Mensch eine warme Mahlzeit. Am Abend kann Herr Choppard nichts Rechtes essen, weil er dann seine Konzerte gibt. Es ist nicht gut, wenn die Frau weg ist und arbeitet, solange das Kind noch nicht einmal ein Jahr alt ist, das weiß man ja vom Zuschauen. Sie hat in all den Jahren in Stellung viel gesehen.

Herr Choppard wird vielleicht einmal weltberühmt werden, dafür arbeitet Regula. Er sei genial, sagt sie. Josefine muss zugeben, in der Haltung seines Kopfs liegt etwas Besonderes, und immer ist er so distanziert, wenn er mit ihr, Josefine, spricht. Sie muss sich dann jeweils selber daran erinnern, dass dieser Herr Choppard ihr nichts zu befehlen hat. Es kann sie gleichgültig lassen, dass er sie ansieht, wie die Herren sie immer angesehen haben, abschätzend, verfügend. Sie hat gelernt, sich dagegen abzustumpfen. Er geht sie nichts an, also kann sie sein Gehabe übersehen.

Seit letzter Woche ist er auf Tournee. Die erste Geige spielt er, tritt in Kärnten, Oberitalien, in Nizza auf, sagt Regula. Ist er daheim, hütet sie Florian trotzdem. Das Geigenspiel ist in ihrer Wohnung sehr gut zu hören. Es gefällt ihr. Sie kennt genau die Stellen, die er immer wieder übt, dann passt sie auf, ob er die richtigen Töne diesmal erwischt, nicht zu früh weiterspielt. Sie weiß immer genau, in welcher Stimmung er ist. Auch Florian scheint die Musik zu gefallen. Ist er wach, plaudert er dazu, schläft er, atmet er ruhiger.
Aber Herr Choppard ist fast nie mehr da.

Florian rudert auf dem Bauch liegend mit seinen molligen Ärmchen und Beinchen, ein kleiner Frosch, kommt nicht voran, will zum Plüschbären in der Ecke des Laufgitters und gibt helle Laute von sich. Sie darf ihn wickeln und ihm das Fläschchen geben. Weil er jetzt müde ist, legt sie ihn in den ehemaligen Wäschekorb, das hat man bei ihr daheim immer so gemacht. Nun kann sie neben dem Korb sitzen und ihre Wäsche ausbessern, die Welt ist in Ordnung.

Wüsste Josefine nicht, dass alles seine Richtigkeit hat, sie hätte ein ungutes Gefühl. Sie lauscht. Vergangene Nacht hat sie lange wach gelegen. Es muss ein Tier im Baum gewesen sein, das geschrien hat, davon ist sie erwacht, es kann kein Mensch gewesen sein. Unten war alles ruhig, Florian hat nicht gezahnt, Regula ist nicht schlaflos herumgegangen. Das Summen der Stadt klang weit entfernt, keine Stimmen auf der Straße, kein Autogeräusch, und doch ... Sie fühlt es jetzt wieder, etwas Beklemmendes, als fiele ein Schatten aufs Haus. Sie tritt ans Balkongeländer und sieht zum blauen wolkenlosen Himmel. Es wird heiß werden. Die Häuser, die Platanen, die Straße unten glänzen im Licht.

Josefine wartet.

In der Wohnung unten klingelt schon wieder das Telefon. Einer, der nicht weiß, dass niemand da ist.

Sarah

An den Traum, aus dem sie an diesem Morgen so glücklich erwacht ist, erinnert sich Sarah erst am Abend auf der Heimfahrt in der überfüllten Schnellbahn: Antithese zu ihrem Ärger in der Kanzlei. Der alte Forch hat in seinem Büro wieder einmal nach ihr gegrapscht, widerlich. Noch mehr ärgert sie sich über Daniel, den sie deswegen zur Rede gestellt hat. Sie arbeite gern in der Anwaltspraxis, sie lerne immer noch Neues dazu und die Arbeitszeiten seien ideal. Nie habe sie das Gefühl, die Zwillinge zu vernachlässigen. Wenn sie ab und zu mit Daniel schlafe, so sei dies das eine und habe mit dem Arbeitsverhältnis nichts zu tun. Daniel solle unbedingt und sofort Forch zur Rede stellen. Sie sei nicht die einzige, die er betatsche. Daniels Antwort, dass sich bisher keine ihrer Kolleginnen beklagt habe, da sie es vielleicht nicht so schlimm fänden, und sein anzüglicher Spott, sie sei eben noch im braven Kostüm viel zu aufreizend, hatte sie als Schlag ins Gesicht empfunden. Natürlich zieht sie sich auch im Sommer zur Arbeit konventionell an, das Jackett immer griffbereit, eine Anwaltskanzlei ähnelt in dieser Beziehung einem Beerdigungsinstitut.

Jetzt ärgert sie sich über sich selber, warum

hat sie sich mit Daniel eingelassen. Daniels Vater war vor Jahren Forchs erster Partner, Forch & Silbermann. Sie hat Daniel schon vor der Scheidung gekannt. Als Janics Freund hat Daniel die gütliche Konventionalscheidung durchgeführt. Janic und Daniel haben sie überredet, diese Stelle anzunehmen, sie müsse jetzt etwas von Steuern und Finanzen verstehen.

Wie beleidigend, wie konnte sie nur in eine solche Situation hineinschlittern. Gereizt blickt sie der Frau auf dem Sitz gegenüber ins Gesicht, worauf diese sofort wegsieht. Noch zwei Stationen.

Die Luft im Abteil ist stickig, riecht nach Desodorant und Schweiß. Tortellini mit Tomaten-Zwiebeln-Basilikumsauce, Sarah denkt über das Abendessen nach. Manuel ist noch im Handballtraining, sie wird ihm sein Essen später aufwärmen. Als Vorspeise gibt es die kalte Gurkensuppe von gestern; Nina wird wieder jammern, dass es kein Müsli gibt, doch Manuel braucht Teigwaren.

Aus ihrem Traum ist sie mit einem Glücksgefühl erwacht. Wieder sieht sie die weit geöffnete Tür vor sich, den Blick aus einer beklemmend dunklen Garderobe auf eine besonnte Aschenbahn, die in einem weiten Bogen in die helle Landschaft führte, den Rest des Traums hat sie vergessen.

Beschwingt hatte sie, was sie spöttisch ihren Morgenspurt nennt, hinter sich gebracht, das hastige Duschen, bei dem die Zeit fehlt, sich anschließend einzucremen, das Frühstück mit den Zwillingen, bei dem sie die Brote fürs Mittagessen streicht, und schon verlassen sie gemeinsam die Wohnung. Immer bemüht sie sich, alles so perfekt zu erledigen, als wären sie eine intakte Familie.

Dauerhetze anstelle des Lauftrainings als Quittung für die Scheidung, die sie nicht wollte.

Doch heute Morgen in der Kanzlei, als sie neben dem Drucker stand und auf die Endlosschlange der Kommentare zu den neuesten Bundesgerichtsentscheiden wartete, da hat sie fröhlich an Veränderungen gedacht. Der alte Schwung kehrt zurück. Nach dem unerfreulichen Disput mit Daniel hat sie für sich das Problem benannt: keine Zeit für Sport, keine Zeit für Freunde, wann hat sie zum letzten Mal ein Buch gelesen? In drei Wochen beginnen die Schulferien. Dad kann die Zwillinge eine Weile übernehmen, er hat von einer langen Jurawanderung gesprochen. Vielleicht geht sie sogar mit. Für ein, zwei Tage wird sie Gerd beim Anstreichen des Eurythmiesaals helfen. Und sie wird ihr Training wieder aufnehmen.

Zu Hause sitzt Nina im Wohnzimmer am Klavier, hebt zur Begrüßung die Kopfhörer kurz ab, in Französisch hat sie gepfuscht, ihre Freundin ist krank, Manuel ist im Training.

Sarah zieht sich um, zerrt die Spange aus dem krausen hellen Haarbusch. Beim Kochen läuft wie immer das Lokalradio. An einem der letzten

Elternabende hat Gerd über die abstumpfende Wirkung akustischer Dauerberieselung gesprochen. Sarah kennt die Litanei, inhaltliche und lautliche Übereinstimmung wirkt formend auf Bewegungen und Gedanken, trägt grundlegend zur harmonischen Entwicklung bei. Sie stellt den Sender schärfer ein.

Die flotte Musik ist eine Erholung nach der sterilen Arbeit. Kochen, Abwaschen, Bügeln. Es fehlte ihr etwas, kennte sie die neuesten Hits nicht. Die lockeren Sprüche der Reporter sind oft witzig. So weiß sie wenigstens, was um sie herum geschieht, dass es Menschen gibt, die ganz anders denken als die, denen sie in der Kanzlei begegnet.

Die Zwiebeln zischen im Olivenöl, ein Duftschwall steigt auf. Zwischen dem Brutzeln hört sie, dass sich im Kindergarten *Am Park*, den sie doch kennt, ein Geiselnehmer verschanzt hat. Sie stellt das Radio lauter: Die Lösegeldforderung des Geiselnehmers habe von hundert Millionen auf fünfzig Millionen heruntergehandelt werden können. Der Geiselnehmer verlange ein Fluchtauto und stelle weitere Forderungen. Die Polizei tue alles, um den Geiselnehmer zum Aufgeben zu bewegen. Das Gebiet um den Kindergarten sei großräumig abgesperrt. Man bitte die Anwohner um Verständnis. Es folgen Auslandsmeldungen, die lokale Wettervorhersage, sonnig und warm, die röhrende Stimme eines Popsängers mit seinem Walrettungssong, befremdlich.

Nina und Manuel haben diesen Kindergarten besucht, vor der Scheidung, vor dem Umzug. Sarah erinnert sich an den schmalen Vorgarten, die vier Stufen zum Eingang des neoklassizistischen Hauses, den Korridor, die hohen Räume.

Zu dumm, dass sie den Anfang der Radiomeldung verpasst hat, ob der Täter dort wirklich Kinder festhält? Wie klein Nina und Manuel noch waren, als Sarah sie dorthin brachte. Sarah blickt auf die Uhr, wo Manuel nur bleibt. Sie hätte den Verstand verloren, hätte jemand den Zwillingen etwas zuleide getan. Dieser Kidnapper muss verrückt sein, wie kann man Kindern das antun. Die Nachricht regt sie auf. Endlich ist auch Manuel da.

Später sitzt sie auf dem Biedermeiersofa, das Dad für sie neu aufgepolstert hat, faltet Wäsche zusammen. Der Werbeblock vor den Fernsehnachrichten scheint endlos zu dauern. Sie ruft die Zwillinge: Erinnern sie sich an den Kinderhort, den sie besucht haben, als sie klein waren?

Es ist die Nachrichtenmoderatorin Maxie Laane, die heute mit grauem Gesicht die Nachrichten liest. Ihre sonst so sympathisch weiche Stimme klingt hart. Ein Unbekannter ist am Morgen um halb neun Uhr in den Kindergarten *Am Park* eingedrungen und hat die Kindergärtnerin und acht Kleinkinder als Geiseln genommen. Die Kamera zeigt Sondereinheiten des Militärs, Straßensperren. Angewidert sieht Sarah die Uniformierten: Seit ihrer Heirat mit Janic mag sie keine Militärs; sie mag auch keine Polizisten, die aussehen wie Militärs. Die Kamera schwenkt zu Eltern, die ihre kleinen Kinder in den Hort bringen wollten, zu Anwohnern, die unter Polizeischutz in ihre Häuser gehen, Absperrungen, ein Elternpaar, dessen kleine Tochter im Hort ist, wird interviewt. Bei derartigen Bildern kriegt Sarah nasse Augen.

Die Zwillinge schauen gebannt hin. Eine Presseerklärung der Einsatzleitung in einem Nebenhaus. Ein Pressesprecher, auch er in Uniform, erinnert Sarah an Janic. Der Geiselnehmer hat sich seit halb neun mit seinen Geiseln im Innern des Hauses verbarrikadiert. Glücklicherweise waren um diese Zeit noch nicht alle Kinder eingetroffen. Die Behörden haben Kontakt aufgenommen, verhandeln, der Täter fordert ein hohes Lösegeld. Die Eltern der Kinder sind informiert. Sie sind behelfsmässig in einem Nachbargebäude untergebracht und werden von der Öffentlichkeit abgeschirmt. Im Augenblick herrscht Nachrichtensperre.

Der Stadtpräsident redet in die Kamera. Sarah stört sich an der Art, wie er die Hände bewegt, die Lippen verzieht, mit seinem käsigen Gesicht gleicht er Hugo, ihrem Ex-Schwiegervater; Helikopterlandung des Innenministers im Park, der an den Hort angrenzt, großspuriger Auftritt im Büro der Einsatzleitung.

Nina und Manuel quengeln, langweilen sich schon, außer der Helikopterlandung passiert überhaupt nichts. Natürlich können sie sich nicht an diese Straße erinnern, sie waren zu klein.

Die einen drinnen, die andern draußen. Eine Tat nicht einfach irgendwo, sondern nahe ihrer ehemaligen Wohnung. Es ist seltsam, einen Ort, den man so gut kannte, auf dem Bildschirm in einer fremden Geschichte zu sehen. Sie hat einmal geglaubt, dort daheim zu sein, damals als die Zwillinge klein waren, in den vier, fünf Jahren mit Janic. Diese Zeit hat sie aus ihrem Leben gelöscht, nach der Scheidung, nach dem Wegzug.

Die Zwillinge dürfen im Bett noch lesen. Sarah geht zurück in die Küche, schaltet das Radio leise.

Sie hatten in einem der Bering-Häuser gewohnt, auf zwei Geschossen, nah am Park. Gleich um die Ecke lag der Kindergarten, der zu jener Zeit nichts weiter als eine Spielgruppe war, kein Tageshort. Janic hatte damals ein Jahr seines Militärdienstes meist im Gebirge zu leisten, war nur am Wochenende daheim.

Das Einzige, das vor ihrer Heirat für sie gezählt hatte, war das Laufen. Sie hatte längere Beine als andere, liebte das Kartenlesen. Nach der Schule hatte sie sich um ein Stipendium an der Sportschule beworben. Dad und Mutter hatten ihren Entscheid gut gefunden, später könnte sie Trainerin werden. Ihren Erfolg verdankte sie hartem Training, darauf wollte sie ihr Leben aufbauen.

Janic hat sie bei der Meisterschaft kennen gelernt, an der sie die Silbermedaille im Orientierungslauf gewann. Er war bei der Militärequipe mitgelaufen. Sie könnte sich an seine Augen erinnern, an seinen aufreizend muskulösen Körper. Sie verliebten sich ineinander. Es störte sie überhaupt nicht, dass er Militärdienst leistete.

In der Spielgruppe *Am Park* hat sie die Knirpse dreimal die Woche abgegeben. Helene, ihre Ex-Schwiegermutter, arbeitete im Vorstand mit. Dort kamen die Mütter und Kinder aus ihren Kreisen zusammen. Windelknirpse, die mit Lernspielen hantierten, Farbenerkennen und den richtigen Knopf drücken, damit die Ente ihr Lied quakt. Das gefiel Helene. Die Kindergruppe zum Einüben der Kontaktfähigkeit, der Gruppenfähigkeit, des späteren Teamgeists. Gelobt wird, wer ein Lernziel erreicht, auch körperlich gibt es klare Vorgaben, die halbjährlich überprüft werden. Schulreif ist, wer mit der einen Hand über den Kopf langt und das andere Ohr erreichen kann. Zugegeben: es war angenehm, die Kleinen nicht pausenlos um sich zu haben; Sarah hatte nicht gewusst, dass Zwillinge einander andauernd zu Unfug anspornen. Damals hatte sie sich eine Tante gewünscht oder eine Großmutter, die ihr ein wenig hülfe.

Es war die Zeit, in der Helene mit leichtem Druck versuchte, sie auf Janics Milieu umzuerziehen. Sie musste Reitstunden nehmen, Helene schenkte ihr das Abonnement. Sie belegte Kurse an der Finishing School. Hier lernte sie, Dankesbriefe zu schreiben, über Bilder und Künstler zu reden, Einladungen zu planen, die Auswahl des Fernsehprogramms nach dem Erzählwert zu treffen, einen Haushalt mit Angestellten zu organisieren. Helene lud zu Austern ein. Sarah liebte doch Janic, dies war seine Welt.

Bloß war Janic nie da. Auch schien er in seinen Kreisen der Einzige zu sein, der in ihr die Sportlerin sah, die Landesmeisterin im Orientierungslauf, die Siegerin. Wie hatten sie beide die Discos geliebt, hatten leidenschaftlich gern getanzt. Und bloß zwei Jahre später sollte Sarah mit Hugo und Helene Wohltätigkeitsveranstaltungen besuchen.

Wenn heute die Zwillinge stolz ihre Einkäufe vom Flohmarkt der Schule heimbringen, eine Hose zu drei Franken, einen geblümten Porzellanteller mit Goldrand, erinnert sie sich schwach an diese Zeit.

Dad und Mutter waren so stolz gewesen, dass ihre Tochter die Sportschule besuchte. Nach der Heirat begriff Sarah, dass Dad Recht hatte, sie lebten in einer Klassengesellschaft, in der es Leute gab, denen es unvorstellbar war, Fisch mit dem üblichen Besteck zu essen, die indigniert waren, dass sie als Tochter eines Uhrmachers aufgewachsen war und dass Mutter bis zu ihrem Tod ganz selbstverständlich im Ladengeschäft verkauft hatte, sechs Tage die Woche.

Damals hatte Sarah ein ihr vorher unbekanntes Leben aufgenommen. Wie hart die Einschränkungen waren, hatte sie kaum bemerkt.

Nur dass die Zeit fehlte, ihr Training weiterzuführen.

Im Scheidungsjahr ließen die Zwillinge in ihrer Schulleistung nach; Nina war streitsüchtig und niedergeschlagen. Also war da gleichzeitig ein Schulproblem zu lösen. Helenes Hilfe lehnte Sarah dankend ab, sie war jetzt allein für die Erziehung verantwortlich. Schließlich passte alles zusammen, die neue große Wohnung, wieder in einem Bering-Haus, am andern Ende der Stadt, der Mieterlass als Zugabe zu den reichlich bemessenen Unterhaltszahlungen. Die nahe Gesamtschule, die die Zwillinge jetzt besuchen, ist keine Eliteschule.

In einem Punkt geht sie mit Hugo und Helene einig, die Zwillinge sollen neben dem Schulpensum einen Sport ausüben. Manuel spielt ausdauernd im Handball-Team, Nina will Kunstturnerin werden. Helene scheint es Spaß zu machen, Nina noch heute, Jahre nach der Scheidung, ins wöchentliche Training zu chauffieren.

Sarah dagegen tut nichts für ihre Gesundheit. Sie hastet zur Arbeit, besorgt zwischendurch die Einkäufe, wäscht, kocht, bügelt, putzt, redet mit den Zwillingen, hilft bei den Hausaufgaben, führt die Buchhaltung, besucht die zahllosen Elternveranstaltungen, am Samstagmorgen betreut sie an der Schule den Buchladen, seit Mutters Tod vor zwei Jahren besuchen sie jeden zweiten Sonntag Dad. Doch heute Morgen hat sie sich entschieden – irgendwo müssen ihre alten Läuferschuhe sein.

Beim Umzug nach der Scheidung hat sie einen Teil des Krempels in Dads damals neuer Werkstatt eingelagert, einer alten Remise hinter dem Laden. Dad hat sie hinzugemietet, da er sich, seit er Rente bezieht, auf die Restauration mechanischer Spielorgeln spezialisiert hat, Musikautomaten mit sich bewegenden Puppen. Jede ist in ihrer Art einzigartig und eine Attraktion, nicht nur für die Zwillinge.

In dieser Nacht träumt Sarah vom Laufen. Sie läuft hoch oben an einem Berghang in neuen halbhohen Läuferschuhen mit Seitenstütze und federnder Sohle. Der Blick ins Tal prägt sich ihr ein, eine Passstraße schlängelt sich den Hang hoch, eingeschnitten in giftgrün schimmernde Felswände. Sie ist ein zigarrenförmiger Zeppelin, schwebt über dem Tal, relativ groß, eher ein Seehund mit Flossenflügelchen; erstaunlicherweise hält sie sich in einer stabilen Fluglage. Die Gegend unter ihr hat Reliefcharakter, gleicht einem Sandkastenmodell: zwei Stauseen mit gewölbten Mauern als Talsperren, der eine milchig weiß, der obere türkisblau, Leitungsmasten und ein Gewirr von Elektrizitätskabeln. Die Spiegelstreifen weiter unten im Tal sind Landebahnen eines Flugplatzes. Sie kreist, späht hinunter mit Habichtaugen, sinkt tiefer und zieht eine Kurve, die Arme jetzt eng angelegt, auf diese Weise verlangsamt sie die Geschwindigkeit, sie ist doch ein Zeppelin. Es funktioniert. Sie sucht. Es muss sich zwischen den Felsblöcken befinden, sie steuert hangaufwärts, gleitet hangabwärts. Sie erwacht, weil sie nicht weiß, wonach sie sucht.

Maxie

Auf ihrer bordeauxroten Vespa fährt sie aus der Tiefgarage des Studios, biegt in die schon fast leere Straße ein, den schwarzen Helm achtlos in den Nacken gebunden, schwankt etwas. Der einzige Gedanke, ihr ist speiübel, sie darf gar nicht an ihren Magen denken, sonst muss sie gleich anhalten, um sich wieder zu übergeben. Sie fährt langsam, hat das Gefühl, die Autos bewegten sich schlingernd auf sie zu, die Häuser neigten sich gegen die Mitte der Straße. Gleichzeitig ist sie wütend, daran nichts ändern zu können, beißt die Zähne zusammen. Es muss eine Migräne sein, sie kennt das zwar nicht, Kopfschmerzen, Schwindel, Brechreiz, sie kann sich nichts anderes vorstellen. Zweimal muss sie vor einer Ampel stehen bleiben, mühsam die Vespa im Gleichgewicht haltend. Endlich biegt sie in die Gartenstraße ein. Zitternd fährt sie in die Garage, nein, auch hier wird sie sich nicht erbrechen. Im Lift lehnt sie sich an die Wand, wankt dann in die Wohnung.

Birgit würde Magenbitter empfehlen. Mühsam hält Maxie die Flasche, füllt sich ein kleines

Glas, schüttet etwas daneben. Gleich nach dem Abspann der Nachrichten hat sie fluchtartig den Senderaum verlassen, hat sich in der Toilette übergeben und auch noch geweint.

Sie, die sich etwas auf ihre Stresstauglichkeit zugute hält, die sich einen Sport daraus macht, in der Hektik des Studios demonstrativ Gelassenheit zu bewahren, ein Lächeln hier, einen lockeren Spruch da. Heute hat sie die Nerven verloren. Wenigstens hat keiner das mitgekriegt.

Maxie streckt sich auf dem Wohnzimmerteppich aus, schiebt sich ein Kissen unter den Kopf, sie will einen Moment liegen bleiben, bis sich ihr Magen beruhigt.

Dabei hatte sie am Morgen ihre Arbeit noch aufregend gefunden, hatte Tiziano die Kamera getragen, sich in Tuchfühlung hinter seinem Rücken gehalten, wie es im Gedränge der Presseleute nicht anders ging, hatte die gehässige Bemerkung eines Kollegen genau gehört, Tizianos tüchtiges Mädchen für alles – lieber Mädchen für alles als Macho allein auf einem bewaldeten Bärenberg. Sie hat den Gedanken beiseite gewischt, dass ein Mann in ihrer Position sich geweigert hätte, Kameraersatzmann zu spielen. Teamgeist und Loyalität sind der Karriere nicht unbedingt förderlich. Tiziano ist seit je ein väterlicher Freund für sie, sie vergibt sich nichts, wenn sie tut, was er sagt. Zudem ist Neugierde eine Tugend.

Darum hat sie sich dicht hinter ihm durch die

Gruppe von Passanten und Anwohnern geschoben, bis vorn zur Absperrung. Da waren die Stacheldrahtrollen, die blau uniformierten Männer der SET-Spezialeinheit in schwarzen Kampfstiefeln, die Maschinenpistolen umgehängt, brauchbares Bildmaterial. Sie sah sogar zwei Hundeführer mit schwarzen Riesenschnauzern, Rambo live. Noch nie hat sie so etwas miterlebt. Vor ihnen ein Abschleppfahrzeug mit gelbem Blinklicht, im Ruck-zuck-Verfahren wurde von Uniformierten ein letztes geparktes Auto aufgeladen und abtransportiert. Die Straße hinter dem Stacheldrahtverhau war jetzt wie leer gefegt.

Kurz darauf schob sich im Schritttempo ein dunkelblaues Personenauto mit seitlich aufs Dach geklemmtem Blaulicht durchs Menschengedränge. Zwei Soldaten zerrten eine Stacheldrahtrolle zur Seite, das Auto passierte gleich neben ihr, Maxie erblickte überrascht neben dem Fahrer eine Frau in Uniform, schräggestellte groß geschminkte Augen, die sie ansahen, rote Locken, weißes Gesicht, kantiges Kinn. Sie fragte sich, wer das sein mochte. Ihrem Blick nach hatte die Frau sie als Nachrichtenmoderatorin erkannt.

Tiziano packte den Riemen ihrer Kamera, zog Maxie dicht hinter der Stoßstange des Autos durch die Sperre. Ein wütendes Schreien des Soldaten, der die Drahtrolle wieder an ihren Platz zerrte, schon versperrte ihnen ein weiterer Soldat den Weg. Er hätte Befehl von Oberst

Mettler, dem Einsatzleiter, nur Militärs mit Ausweisen durchzulassen. Tiziano zog aus der Jackentasche ein Fax, sie wurden zum nächsten Uniformierten geführt, der anscheinend zuständig war. Er brachte sie zu einem bewachten Hauseingang, der Einsatzzentrale.

Tiziano schien erwartet zu werden. Sie wurden in ein Zimmer gewiesen, an dessen Türrahmen ein Schild mit PRESSEABT. hing. Ein Mann stellte sich als Presseverantwortlicher vor: Winke. Tiziano und er setzten sich an einen der Tische, Maxie lehnte sich schräg dahinter an die Wand. Beide kümmerten sich nicht weiter um das unübersichtliche Ein und Aus von Uniformierten. Da wurden Tische gerückt, Stühle hereingetragen, Flipcharts wurden aufgestellt, Lampen, Telefone, Fax- und Fernsehgeräte installiert.

Tiziano und der Presseverantwortliche Winke legten den Medienzeitplan fest, wann die Ereignisse um den Kindergarten in und neben den einzelnen Sendegefäßen Platz fänden. Sie besprachen die Einsatzmöglichkeiten von Radio und Fernsehen, die medienwirksamste Präsentation. Tiziano überlegte, erklärte, beriet. Er war der Fachmann, der wusste, was machbar war. Die übrigen Sender würden durch ihn aus zweiter Hand bedient. Maxie wurde nicht gefragt, fühlte sich überflüssig, beobachtete, verhielt sich still.

Durch das Hin und Her entdeckte sie im Nebenraum die Rothaarige an einem Tisch sitzend, in einem dunkelgrauen frischgebügelten Overall, schreibend.

Maxie verließ unauffällig ihren Platz; an der Tür zum Nebenraum klebte das Schild EINSATZZENTRALE. Maxie zeigte der Frau ihren Presseausweis: Sie frage zur eigenen Orientierung, welche Aufgabe sie hier habe.

Die Frau sah sie kühl an. Sie heiße Ellen Lachat. Für Auskünfte solle sich Maxie an den Pressechef wenden. Unvermittelt lächelte sie fast spitzbübisch: Sie werde nicht so zugeknöpft sein. Maxie Laane wäre wohl nicht hier, wenn sie keinen Auftrag hätte. Sie werde sich ja an die Vorschriften halten. Oberst Mettler habe sie, Ellen Lachat, angefordert. Sie solle als Kurierin zwischen Einsatzzentrale und Kindergarten eingesetzt werden. Außerdem sei es ihre Aufgabe, ihre Meinung als Frau in die Einsatzberatung einzubringen, schließlich würden eine Frau und kleine Kinder festgehalten. Ob man Maxie aus dem gleichen Grund eingesetzt habe?

Maxie zog sich zurück auf ihren Beobachterplatz. Ellen Lachat vertiefte sich in die große Lageskizze an der Wand, einen riesigen Papierbogen, auf dem ein Soldat fortlaufend neue Befehle einzeichnete. Ellen Lachat machte sich anscheinend mühelos Notizen. Maxie merkte, dass sie selber nicht einmal die militärischen Gradbezeichnungen kannte. Eine Weile beobachtete sie Tiziano und Winke, die jetzt ein erstes Pressebulletin verfassten. Dann schüttelte sie ihre Passivität ab und verschaffte sich vorsichtig einen Überblick.

Der Stab, der sich hier einrichtete, war ein Sonderkommando der Antiterroreinheit SET. Dennoch war es ein Schock, als Maxie begriff, dass in der Einsatzzentrale zwei Männer am Computer Berechnungen anstellten, bei welcher Art und Menge von Dynamit wieviel des Hauses und der Nachbarhäuser zerstört würde. Als Folge der Berechnung wurde eine erste Aufräumequipe mit leichtem Baugerät und einem kleinen Bagger in der nächsten Seitenstraße bereitgestellt, Ambulanzen wurden angefordert, zwei Spitäler zur Bereitschaft alarmiert. Die Männer waren offensichtlich auf einen derartigen Einsatz gedrillt. Maxie erschien es wie ein Alptraum. Sie saß im Zentrum eines komplizierten Räderwerks und beobachtete, wie die Rädchen exakt ineinander griffen.

Punkt elf Uhr fünfzehn, alle stellten ihre Uhren, meldete einer der Uniformierten, dass außer dem Funk jetzt auch die Telefonverbindungen funktionierten, die im Nebenraum eingerichtete Informationszentrale übernehme ihren Auftrag. Maxie und Tiziano durften die erste Lagekonferenz filmen, den Pressesprecher Winke beim Verlesen des Informationsbulletins. Sie würden nur die freigegebenen Bilder bringen dürfen. Die rothaarige Frau wurde vom Pressesprecher ans Mikrofon gerufen, als Einzige kurz begrüßt, mit voller Namensnennung, Ellen Lachat aus

Sental. Maxie dachte, die roten Haare werden zwischen all dem Schwarz, Blau und Grau gut zur Geltung kommen. Schade, dass sie helle Augen hat, da muss immer auf den Hintergrund geachtet werden, sonst erscheinen sie weiß.

Maxie hatte Gelegenheit, nochmals ein paar Worte mit Ellen Lachat zu wechseln. Sie sah angespannt aus, meinte, sie sei noch nie in einem richtigen Kindergarten gewesen, deshalb orientiere sie sich anhand der Baupläne des Hauses, wo die Küche, die Toilette, das Esszimmer liege. Schutzraumpläne gebe es ja nicht, das Haus sei zu alt.

Elf Uhr fünfzig: Die Stimmung in der Einsatzzentrale wurde fühlbar gespannter, jetzt war die direkte Telefonverbindung zum Kindergarten hergestellt. Tiziano filmte. Ellen Lachat wurde als Kontaktfrau zum Geiselnehmer eingesetzt, gelangte mit ihrem Essenskorb, in dem auch Beruhigungsmittel lagen, zunächst nur bis zur Eingangstür des Kindergartens, durfte schließlich eintreten, kam jedoch mit weißem Gesicht nach zehn Minuten wieder heraus. Über Telefon wiederholte der Geiselnehmer die Drohung, die Kinder, die Kindergärtnerin und sich selber in die Luft zu sprengen, falls er nicht das Lösegeld erhalte. Ferner sei ein Aufruf zu verbreiten, er verlange ein Fluchtfahrzeug und freien Abzug. Nach dem Gespräch schien er die Klingel blockiert zu haben.

Die anschließenden Stabsberatungen wurden durch die Ankündigung der Besuche des Stadtpräsidenten und des Innenministers erheblich gestört. Für die Angehörigen und die Bevölkerung sei es wichtig, ihnen den Medienauftritt zu bieten, meinte Tiziano. Er erläuterte Maxie das umfangreiche Konzept, in dem noch Details offen waren. Sie solle ins Studio zurückkehren, dort sei sie für die reibungslosen technischen Abläufe der Zuschaltungen zuständig. Ausgestrahlt würden nur die von Oberst Mettler und diesem Winke freigegebenen Bilder. So sei es abgemacht.

Zackig wiederholte Maxie, sie werde sich daran halten, und empfand im selben Moment die Lächerlichkeit ihres Tonfalls.

Endlich traf die Sonderequipe des ZNF ein, Tom und Stefan; den Satellitenwagen stellten sie neben dem Eingang ab. Sie würden von hier aus die Interviews und Stimmungsbilder drehen. Von jetzt an würde alles wie in Tizianos Drehbuch ablaufen.

Maxie musste sich durch die wartende Menschenmenge durchkämpfen. Sie wurde von allen Seiten bedrängt, von Kollegen sogar beschimpft, weil sie auf der andern Seite der Stacheldrahtsperre gewesen war. Sie wehrte sich, verwies auf die Pressekonferenz.

In Tizianos von der Sonne aufgeheiztem Fiat fuhr Maxie ins Studio zurück. Da war ihr bereits übel gewesen. Im Autoradio hörte sie die Wiederholung der ersten Pressemitteilung.

Im Studio lag schon Tizianos Fax mit den Namen der festgehaltenen Kinder. Wie erwartet stieß Maxie auf die Namen bekannter Familien. Die Nachrichtensperre ließ ihr keinen Spielraum für Spekulationen. Das Bildmaterial der Blitzequipe war vorzüglich. Auf allen Aufnahmen stach Ellen Lachat hervor, medienwirksam, eine Heldin. Der Minister wurde von Winke interviewt, sprach von Mitgefühl und vollem Vertrauen in die Sicherheitskräfte. Tiziano redete mit fassungslosen, angstvollen Eltern. Das waren die schlimmsten Bilder, die verzweifelte Wut einer Mutter, eine andere weinte, Väter, die stumm wegblickten.

Es war während der Nachrichten gewesen. Maxie hatte der Situation entsprechend den grauen Blazer aus dem Garderobeschrank geangelt. Nach den Bildern vom Nachmittag war klar gewesen, wie wichtig das war. Sie verlas routiniert die Auslandsmeldungen, Unruhen, die erneuten Verletzungen der Waffenstillstände. Bei der Ansage des Schwerpunktthemas, der Geiselnahme im Kindergarten, fühlte sie, wie ihr jetzt und unaufschiebbar schlecht wurde. Sie klammerte sich an das schmale Stehpult, fühlte kalte, schweißnasse Hände, sie redete. Sie reckte sich gerade auf und spürte die sich ausbreitende Leere im Hinterkopf, sie redete. Vom Teleprompter las sie die Worte ab, die sie geschrieben hatte, ohne ihren Sinn jetzt zu verstehen. Sie verlangsamte das Tempo mit der Fußtaste, hatte das Gefühl, auf dem Standbein gleich einzuknicken. Endlich hatte sie auch den Wetterbericht abgelesen. Sie stand noch immer reglos, als die Kamera längst weggeschwenkt war. Dann war sie zur Toilette gerannt.

Maxie rappelt sich vom Teppich hoch, die Schwäche ist vorbei, sie hat Hunger. Die Kinder im Hort schlafen jetzt wohl. Sie wird sich erst morgen wieder um diese Geschichte kümmern. Es gibt Länder, da werden Kinder vor den Augen ihrer Eltern gefoltert. Sie ist nur Berichterstatterin, muss lernen, sich abzugrenzen, sich vor allem nicht auf Gefühle einzulassen.

Nach dem Bad sitzt Maxie entspannt in der Küche, isst Weißbrot mit Räucherwurst, trinkt Sprudelwasser. Sie braucht keine Träume von menschlicher Wärme und Geborgenheit, kann mit der Realität umgehen, hat sich im Leben eingerichtet. Auch Robert mit seinen hoch bezahlten Forschungsprojekten, seinen überfüllten Auditorien und seiner unbestreitbar publikumswirksamen Bärenforschung würde souverän reagieren, hätte er ein Kind, das in einem Kindergarten von einem Geiselnehmer bedroht würde. Stressfaktoren sind zu reduzieren, der Geiselnehmer wäre zu beruhigen, die Tür zu öffnen, dass er die Möglichkeit hätte wegzugehen. Er müsste dazu gebracht werden, den Raum zu verlassen. Geschlossene Räume erzeugen an sich schon Stress. Werden zu viele Ratten in einem zu kleinen Käfig untergebracht, beginnen sie einander anzufressen. Robert mit seinem überlegenen Umgang mit vorgefassten Meinungen –

Die Geiselnahme dauert jetzt schon vierzehn Stunden, der Täter wird in dieser Nacht aufgeben oder durchdrehen. Schon im nächsten Augenblick kann sich das entscheiden, trotzdem zieht sie es vor, hier sitzen zu bleiben. Die Schwäche von heute spürt sie zu sehr in den Knochen.

Sie ist die Zuschauerin, sie kann nichts anderes sein. Sie darf sich nicht mit jedem, der schwach ist, der bedroht und gefährdet ist, identifizieren.

Sie trommelt, das besänftigt, beruhigt. Sie muss sich Gleichgültigkeit angewöhnen, sie kann es sich nicht leisten, in Mitgefühl zu versinken, nicht im Einzelfall und nicht mit den Leiden und Schmerzen einer ganzen Welt. Wo bliebe da ihr Lebensmut.

Sie hat sich für diesen Beruf entschieden, Robert ist die Idealbesetzung einer Beziehung, die so ist, wie sie es sich wünscht: keine zu enge Bindung, keine Verpflichtung. In Alaska ist jetzt noch Tag, da schlafen die Bären. Es soll ihr gleichgültig sein.

Josefine

Sie wacht, sie sitzt am Tisch in der Wohnstube, bewegt den Rosenkranz zwischen den Fingern, ein schwarzes Kügelchen ums andere, und wartet darauf, dass irgendjemand sich um sie kümmert. Da hat sie nun Florian im Wäschekorb schlafen gelegt, Moritz schläft unter dem Tisch und schnarcht leise; in ihren Ohren klingt das vertraut. Doch nichts ist in Ordnung, sie hat es in der Nachrichtensendung am Fernsehen gesehen.

Nachdem am Nachmittag das Telefon im unteren Stockwerk endlos geschellt hatte und sie immer wieder dachte, Regula kann es nicht sein, mit Regula ist alles in Ordnung, Regula würde hier anrufen, die weiß ja, dass Herr Choppard nicht daheim ist. Endlich schellte ihr eigenes Telefon, doch es war dieser grässliche Anruf.

Überlegt sie es sich richtig, kann dieser Mensch nicht besonders intelligent sein. Es hat ziemlich lange gedauert, bis er darauf gekommen ist, bei ihr anzurufen. Er fragte, ob sie möglicherweise wisse, wie Herr Choppard erreicht werden könne, und ob sie wisse, wo das Kind von Frau Regula Choppard tagsüber untergebracht sei. Seine Pfarrerstimme war ihr auf Anhieb verdächtig, als wollte er gleich kondolieren. Als ob sie irgendjemandem am Telefon einfach Auskunft gäbe. Es war einzig wegen Florian, dass sie nicht gleich auflegte. Sie ist doch verantwortlich für ihn.

Ja, sie sei die Nachbarin der Familie Choppard, vom oberen Stockwerk. Ja, sie hüte das Kind, er höre doch, er habe es geweckt mit seinem Geschelle. Jetzt weine es.

Er sei von der Polizei, er nannte seinen Namen, Winke, von irgendeinem psychologischen Dienst. Bei ihr sei also das Kind, gut. Ob sie es noch etwas länger hüten könne. Doch dann wusste er nicht, wie lange. So viel er wisse, gehe es Frau Choppard gut. Sie könne bloß den Kindergarten bis auf weiteres nicht verlassen. Eine Geiselnahme. Aber sie solle sich nicht beunruhigen, sie würden den Geiselnehmer dazu bringen, aufzugeben.

Dass Herr Choppard ein berühmter Geiger und auf Tournee sei, schien ihn zu erstaunen. Er werde ihn ebenfalls benachrichtigen. Ob Frau Choppard stresstauglich sei, ob sie schreien würde, wenn jemand sie erschrecke, ob sie antworten würde, wenn sie Angst habe? Josefine höre wieder von ihm.

Josefine sitzt an ihrem Tisch, betet, wartet noch immer darauf, dass das Telefon wieder klingelt, es könnte Herr Choppard sein, oder Regula käme heim. Zumindest könnte dieser Polizist nochmals anrufen. Es ist doch keine Art, sie einfach sitzen zu lassen. Woher will er wissen, dass sie stresstauglich ist. Tatsächlich hat sie noch nie die Nerven verloren, dafür hätte ihr auch keiner Lohn bezahlt. Es hieß immer, auf Josefine ist Verlass. Sie war es doch, die jeweils die andern zu beruhigen hatte. Sie hat gesagt, Frau Choppard ist stresstauglich. Man muss nicht immer alles sagen, das weiß die Madonna auch. Es geht keinen salbungsvollen Polizeipsychologen etwas an, dass Regula eine Zarte ist, niemanden geht das etwas an.

Ausgerechnet ein Geiselnehmer.

Natürlich hat sie sich anschließend die Nachrichten im Fernsehen angesehen. Sie liebt die kleine Nachrichtenmoderatorin mit dem munteren Ausdruck im Gesicht. Zieht sie die eine Augenbraue etwas hoch, so zuckt der Mundwinkel mit. Heute war sie sehr ernst, es konnte einem bange werden. Müsste sie entscheiden, sie schickte diese Maxie Laane zu diesem Verrückten. So ein energisches Persönchen könnte allerhand erreichen. Stattdessen haben sie diese aufgetakelte rothaarige Frau eingesetzt. Die ist hineingegangen und wieder herausgekommen. Sie haben ihr Gesicht in Großaufnahme gezeigt, da lässt sich so manches herauslesen, trotz der Schminke. Wenigstens arbeitet sie.

Es ist empörend, sich vorzustellen, dass irgendein Geiselnehmer einfach Regulas Kindergarten überfallen kann, in allernächster Nähe, auf der andern Seite des Parks, und keiner hält ihn auf. Josefine darf nicht daran denken, wie Regula all diese kleinen Kinder beruhigen soll, wenn sie doch mit Florian allein schon nicht zurechtkommt. Ob Regula Choppard mutig ist oder ängstlich? Irgendwie ist diese Frage falsch gestellt. Es hat beides seine Vorteile in einer solchen Situation. Sie, Josefine, hätte Angst, sie stürbe vor Angst, aber vorher zöge sie diesem Kerl eine Bratpfanne über den Kopf für seine Unverschämtheit. Regula hat aber keine Bratpfanne im Hort, und hätte sie eine, Josefine traute ihr nicht zu, dass sie damit zuschlagen würde. Ob Regula Angst hat, das weiß sie nicht so genau. Möglicherweise ist sie eingeschüchtert. Auf jeden Fall ist sie zart, fast zerbrechlich, Josefine hat es heute Morgen wieder gedacht.

Noch ein «Gegrüßt seist du, Maria», für alle Gedanken, die der Madonna vielleicht nicht so gefallen, für Regula und die Kleinen, dass ihnen nichts geschieht, für Florian, dass er gut und ungestört schläft.

Sie hat es geahnt, dass etwas Ungutes kommt. Jetzt, wo es da ist, weiß sie wenigstens, woran sie ist.

Herr Choppard soll sich unterstehen, sie spät nachts noch aus dem Schlaf zu schellen.

Sarah

Freitags hat Sarah den ganzen Tag frei. Daniel legt Wert darauf, ein fortschrittlicher Arbeitgeber zu sein, und eine allein erziehende Mutter ist mit einer Dreiviertelstelle ausgelastet. Heute bleibt sie am Frühstückstisch sitzen, studiert die alte Läuferkarte, merkt sich die Route, die sie früher ab und zu gelaufen ist, eine Schontour, nur acht Kilometer und flach, gerade richtig für den Neubeginn ihres Lauftrainings. Sie überlegt, ob entlang der Route in den letzten zehn Jahren neue Zubringerstraßen zur Autobahn gebaut wurden, fertigt aus dem Handgelenk eine Trainingsskizze an, Pulsfrequenz, Laufdauer, Gehpausen. Wüsste sie bloß, ob die beiden grünen Ringordner, in denen alle Tabellen aus ihrer Läuferkarriere zu finden sind, mit dem anderen Kram auf Dads Dachboden verstaut sind.

Gleich nach dem Starten der zweiten Wäschetrommel, die Buntwäsche trocknet schon im Tumbler, fährt sie in ihrem alten grauen Morris die paar Kilometer aus der Stadt hinaus. Die Zwillinge sind alt genug, in der Schule sind sie gut aufgehoben, von heute an wird Sarah Änderungen einführen.

Sie denkt nicht mehr an diese Geiselgeschichte.

Maxie

Maxie verfolgt die Ereignisse um die Geiselnahme live auf den Monitoren. Sie ist schon seit zehn Uhr wieder im Studio. Die Eingangshalle gleicht einer von Medienleuten belagerten Festung. Offensichtlich verfügt das ZNF zuerst über die Informationen und erhält als einziger Sender das Bildmaterial aus der Einsatzzentrale. Maxie wird angeschrien und beschimpft, die Kollegen versperren ihr den Weg. Da sind schon der Pförtner und ein Wachmann, die Maxie zum Lift begleiten. Maxie bewundert Tiziano, der alle Fäden in der Hand hält, sich das Informationsmonopol gesichert hat, indem er sich in der Einsatzzentrale nützlich macht.

Der Übertragungswagen des ZNF mit Tom und Stefan als Kamerateam steht noch immer gleich neben dem Eingang zur Einsatzzentrale, eine Kamera ist im Raum, in dem der Krisenstab tagt, fest installiert. Tiziano ist mit dem Studio über Handy oder ein Privattelefon im Haus verbunden, um den Polizeifunk nicht zu stören, der sowieso von allen andern Journalisten abgehört wird. Sie handeln genau nach seinen Anweisungen, senden, was er bezeichnet, verkaufen, was er freigibt, bis jetzt scheint es keine Panne gegeben zu haben. Was Maxie noch nicht weiß, heute Nacht hat der Geiselnehmer nach Verhandlungen mit einem der Väter zwei der Kinder freigelassen, eines war krank, eines hätte während Stunden nach der Mama geweint. Das Fluchtauto, die Leinensäcke mit dem Lösegeld standen bereit, Tiziano hatte dem Kamerateam den besten Platz gesichert, um live zu senden, doch dann war alles blockiert.

Jetzt ist nur noch Tiziano auf den Bildschirmen zu sehen, in der Vervielfältigung der Monitoren wirkt er etwas ungepflegt, übernächtigt oder schlecht geschminkt. Er berichtet über die zunehmende Nervenanspannung. Der Geiselnehmer habe die Kindergärtnerin in den Nebenraum geschickt, damit sie etwas schlafe. Jetzt befinde er sich allein mit den restlichen sechs Kindern im Aufenthaltsraum. Er scheine mit den Kindern zu spielen, doch habe er erneut gedroht, er werde alle in die Luft sprengen, sobald man versuche, ihn zu überrumpeln. Es folgen die Bilder der Eltern, die Haltung zeigen. Dann eine neue Schreckensmeldung: Der Täter ist unbedingt ernst zu nehmen. Die Polizei bestätigt, dass es sich um denselben Mann handelt, der vor vier Tagen in einer Parkgarage ein Auto in die Luft sprengte und einen Zettel hinterließ. Damit habe er von Anfang an klarmachen wollen, dass er Sprengstoffexperte sei und nicht bluffe.

Später tritt Ellen Lachat vor die Kamera, einen Mikrofonknopf im Ohr, möglicherweise gibt Tiziano Regieanweisungen. Sie kommt gerade aus dem Hort zurück. Diesmal durfte sie einen Blick in den großen Aufenthaltsraum werfen. Er ist durch Tische zweigeteilt. Der Geiselnehmer ist vermummt, sitzt in der einen leergeräumten Raumhälfte, vor den mit angeklebten Papierbogen abgedeckten Fenstern. Er trägt weißliche Gummihandschuhe, wie Zahnärzte sie tragen. Die Dynamitstäbe hat er sich umgehängt, die eine Hand an der Abzugsschnur. Die Kinder liegen auf dem Matratzenlager, die Kindergärtnerin Regula Choppard hat ihnen ein leichtes Schlafmittel gegeben, sie sitzt wieder neben ihnen. Ellen Lachat lächelt aufmunternd, die Kinder wirken nicht verängstigt, es geht ihnen der Lage entsprechend gut, Frau Choppard ist eine wunderbare Frau.

Über den Geiselnehmer, der ein Einzeltäter ist, äußert sich in einem Interview der Psychiater, der die Tonbandstimme analysiert hat: Der Mann sei labil, paranoid, gewaltbereit. Maxie fragt sich, ob diese Analyse wirklich auf der Telefonstimme beruht. Eher wurde ein Minimikrofon installiert. Falls die Vermutung stimmt, muss damit ein gewaltiges Risiko verbunden sein.

Freitag Mittag bringt Tiziano im ZNF das erste persönliche Interview mit Ellen Lachat. Sie beantwortet seine Fragen zu Ausbildung, Person, der Motivation zum freiwilligen Dienst. Er lässt sie weitschweifig über die Sicherheitsprobleme einer Gemeinde wie Sental reden, interessiert sich für die Düngerwerke, den Stausee, das

Elektrizitätswerk, die Schießplätze, die großen Lawinenverbauungen.

Gegen Abend ist es wieder Ellen Lachat, die die Botschaft des Geiselnehmers verliest. Man sieht sie hinter der Eingangstür des Horts verschwinden. Sekunden später ist sie zurück, einen zusammengefalteten Briefbogen in der Hand. Tiziano steht mit dem Mikrofon eine Treppenstufe unter ihr, Stefan mit der Kamera muss gleich davor stehen. Maxie bewundert ihren Mut. Möglicherweise blickt der Geiselnehmer durch einen Spalt im zugeklebten Fenster auf die Szene. Er hat verlangt, dass der Text auf den Stufen zum Kindergarten verlesen wird. Ellen Lachat liest mit unbeweglichem Gesicht:

La bombe humaine, tu la tiens dans ta main,
Tu as le détonateur juste à côté du cœur.
La bombe humaine c'est toi, elle t'appartient,
Si tu laisses quelqu'un prendre en main ton destin.
C'est la fin ...

Maxie erkennt das Chanson schon beim ersten Satz. Der Geiselnehmer hat es kaum abgewandelt, nur dass er sich selber als die menschliche Bombe bezeichnet, die es zu zünden gelte, um die Welt geistig zu erneuern und eine Kettenreaktion auszulösen, die schneller als der Atomblitz die Freiheit des Denkens verbreite.

Verrückt. Ellen Lachat blickt irritiert auf den Zettel, wirft einen Blick in den Briefumschlag, sagt, der Geiselnehmer verlange, dass dieser Text auch auf den beiden andern Fernsehkanälen verlesen werde.

Maxie schüttelt den Kopf. Wer das Chanson nicht kennt, wird krampfhaft einen Sinn hinter dem Text suchen, den Verfasser für einen religiösen Fanatiker, einen depressiven Weltverbesserer oder schlicht für einen Verrückten halten. Wer das Lied kennte, müsste eher an einen Studentenulk glauben, widerspräche dem nicht das Szenario: Der Mann hält nun seit anderthalb Tagen Kleinkinder als Geiseln fest, hantiert mit Dynamit, droht, alle in die Luft zu sprengen.

Was diesmal die hektische Betriebsamkeit der Einsatzleitung ausgelöst hat, ist nicht festzustellen, Maxie bemerkt die Unruhe auf den Monitoren. Tiziano meldet eine weitere Krisensitzung, wieder betritt Ellen Lachat den Kindergarten, wieder kommt sie heraus. Tiziano gelingt es überraschend, Stellungnahmen einzuholen, des Ministers für Innere Sicherheit, der Erziehungsministerin, des Einsatzleiters Oberst Mettler. Maxie meint, in einem Krimi zu sitzen, *bombe humaine, human bomb*, gibt es nicht diese amerikanische Fernsehserie, eine Krimireihe, die ausgerechnet *Human bomb* heißt? Alle versichern, dass die Geiselnahme in Kürze ihr Ende findet. Oberst Mettler spricht in die Kamera, es werde verhandelt. Die Zeit der Geduld sei bald abgelaufen. Ein Kommuniqué der Einsatzleitung folgt dem andern. Tiziano ist es zu verdanken, dass sie jeweils direkt ausgestrahlt werden.

Auch Maxies Nachrichtenteil befasst sich fast ausschließlich mit den Ereignissen um die Geiselnahme. Sie verliest die Zusammenfassungen des Tagesgeschehens. Beim Abspann bleibt sie stumpf sitzen.

Erschöpft starrt sie in der Garderobe in den Spiegel, schminkt sich nachlässig ab. Nach Dienstplan hat ihr Wochenende schon vor zwei Stunden begonnen. Sie hat genug. Es ist nicht nötig, dass sie bei diesem Countdown assistiert, und sie wird auch keinesfalls dabei zusehen, wie Kinder in die Luft gesprengt werden. Sie kann an den Ereignissen nichts ändern, es wird gut ausgehen oder schlecht. Jedenfalls haben die Politiker ihre Auftritte gehabt.

Noch vor einem Jahr hätte sie während jeder Sekunde mitgefiebert. Jetzt geht sie nach Hause. Sie wird erst morgen um acht das Radio einschalten, um zu hören, ob die Sache ihr Ende gefunden hat.

Es wäre feige gewesen. Der Fernsehapparat in Birgits Wohnung läuft fast die ganze Nacht. Maxie hat sich auf der bequemen Liege ausgestreckt, die Fernbedienung neben sich. Sie muss es wissen. Einmal meldet Ellen Lachat, der Geiselnehmer gebe auf und komme jetzt heraus. Dann folgt ein Spielfilm mit Unterbrüchen, immer wieder Tizianos faltiger werdendes Gesicht. Der Geiselnehmer verweigert seit dem frühen Abend jeden Kontakt. Irgendetwas scheint schief zu laufen. Der Punkt null muss nah sein.

Der Geiselnehmer ist jetzt seit mindestens vierzig Stunden wach. Körperlich hat er seine Grenze erreicht. Das Fluchtauto steht noch immer gut sichtbar auf der Straße vor dem Kindergarten. Gegen Mitternacht meldet Tiziano, gerüchteweise werde der Kindergarten innerhalb der nächsten Stunde gestürmt, was von Pressesprecher Winke umgehend dementiert wird, die Spannung bleibt: Zwischen Wiederholungen früherer Szenen Bilder vom Nachtlager der Eltern, von im Park lagernden Schaulustigen, es ist eine warme Sommernacht. Maxie döst. Aus dem Innern des Kindergartens sei kein Laut zu hören, meldet Ellen Lachat. Nach der zweiten durchwachten Nacht ist die Lage um vier Uhr morgens unverändert. Tiziano wirkt trotz der frischen Rasur übernächtigt: Während der Nacht hätten sich die Ereignisse weiter zugespitzt. Die Umgebung des Kindergartens wirke inzwischen, als herrsche Bürgerkrieg. Tiziano spricht hektisch gedämpft, die Stimme des Kriegsberichterstatters. Maxie denkt an die Ambulanzen und die Bagger zur Trümmerbeseitigung.

Um sieben Uhr kämpft sie sich durch die vor der Abschrankung stehenden übernächtigten Kollegen von Zeitungen und Konkurrenzunternehmen. Sie murren hinter ihr her, weil sie mit ihrem Spezialpassierschein durch die Absperrung gelangt. Im Flur gleich hinter der Eingangstür stehen vier behelmte Grenadiere der

SET, die Visiere heruntergeklappt, die Schusswesten übergezogen, die Maschinenpistolen im lockeren Anschlag. Sie beachten Maxie nicht, warten auf etwas.

In einem frischen blauen Hemd sitzt Tiziano auf einem Klappstuhl, die mobile Kamera neben sich auf dem Fußboden, auf einer kalten Davidoff kauend: Sogar hier scheint jemand ein Rauchverbot ausgesprochen zu haben. Er freut sich, Maxie zu sehen. Er blickt auf die Uhr, drinnen gebe es Kaffee, in Pappbechern, sie hätte noch knapp Zeit, es gehe in zehn Minuten los. Er hat irgendwo auf einer Matratze kurz geschlafen, bewundernswert. Das Kamerateam müsse im Moment bei der übrigen Presse warten. Tiziano und der Mann vom Polizeifilmdienst seien als einzige mit Kameras zugelassen. Er habe genaue Anweisung, von wo aus er filmen dürfe, sie solle sich dicht neben ihm halten.

Keiner erwidert Maxies Gruß, sie wird bloß knapp gemustert.

Von hier aus sieht alles noch gefährlicher aus. Auf einem Tisch stehen zwei Monitoren, die von einem Uniformierten bedient werden. Auf dem einen Bildschirm ist ein Hausdach zu sehen, auf dem zwei vermummte Grenadiere liegen, Maschinenpistolen mit Zielfernrohr im Anschlag. Der andere Bildschirm zeigt einen einzelnen Grenadier hinter dem Mäuerchen eines Vorgartens, der abgeknickte Lauf seines Maschinengewehrs ragt in einem Winkel über die Mauer,

Maxie wundert sich, dass es das gibt. Da muss zudem irgendwo ein Spiegelchen angebracht sein. Das Bild wechselt in das Innere eines Einsatzwagens, auf den Seitenbänken sitzen behelmte Grenadiere, vier weitere kauern in einem Hauseingang, Maxie hat jetzt schon mindestens zwanzig bewaffnete Uniformierte gezählt.

Sie blickt aus dem Fenster. Von hier aus ist weit und breit kein Mensch zu sehen. Auch das Mäuerchen des Vorgartens, das sie wiederzuerkennen meint, sieht harmlos und verlassen aus.

Sie weiß, dass sie nichts von Einsätzen versteht. Bisher ist sie einfach davon ausgegangen, der Kindergarten könne nicht gestürmt werden, weil sonst dieser Verrückte alles in die Luft sprengen würde. Sie will nicht zittern.

Schon zieht Tiziano sie nach draußen. Wie er ist auch sie völlig ungeschützt, hat weder Weste noch Helm. Tiziano trägt einzig die Kamera, flüstert, das Licht liege günstig auf der Eingangstür, sie solle mitkommen.

Sie staunt: Alles muss auf die Sekunde genau abgesprochen worden sein. Grüppchen von Uniformierten bewegen sich lautlos und katzenhaft irgendwohin. Ihre Schnürstiefel müssen Spezialsohlen haben, die jedes Geräusch dämpfen. Tiziano bleibt gegen die Hauswand gepresst stehen, klappt das Stativ aus, stellt die Optik ein. Maxie hört das vertraute Kamerasurren und bewundert seine Kaltblütigkeit. Nach kurzem Überlegen geht sie neben ihm in die Knie, zieht ihre kleinformatige Gebrauchskamera aus dem

Blouson, späht zwischen seinem Rücken und der Wand durch, hat die Eingangstür zum Kindergarten genau im Bild, die Lichtschärfe optimal eingestellt.

Samstagabend. Maxie sitzt daheim in der Wohnung auf der Couch, hält das Cello zwischen die Knie geklemmt, zupft mit dem Daumen die eine dunkle Saite, streicht weich darüber, ein leises Brummen, lässt sie zurückschnellen, zack, tot. Sie ist nicht hart genug für diesen Job. Sie hat sein Gesicht nicht gesehen, nichts hat sie gesehen, zugesehen hat sie, wie der Schuss ihn traf, ein Fangschuss in den Kopf. Das hat sie gefilmt.

Es sind die Hände, hart packt sie den Cellobauch mit beiden Händen, spürt den Hohlraum hinter dem Holz, brauchte bloß mit aller Kraft zuzudrücken, bis das Holz zersplitterte, sieht seine Hände wieder, weiße Hände vor dem dunkeln Viereck der offenen Tür, schwarze eng anschließende Ärmel, schmale Handgelenke und mattweiße Handflächen, denn das sind Handschuhe. Sie werden nicht hochgerissen, sind von Anfang an oben, als die Tür sich langsam öffnet, als eine dunkle Gestalt mit erhobenen leicht ausgebreiteten Armen aus dem Türviereck tritt. Nicht zögernd, nicht rasch, nur langsam und die offenen Handflächen auf Kopfhöhe, hell neben dem schwarzen Kopf.

Gut sichtbar, sicher steht er da, gerade aufgerichtet, als wäre es ein Spiel. Kein Opfer steht so da, so herausfordernd gerade.

Maxies Hände umkrampfen den Hals des Cellos. Eine schwarze Gestalt, schmal, nichts umgehängt, keine Dynamitstäbe, keine Waffen, schwarze Wollmütze, schwarze Läuferschuhe. Sie hört die Schüsse, sieht ihn fallen, vornüber die Stufen hinab, sie filmt und stoppt. Ohne irgendetwas zu bedenken, klinkt sie den Film aus der Kamera, lässt die Spule unter den Blouson, unter das Leibchen rutschen, klemmt sie mit einer raschen Handbewegung unter dem Hosenbund fest. Routiniert legt sie die andere Spule ein, das dauert ein paar Sekunden, drückt den Belichtungsknopf. Tiziano filmt noch immer und bewegt sich jetzt von der Hauswand weg, sie richtet sich auf, hält sich an seiner Seite, als müsste das so sein.

Kopfüber auf den Stufen liegt der Mann mit ausgebreiteten Armen und verrenkten Beinen, sein Hinterkopf ein Brei aus Blut und Hirn, eine hellrote Lache breitet sich aus, Blut rinnt auf die Stufe darunter. Maxie sieht es sich an, als wäre das nichts, ein Film, der nichts mit ihr zu tun hat. Tiziano murmelt, gleichzeitig mehrere Schüsse in den Kopf. Sie versteht es nicht, da waren die erhobenen Hände, keine Waffen. Es gibt nichts zu denken.

Maxies Hände auf dem Cello zittern.

Tiziano gilt immer noch als Mitglied der Einsatzleitung. Die Bilder für die Nachrichtensendung müssen erst freigegeben werden.

Mit einem leichten Grinsen hat Winke, der sie

beide in den Schneideraum des ZNF-Studios begleitet hat, ihre Spule über den Tisch geschoben, überbelichtet, leer, offensichtlich nicht den richtigen Knopf gedrückt in der Aufregung. Sie weiß, dass er jetzt denkt, typisch Frau, was hat auch eine Fernsehredaktorin am Einsatzort verloren.

Was hat sie dort getan? Zugesehen. Sie wäre besser nicht dort gewesen. Ein Mensch, der zwei Tage lang kleine Kinder und eine Frau terrorisiert hat, kommt aus der Tür. Er wird erwartet, abgeschossen. Das kommt doch täglich vor. Da gibt es Grauenhafteres. Folter, Krieg, Vergewaltigung – sie berichtet jeden Tag davon und macht jetzt schlapp, wenn sie daneben steht. So ist doch das Leben, so sind die Menschen.

Ihr Magen krampft sich zusammen, Maxie würgt. Sie läuft zum Schrank, kippt fast schon routiniert ein Gläschen Magenbitter herunter, das beruhigt. Vielleicht hat sie eine Sommergrippe, reagiert deshalb mimosenhaft.

Im Studio hat Tiziano seinen Film persönlich am Computer bearbeitet, Maxie hat mit ihm auf den Bildschirm an der Wand gestarrt. Der Täter in der Tür, Schnitt, der Täter schräg auf den Stufen liegend, Schnitt, die Lache ist weg, der Körper so ins Bild gebracht, dass der offene Hinterkopf nicht sichtbar wird, für diese Aufnahme muss Tiziano sich in den Kies gelegt haben. Maxie hat es nicht bemerkt. Tiziano hat beim Schneiden und Verschieben geschummelt,

Bildwechsel und übergangslos die Grenadiere, nun mit aufgeklapptem Visier, sie tragen die Kinder aus dem Haus, streicheln sie, sind gerührt, und jetzt die heranstürmenden Eltern, die den Grenadieren die Kinder aus den Armen reißen. Rührszenen. Schließlich noch Ellen Lachat, die gemeinsam mit einem Uniformierten die weinende Kindergärtnerin die Stufen hinunter zu einem Polizeiwagen führt. Abschließend Bericht und Kommentar.

Tizianos Stimme zwischen zwei Schlucken Bier: nie Tötungsszenen, Mädchen. Auch eine Leiche immer nur kurz und nie das Gesicht, wenn sie überhaupt noch eins hat. Gerade so viel, dass die Zuschauer das Gefühl haben, sie sähen alles. Zeigst du mehr, gibt es von allen Seiten Ärger. Voyeurismus wäre das. Etwas am Tod muss privat bleiben. Es ist kein Krimi, sondern die Wirklichkeit, da sind die Leute heikel. Da hast du Scherereien mit Persönlichkeitsrechten. Irgendjemand hat immer Persönlichkeitsrechte. Ich bin vorne dabei und bringe Bilder, die andere nicht erhalten, weil ich zuverlässig bin. Das heißt in diesem Fall, es gibt eben Bilder, die hast du nie gesehen, die Schützen nicht, den Schuss nicht, die ganze Anordnung nicht. Nur so kommst du an die richtige Information. Und die brauchst du, um an immer weitere zu kommen, capito? Übrigens hattest du keine Erlaubnis zu filmen. Es wäre feige gewesen, hättest du es nicht versucht, jetzt ist es halt missraten. Vielleicht solltest du dir gelegentlich eine neue kleine Videokamera anschaffen, privat filmen, bis du sie im Schlaf bedienen kannst. Tizianos Blick hat sie mit kläglichem Lächeln erwidert. Wenn er wüsste, wie speiübel ihr ist.

Tiziano hat sie besorgt angesehen: Es sei etwas hart gewesen für eine Frau, Birgit könne stolz sein auf ihre Tochter, Maxie solle sie grüßen, ob sie immer noch in Skandinavien sei. Ob Maxie heute schon etwas gegessen habe. Aufmunternd hat er ihr auf die Schulter geklopft.

Sie kennt jetzt den Namen des Toten. Tiziano ist mit der Nachricht zu ihr ins Fotolabor gekommen, wo sie Filme überprüfte. Er war konsterniert: Janic Bering, ein Enkel des berühmten Bering, des Gründers des Bering Konzerns, Apparatebau, Gießereien. Die Gerichtsmedizin hat ihm den Namen vertraulich weitergegeben. Er hat keine Ahnung, woher sie wussten, wer der Tote war.

Tiziano erlässt sofort die Anweisung, die Angehörigen seien zu schonen. Zwar sei der Hergang klar, andererseits bestehe der Verdacht auf eine vorübergehende Unzurechnungsfähigkeit des Täters. Dazu stünden vorerst weitere Untersuchungsergebnisse aus. Die Kriminalpolizei habe die Identität provisorisch bestätigt: achtunddreißig Jahre alt, geschieden, zwei Kinder, ehemaliger Berufsmilitär, Instruktionsoffizier bei der Eliteeinheit, Auslandeinsätze bei internationalen Missionen. Seit vier Jahren im Computergeschäft, leitete zuletzt ein eigenes Computerunternehmen.

Tiziano wurde seinem Ruf, früher ein pickelharter Journalist gewesen zu sein, gerecht. Wenn er schon wieder einmal an der Front gewesen sei, schließe er seinen Einsatz auch korrekt ab. Also ging er immer noch nicht nach Hause, sondern stellte die Geschehnisse für die Abendnachrichten zusammen und präsentierte sie auch gleich selber. Es überraschte alle im Studio, dass er die wichtigste Neuigkeit, die Identität des Täters, in vier Sätzen von allerhöchstens sechzig Wörtern abhandelte. Nach der Anspannung der letzten Tage sei nun der Schwerpunkt auf die glückliche Rettung der Kinder und ihrer Kindergärtnerin zu legen. Nicht umsonst hatten Hörerinnen und Hörer mitgezittert.

Maxie will nichts mehr von dieser Geschichte wissen. Erstaunlicherweise hat Tiziano entgegen seiner eigenen Anweisung versucht, telefonisch irgendjemanden zu erreichen, zunächst unter der Privatnummer der Familie Bering, dann bei der Computerfirma, schließlich im Konzern. Doch überall antworteten nur Telefonbeantworter. Es war ja Samstag.

Verständnislos las Maxie in einer weiteren internen Notiz, in kommenden Beiträgen sei die gute Arbeit der Antiterroreinheit und die vorzügliche Zusammenarbeit aller Behörden hervorzuheben. Ihnen allen sei ein glimpflicher Ausgang dieses Terroranschlags zu verdanken. Opfer, die zu befürchten gewesen seien, habe es keine gegeben.

Maxie realisiert, dass sie sich an ihrem Cello geradezu festklammert, und lässt es los. Sie fühlt sich schlecht. Irgendwo in einem gerichtsmedizinischen Institut liegt jetzt eine Männerleiche, vielleicht noch auf dem Seziertisch, Blut und Gewebe werden eingefroren zu weiteren Abklärungen, die Schusskanäle vermessen, registriert. Vielleicht auch hat man ihm zuallererst Organe entnommen. Der Rest wird ins Kühlfach geschoben.

Aber es geht nicht darum, wie sehr ein Mensch ihr Mitleid verdient, der mit Dynamit gedroht hat, der einen einfältigen Text verlesen ließ, der eine Frau und acht Kinder, die Eltern und die Öffentlichkeit zwei Tage lang terrorisierte. Es geht darum, dass die Medien – konkret Tiziano und sie – nicht die Wahrheit dargestellt haben. Der Täter hatte sich ergeben. Was sie gesehen hat, ist die Erschießung eines Wehrlosen. Die zusammengefügten Fakten haben eine Geschichte dargestellt, wie sie hätte sein können, die erhobenen Hände hätten einen Widerspruch aufgezeigt, also ließen sie sie weg. Die Erschießung war der folgerichtige Schluss.

Ob Axel so erschossen worden ist? Sie hat sich immer verboten, sich Vaters Ende vorzustellen, sein Tod blieb abstrakt. Jetzt weiß sie, wie es aussah. Erhobene Hände, Uniformierte, die schussbereit warten, ein Kopf, der aufreißt.

Irgendeinmal muss Maxie versuchsweise Sarah Berings Nummer gewählt haben. Auch dort war niemand.

An diesem Abend schläft sie sitzend ein, träumt. In den Traum mischen sich ihr fremde Leute, reden mit ihr, wollen etwas von ihr, dringend. Sie erwacht auf der Couch liegend, das Cello liegt am Boden. Sie hat das Geräusch von Trommeln im Ohr.

Sarah

Sarah schläft mit Gerd, in leuchtend pinkfarbener Schrift auf den Spiegel im Bad geschmiert, mit ihrem neuen Lippenstift, Nina und Manuel kichern hinter der Tür. Gerd ist Eurythmielehrer an der Schule, ab und zu verbringt sie einen Abend bei ihm. Er hat ihr ein Notenheft mit einfachen Musikstücken gegeben, seinem Unterricht fehle die Klavierbegleitung. Sie hat die Melodien ein paarmal gespielt, langsam, stockend. Beide Zwillinge haben sie sofort erkannt, waren entsetzt, sie werde doch nicht auf die Idee kommen, Gerd im Unterricht zu begleiten. Sie müsste konsequent üben, doch sie hat einfach nicht genug Zeit für alles. Gerd ist so anders als Daniel. Sie hat nie mit ihm geschlafen, doch sie könnte es sich vorstellen.

Natürlich schimpft sie, abgesehen vom verschmierten Spiegel, den sie heute Nachmittag putzen werden, so ein Lippenstift kostet doch Geld.

Samstags fährt Sarah die Zwillinge zum Unterricht, da sie den zur Schule gehörenden Buchladen betreut. Unterwegs überbieten sich die beiden, sie mit Gerd zu hänseln. Gerd hätte keinen Spaß, wenn du wieder dein Lauftraining beginnst. Überhaupt müsstest du ihm zuliebe statt Laufschuhen Sandalen kaufen. Weißt du, dass er Laufen barbarisch findet? Es sei der stupide Ausdruck eines durchwegs materialistischen Körperbewusstseins, sagt Gerd. Jetzt lachen sie los, hast du gewusst, dass deine Gehirnzellen leiden, wenn du so durch die Gegend hopst?

Es ist ein ruhiger Samstagmorgen. Sie besieht sich die Neuerwerbungen, packt Bücher aus, ordnet sie, verkauft. Stolz legt sie das Kleingeld in die blaue, mit Kinderszenen bemalte Blechbüchse aus dem Trödelladen. Hier fühlt sie sich wohl.

Kurz vor der Pause wird sie ans Telefon ins Sekretariat gerufen, es sei dringend.

Ausgerechnet Victor, Janics älterer Bruder, ist am Apparat, Sarah presst die Lippen zusammen. Im Schulsekretariat stehend, Edith bedient den Fotokopierer, Lehrer und Schüler gehen aus und ein, lauscht sie wachsam Victors schleppender Stimme: Sie habe sicher von diesem Geiseldrama im Kindergarten *Am Park* gehört. Eine sehr schlimme Geschichte, die äußerst diffizil zu handhaben sein werde. Er sei zutiefst betroffen, zumal er ihr einen Todesfall mitzuteilen habe, es gehe um Janic. Janic sei tot, nein, kein Unfall. Leider. Es sei unglaublich: Janic müsse verrückt geworden sein. Janic sei der Geiselnehmer in diesem Drama gewesen. Sarah solle sich nicht aufregen, aber er habe sie sofort informieren müssen, Janic sei bei der Befreiung der Geiseln von der Polizei erschossen worden. Eine degoutante, peinliche Affäre. Es gelte, den Kopf beisammenzuhalten. Die Presse werde gleich über sie alle herfallen.

Sie steht im Schulsekretariat, hört Stimmen. Kindergesang dringt durchs offene Fenster. Der Zeiger der Uhr an der Wand springt auf vierzehn nach zehn. Edith unterhält sich halblaut mit einem Jungen, um das Telefongespräch nicht zu stören, lacht leise. Nein, sie kann das nicht glauben. Roter Mohn vor blauem Himmel, Lachen. Sie ist geschieden, Manuel und Nina sehen Janic nur selten. Victors unsympathische Stimme im Hörer, die ist real. Es könnte Victor sein, der übergeschnappt ist, er hat auf sie immer überspannt gewirkt. Woher er das wisse, wo er jetzt sei. – Victor hat die Information von einem Freund im Ministerium. Jetzt ist er zu Hause auf Felseneck.

Wüsste sie nicht, dass Victor nur darauf wartet, dass sie versagt, sie würde zu schimpfen beginnen. Was immer auch geschehen ist, es betrifft nicht sie, Janic interessiert sie nicht, keiner aus dieser Familie interessiert sie im Geringsten. Doch sie hat gelernt, sich auf die Zunge zu beißen; diese Leute drehen einem das Wort im Mund herum. So wenig wie möglich und nichts unbedacht sagen. Auch jetzt nicht.

Sarah schluckt, sagt beherrscht: Das kann nicht sein. Nie würde Janic Kinder bedrohen, das ist absurd. Sie spürt ein Zucken im linken Augenlid, denkt, es ist Victor, der ihr die Nachricht von Janics Tod überbringt, ist da nicht Triumph in seiner Stimme? Wissen es Hugo, Helene?

Schon kommt das Angebot der Familie, sofort mit den Zwillingen ins Landhaus nach Cutry zu ziehen. Es lasse sich gut abschirmen. Noch sei der Name Bering nicht bekannt, die neusten Radio- und Fernsehmeldungen hätten bloß von der Geiselbefreiung und dem Tod des Geiselnehmers berichtet. Sie müsse, bevor die Presse von ihr wisse, zu Hause sein, packen, sofort abfahren. Bei ihrem Vater seien die Zwillinge zu exponiert, sie wolle sie doch nicht ins Rampenlicht rücken. Sie könne auch über die Wohnung in Strela in den Alpen verfügen, die Familie denke, dort würden sie ebenfalls nicht belästigt.

Sarahs Hand, die den Telefonhörer hält, ist nass vor Schweiß, sie reißt sich zusammen. Es gilt, hellwach zu sein, als liefe sie einen entscheidenden Lauf. Jetzt keinen Fehler machen, tief durchatmen. Victor ist mein Feind, Janic ist tot. Zeit gewinnen.

Danke für den Anruf, es ist ein Schock, danke für die Angebote. Sie fahre jetzt gleich mit den Kindern nach Hause. Von dort aus rufe sie ihren Vater an, bis dahin habe sie Zeit zum Nachdenken.

Sie hängt auf, denkt schon wieder an wilde Mohnblumen vor blauem Himmel, ihre Verlobungszeit, wie lang ist das her.

Bei Edith meldet sie die Zwillinge gleich bis zu den Sommerferien von der Schule ab, ein Unglücksfall. Sie kann jetzt nicht darüber reden und hat auch keine Zeit. Es geht nicht anders, sie muss die beiden sofort mitnehmen. Edith kennt sie, ist besorgt. Wenn sie Hilfe brauche, solle sie anrufen. Keine Zeit, noch mit Gerd zu sprechen. Die Lehrer hier haben ohnehin kaum eine Ahnung, was ein Konzern ist, was es bedeutet, zu einer derartigen Familie zu gehören, und was es heißt, von der Presse plattgewalzt zu werden. Keine Zeit, den Buchladen zu schließen, schon ist sie mit den Zwillingen auf der Heimfahrt, ein Unglücksfall, sie werde es ihnen daheim erklären. Sie gibt sich Mühe, nicht an Janic zu denken, ein erschossener Terrorist, es könnte ein Irrtum sein, ein Alptraum. Sie konzentriert sich auf den Straßenverkehr, achtet auf die Regeln, als wäre sie an der Fahrprüfung, Vortritt von rechts, Radfahrer, Fußgänger, Ampeln. Es geht darum, die drei Kilometer ohne Unfall zu überstehen, das Einzige, was zählt, ist die Straße.

Manuel sagt, deine Ohren sind ganz weiß. Sie schneidet ein Gesicht, wenigstens hab ich noch Ohren, denkt, er liebt Janic, obwohl der uns sitzen gelassen hat. Auch Nina liebt ihn, was für ein unmöglicher Schuft.

Im Lift überlegt sie, wie stellt die Familie sich das vor. Sie ist angestellt. Auch wenn sie wollte, könnte sie nicht einfach wegfahren. Sie hat nichts Unrechtes getan und hat keinen Grund, sich zu verstecken. Für die Zwillinge ist es schwieriger. Doch wie sollten die beiden den Schock ohne sie überleben. Wann, wenn nicht jetzt, brauchen sie ihre Mutter?

In der Wohnung verschließt sie die Tür. Hilflos steht sie im Korridor, sieht sich im schmalen Spiegel, die etwas engen weißen Jeans, die karierte Seidenbluse, ein schneeweißes Gesicht mit jetzt dunkel umrandeten Augen über der Vogelnase. Die Zwillinge schieben sich vor sie, Manuel reicht ihr schon bis unters Kinn. Sie wollen jetzt sofort wissen, warum sie sie aus der Stunde geholt habe, ob jemand gestorben sei. Nina ist die Kleinere, gleich wird sie weinen. So geht das nicht. Sie sind noch klein, sie darf sie nicht überfordern. Wie viel Wahrheit ist erträglich, wie viel schlimmer ist Ungewissheit? Sie werden mithören, wenn sie telefoniert. Also muss es jetzt sein.

Sie macht sich unempfindlich, sie ist eine Bering, wenn es sein muss. Janics Tod berührt sie nicht.

Noch sind die Umstände nicht geklärt, sein Tod steht fest. Nina weint los, Manuel rennt in sein Zimmer. Sarah kann nicht bei beiden gleichzeitig sein. Sie tröstet sie einzeln, fühlt ihr Elend, weint mit ihnen. Sie lieben Janic sicher so sehr, wie sie Dad liebt. Ab und zu gebe das Leben den Menschen einen Stoß, heftig, wie eine Sturmbö. Ab und zu stürben Menschen, die man liebt, dann verstehe man es nicht. Sie sei auch traurig gewesen, als ihre Mutter gestorben sei. Jeder Mensch sterbe einmal. Der Tod sei nur traurig für die, die zurückblieben. Aber auch die Trauer und der Schmerz gingen vorbei. An einem Morgen würden sie erwachen und merken, dass es lange her sei. Es sei, wie wenn man gesund werde nach einer langen Krankheit. Dad kenne eine Geschichte, er werde sie ihnen erzählen. Sie hört sich reden, denkt, ich lüge, es gibt nichts Schlimmeres. Wenn es wahr ist, was Victor erzählt, ist es viel schlimmer als ein gewöhnlicher Tod.

Dad ist zufällig daheim, eigentlich wollte er an der Vorbesichtigung einer Auktion teilnehmen, bei der wieder einmal zwei mechanische Spieluhren angeboten werden; die eine soll eine Rarität sein, eine Flötenuhr mit Puppenspiel. Er zieht den Atem scharf ein, als er von Janics Tod hört. Sie redet, als rekapituliere sie Victors Anruf, Dad unterbricht sie nicht. Er wird in einer

Stunde da sein, wird die Zwillinge gleich mitnehmen, die armen Hasen. Für ein paar Tage werden sie bei ihm wohl Ruhe haben. Dad fürchtet keine Zeitungsleute. Man wird ja sehen. Sie selber werde wohl nicht einfach weglaufen wollen. Er könne ihr sowieso bloß noch das Sofa zum Übernachten anbieten.

Dann ist Dad da. Er bringt Blumen, einen Strauß langstieliger dunkelroter Rosen, sie fühlt seinen Blick. Immerhin habe Sarah Janic geliebt, als sie heirateten.

Die Zwillinge müssen nicht viel einpacken, sie wird ja morgen schon vorbeikommen. Man muss abwarten, was geschieht, zu bereden gibt es nicht viel.

Sarah solle sich nur vor dieser Bering-Sippe hüten, meint Dad. Sie kenne sie ja jetzt. Gut, dass sie in ihrem neuen Beruf so viel Nützliches lerne. Wenn es kompliziert werde, müsse sie sich einen Anwalt nehmen, das wisse sie ja. Einstweilen solle sie einfach nichts entscheiden und nichts unterschreiben.

Sarah winkt auf der Straße dem alten graublauen Kleinlieferwagen nach, bis er in die Hauptverkehrsstraße einbiegt. Dad weiß, dass Janic als Terrorist erschossen wurde. Die Zwillinge sollen das so lang als möglich nicht erfahren.

Sarah stellt die Rosen in die klobige Kristallvase, ein Hochzeitsgeschenk, eines der wenigen Überbleibsel aus jener Zeit, sie besitzt keine andere Vase in dieser Größe.

Für Dad sind dunkelrote langstielige Rosen die kostbarsten Blumen, die er kennt. Wie gekränkt er damals war, als er merkte, dass seine Tochter, die genau so war, wie er sich eine Tochter wünschte, die sich außerdem zwei Meistertitel geholt hatte, dass diese Tochter der Familie Bering nicht gut genug war. Die Scheidung war für ihn eine doppelte Kränkung gewesen. Dad hält nicht viel von den Reichen, im Grunde ist er Anarchist wie viele Uhrmacher aus dem Jouxtal. Er reagiert sich ab, indem er Helene ihre hochwohlgeborene Schreckschraube nennt, bei den Söhnen habe sie ein Rädchen zu viel eingebaut.

Unvermittelt hat Sarah den besorgten Ton in Dads Stimme im Ohr, als er nach ihrer Scheidung einmal meinte, pass auf, Mädchen, dass du weißt, was dein Ex-Schwiegervater denkt. Es sind deine Kinder, die ihm wichtig sind, vergiss das nie. Du bist überzählig.

Zeitlebens wird ihn dieser Ex-Schwiegersohn verfolgen: ein Nichtsnutz, der nicht weiß, was es heißt, sein Leben durch Fleiß und Können aufzubauen, ein Pfuscher, hat Dad immer gesagt, und: Die Untauglichen findet man stets beim Militär.

Dad hat von Anfang an Recht gehabt. Sie streicht mit den Fingern über die samtenen Rosenblätter.

Dass es ausgerechnet Victor war, ihr Ex-Schwager, der sie angerufen hat. Victor findet dunkelrote Rosen genauso plebejisch wie rote Nelken. Gleich damals, als Janic ihr seinen älteren Bruder vorstellte, konnte sie Verachtung in dessen Gesicht lesen, ihr gegenüber, ihrer Herkunft gegenüber.

Victor hat ihr später einmal im leichten Plauderton das vorprogrammierte Scheitern ihrer Ehe erläutert. Was an einer Zwanzigjährigen charmant wirke, eine gewisse Direktheit, gelte nach fünf Jahren als unerzogen, nach weiteren fünf Jahren sei es bloß noch plump. Janic werde sie hassen, denn sie werde ihn lächerlich machen. Janic werde diesen Fehler korrigieren. Natürlich gab ihm die Scheidung recht.

Sie hat seine Verachtung gespürt und etwas Unbestimmtes anderes. Es liegt am grausamen Zug, dort, wo die scharf gezeichnete, dünne Oberlippe in die Mundfalte übergeht, es liegt an den schweren Augenlidern, die ihm etwas Hinterhältiges geben. Als ihr die unglaubliche Ähnlichkeit der beiden Brüder aufging, hat sie Janic das erste Mal besorgt von der Seite gemustert, lag nicht dieselbe Verachtung und Arroganz auch in seinen Mundwinkeln?

Die Art, wie Victor das *r* rollt, guttural hinten im Rachen, ist mehr als eine Marotte, ist das Zeichen seiner Verbundenheit mit der Ex-Kolonie, aus der sein Vater nach der Befreiung geflohen ist. Dad hat Victor einen bedauernswerten Möchtegern-Aristokraten genannt. Klassendünkel als Kompensation eines Ungenügens, einer Furcht. Es sei verdeckter Rassismus, ein trotziges Einfordern von Achtung allein um seiner Herkunft willen. Er würde ihn vielleicht bedauern, hatte Dad gemeint, wäre ein Mensch von Victors Anschauungen und Machtmöglichkeiten nicht für zu viel Unglück verantwortlich. Jedenfalls müsse Sarah sich nicht bemühen, mit ihm auszukommen.

Von Victors Frauenverachtung ist nur Helene ausgenommen.

Seit Victor es sich angewöhnt hat, in Sarahs Gegenwart mit dieser besonderen Betonung von kleinbürgerlicher und proletarischer Mentalität zu sprechen, sieht sie keinen Grund, sich nicht über die Heuchelei zu amüsieren, mit der er seine Beziehungen zu sehr jungen Frauen zu verbergen sucht.

Während der letzten Jahre ist sie durch ihre Arbeit bei Forch & Silbermann klug geworden. Sie wird sich nicht mit ihm anlegen, ohne es sich vorher gut zu überlegen.

Beleidigen könne man nur Ebenbürtige, demütigen könne man jemanden, der unter einem steht. Diesen Satz Victors hat sie sich gemerkt. Victor hatte ihn bei einem Dinner bei Kerzenlicht gönnerhaft erläutert, die Gemeinheit lag im Tonfall. Damals hat sie ihr geschliffenes Rotweinglas erhoben, ihm zugeprostet, was unschicklich ist, und den Wein langsam vor seinen Augen auf das Damasttischtuch gekippt. Sie hatte ihn angelächelt, er müsse mit dem Pech leben, dass sie ihm nicht ebenbürtig sein wolle. Helene hatte sie beobachtet und keine Miene verzogen. Natürlich passte es ihr nicht, dass ihr Sohn die Tochter eines Uhrmachers geheiratet hatte, Landesmeisterin her oder hin. Doch den Ton hatte auch sie verstanden. Der Butler hatte beim Tellerwechsel die dunkle Lache aufgetunkt und zwei frisch gebügelte weiße Servietten darüber gelegt.

Janic hatte sie hinterher zur Rede gestellt. Natürlich stehe es ihr wie Victor frei, einander nicht sympathisch zu finden, doch sollte sie versuchen, mit Victor auszukommen, er habe das Sagen in der Familie, und seine Leistung für das Unternehmen sei unbestreitbar groß. Zumindest seine Leistung könnte sie anerkennen.

Sarah putzt das Bad, den Spiegel.

Sie trifft Victor zu Weihnachten, an Ostern, an Helenes oder an Hugos Geburtstag, wenn sie mit den Zwillingen zur Feier in den Bering-Bunker fährt, wie sie Felseneck von Anfang an genannt hat. Janic hat diese Besuchsverpflichtung in der Scheidungsvereinbarung durchgesetzt. Daniel hat dies als vernünftig angesehen, es gehe um den Platz seiner Kinder in dieser Familie. Es sei wichtig, dass sie dieses Recht ausübe.

Die Zwillinge müssen damit leben, dass sie nie dazugehören wird.

Sie möchte mit jemandem reden, mit Daniel

oder mit Gerd. Gerd nimmt das Telefon nicht ab. Bei Daniel meldet sich der Anrufbeantworter.

Janic tot, ein Geiselnehmer. Sie kann es sich nicht vorstellen. Wäre da noch irgendetwas Verbindendes zwischen ihnen gewesen, hätte sie doch seine Gefährdung spüren müssen.

Es ist zu früh, darüber nachzudenken, bevor sie handfeste Fakten kennt. Bis dahin soll es so sein, als wäre nichts geschehen, das mit ihr zu tun hat.

Still am Esstisch sitzen bleiben.

Edith ruft an, fragt, ob alles in Ordnung sei. Wenn sie immer noch nicht reden könne, schaue sie gegen Abend herein, wenn sie wolle. Ob es schlimm sei. Ob sie etwas für sie tun könne.

Dad ist am Telefon. Er nennt sie seine Kleine. Sie seien gut heimgekommen. Die Zwillinge seien mitgenommen, er bemuttere sie, sie müsse sich keine Sorgen machen. Sie hülfen ihm jetzt beim Wochenputz der Küche, eine Minestrone hätten sie gemeinsam schon aufgesetzt. Ob sie Beruhigungstropfen daheim habe. Sie solle sie sich vor Ladenschluss besorgen, am besten jetzt gleich, bevor sie bekannt sei. Sie benötige zudem ein Stärkungspräparat, vernünftigerweise auch ein Schlafmittel. Ob sie genügend zu essen eingekauft habe?

Sich ans Klavier zu setzen, Gerds Noten vorzunehmen. Sich auf den Fingersatz zu konzentrieren, als wäre es ein Lauftraining. An nichts anderes denken als an die direkteste Art der Fingerführung, jeden Finger bewusst in den allerpräzisesten Anschlag bewegen.

Victor ruft an: Er verstehe nicht, dass sie noch nicht zum Familienrat auf Felseneck eingetroffen sei.

Ihre Situation habe sich verändert. Seit Janics Tod sei sie nicht mehr seine geschiedene Frau, sie sei jetzt seine Witwe. Es gebe Dinge, die ließen sich nicht am Telefon erläutern. Sie müsse sich an den Gedanken gewöhnen, dass jedes Wort, das sie sage, möglicherweise mitgehört und aufgezeichnet werde. Deshalb müssten sie sich treffen, Hugo und Helenc warteten. Victor ist konsterniert, dass die Kinder unterwegs sind.

In Anbetracht seiner vorigen Äußerungen kann sie ihm jetzt nicht sagen, wohin. Sie hat in den vergangenen Jahren die Verantwortung für die Kinder allein getragen, sie wird dies auch weiterhin tun. Nein, vorläufig bleibt sie in ihrer Wohnung, da sie noch immer nicht offiziell benachrichtigt worden ist. Sie hat mit Janics Tod nicht das Geringste zu tun. Also fürchtet sie die Presse nicht und die Polizei schon gar nicht. Jetzt ist es vierzehn Uhr. Zum Fünfuhrtee wird sie auf Felseneck sein. Andernfalls ruft sie an. Nein, einen Arzt benötigt sie nicht. Victor vergisst, dass sie von Janic geschieden ist. Sein Tod hat für sie vor vier Jahren stattgefunden. Sie hat ihm in Gedanken einen Grabstein gesetzt, falls er sich das vorstellen kann. Sie hängt auf.

Sie braucht keinen Vermittler. Sie braucht auch niemanden, der Janics Rolle ihr gegenüber übernähme, nachdem Janic diese Rolle bei der Scheidung abgegeben hat. Sie ist frei.

Beim nächsten Anruf ist eine Journalistin irgendeiner Sonntagszeitung am Apparat. Sie erkundigt sich, ob Sarah vor Jahren mit Janic Bering verheiratet gewesen sei. Sarah legt auf.

Von jetzt an lässt sie das Telefon klingeln.

Am Fenster stehend sieht sie unten auf dem Besucherfeld das Auto einparken. Ein Mann und eine Frau steigen aus, die Frau in knielangem Hemdblusenkleid, in Schuhen mit halbhohen Absätzen, Strümpfen bei dieser Hitze, er trägt Krawatte, knöpft das dunkelgraue Jackett zu, sie trägt eine Schultertasche, er eine schmale Mappe, offensichtlich Polizeibeamte.

Janic ist tot. Es soll nichts mit ihr zu tun haben. Sie klingeln.

Frau Voss-Bering? Wir haben die traurige Aufgabe, Sie vom Tod Ihres Mannes, Janic Bering, zu informieren. Sie weiß es. Was weiß sie/ Warum weiß sie/ Seit wann weiß sie/ Durch wen. Es geht um die Nachuntersuchung. Um den Charakter des Toten, um seine Beziehungen.

Sie nehmen gern ein Glas Mineralwasser. Sie bietet ihnen Platz an auf den Polstersesseln, sitzt gerade aufgerichtet auf dem Sofa.

Ihre Kinder besuchten diesen Kindergarten/ Wann war das/ Wie lange/ Seit wann ist sie geschieden/ Dann war sie also zur Zeit des Kindergartenbesuchs noch nicht geschieden/ Dann kannte ihr Mann diesen Kindergarten/ Wie oft war er dort/ Kennt sie die heutige Kindergärtnerin/ Hat sie sie im Fernsehen gesehen/ Ihr Bild hat sie doch sicher in der Zeitung gesehen/ Aha, sie hat gestern keine Zeitung gelesen, warum nicht.

Sie arbeitet/ Wo arbeitet sie/ Wann hat sie ihren Mann zuletzt gesehen/ In was für einem Verhältnis stand sie zu ihrem geschiedenen Mann/ Was war der Scheidungsgrund/ Ein außereheliches Verhältnis, aha.

Hat ihr Mann sie an ihrem Arbeitsplatz besucht/ Hat sie ihren Mann in seiner Wohnung besucht/ Wann war er zuletzt hier/ Weshalb war er nie hier/ Wo hat sie ihn denn gesehen/ Wie haben sie das Besuchsrecht gehandhabt/ Wie reagierten die Kinder.

In ihrem Morris fährt sie die gekieste, mit Begonien-Rabatten gesäumte Auffahrt hoch, sieht im Rückspiegel ein ihr folgendes Auto. Sie parkt gleich neben dem Eingang, beeilt sich, wird trotzdem beim Aussteigen gefilmt und geknipst. Sie braucht nicht zu klingeln, die schwere Haustür öffnet sich spaltweit, schon ist sie in der Eingangshalle. Victor steht mit dem Butler hinter der Tür, schimpft auf das Pressepack da draußen. Er zieht Sarah an seinen weichen

Bauch, umarmt sie, sie riecht ein exotisches Parfum, merkt, dass ihre Lippen zittern. Fast wäre sie gerührt ob so viel Freundlichkeit, sie kann doch nicht immer misstrauisch sein. Doch dann nennt er sie dem Butler gegenüber Frau Janic Bering.

Bei gezogenen Vorhängen sitzen sie im hell erleuchteten Salon beim Tee. Helene ist weiß gekleidet, trägt die lange einfache Perlenkette, Hugo sitzt da im schwarzen Hemd mit schwarzem Pochettentuch. Erst jetzt bemerkt sie, dass Victor im dunkelgrauen Seidenhemd mit gleichfarbener Hose offensichtlich ebenfalls Trauer trägt. An Trauerkleidung hat sie nicht gedacht. Es ist Zufall, dass sie ein weißes Sommerkleid angezogen hat. Bockig denkt sie, dass man die Rolle der Trauernden vergeblich von ihr erwarten wird. Sie fühlt keine Trauer und wird sie auch nicht heucheln.

Victor sitzt auf der Vorderkante des Louisquinze-Stuhls, sagt, die draußen warteten wohl und zählten die Minuten, die sie hier drinnen sei. Ein Kondolenzbesuch sollte eine halbe Stunde dauern.

Wenn sie zu Janic keinen Kontakt gehabt habe, wenn es keine Telefongespräche, keine Besuche gegeben habe, in letzter Zeit keine Treffen mit den Zwillingen, dann hätte sie die Chance, nicht mithineingezogen zu werden. Das sei wichtig.

Sarah ist vorsichtig. Sie haben sich während Jahren nicht um sie gekümmert. Sie kennt sie gut genug, um jetzt nicht auf ihr fürsorgliches Getue hereinzufallen. Es geht ihnen bloß darum, nach außen den Schein zu wahren.

Hugos Anwalt regle die Formalitäten wegen Janics Leichnam, der vorläufig im gerichtsmedizinischen Institut zurückbehalten werde. Eine Bestattung werde so bald als möglich im engsten Familienkreis stattfinden, sie müsse dazu ihr Einverständnis geben.

Helene hat es gleich zur Begrüßung gesagt, in Krisensituationen ist es das Wichtigste, Haltung zu bewahren. Sich keinerlei Hysterie zu gestatten, kein lautes Wort und keine Nachlässigkeit. Sie trinken gekühlten Früchtetee, essen Himbeertörtchen, das Mittagessen sei ausgefallen. Helene lobt Sarahs Entscheid, die Zwillinge kurzfristig bei ihrem Vater unterzubringen, sie würden bald in Cutry Ruhe finden. Sie reden von rechtlichen Dingen, von Rechtsnachfolge und Geld, viel Geld. Es ist kaum zu glauben, dass Janic, der Sohn, der Bruder, heute morgen erschossen wurde. Helene hält sich sehr gerade. Was immer Janic dazu bewogen habe, sein Testament sei eindeutig: Falls sie sein Erbe nicht ausschlage, was nicht anzunehmen sei, so sei sie jetzt eine sehr vermögende Frau. Die Stimmen klirren.

Es ist alles so surreal, wie in einem Bild, an das sie sich erinnert, sie wäre eine brennende Giraffe mit einer Reihe von Schubladen im Hals, in jeder Schublade steckte eine bittere Erfahrung, die hervorquillt. Janics schwarzer Kopf läge im Sand, mit im Schrei aufgerissenem Mund.

Hugos leise, alles beherrschende Stimme, sie brauche jetzt jemanden, der sie in Medienfragen berate, auch einen juristischen Begleiter benötige sie, nicht nur für die Gespräche mit der Polizei. Forch & Silbermann würden Montag mit ihr die Konsequenzen des Testaments durchgehen.

Helene meint, möglicherweise sei auch eine psychologische Begleitung nützlich. Früher habe ja der Pfarrer diese Rolle ausgefüllt.

Am Anfang des Marathons ist darauf zu achten, dass man sich nicht zu einem zu raschen Tempo verleiten lässt. Dads Rat, nichts zu entscheiden.

Sie steht auf, der heutige Tag sei sehr anstrengend gewesen. Sie drückt ihr Beileid aus, sie wisse, wie schlimm Janics Tod für sie als seine Eltern sei. Es sei ihr eine Erleichterung, wenn Janic so bald wie möglich bestattet werde. In ihren Kreisen, sie sieht Victor direkt an, werde bis einen Monat nach der Beerdigung nicht über Finanzielles geredet. Über das Testament spreche man erst unmittelbar nach der Gedenkandacht am dreißigsten Tag. Sie denke, dies sei ein guter Brauch. Bis dahin werde sie sich informiert haben. Sie sieht das Aufblitzen in Hugos Augen, er ist ja nicht dumm. Sie haucht Helene den obligaten Kuss auf die gestraffte Puderwange, die nächste Woche werde schwer genug für sie sein. Helenes blasse Augen. Sie hat offensichtlich noch keine Träne vergossen, ganz die Brigadierstochter, die Victor so sehr bewundert. Helene steht auf, begleitet sie ins Entree, legt ihr ein perlgraues Jackett über die Schultern. Draußen warte die Presse. Sie fühle sich sicher angezogener so.

Kaum ist Sarah zu Hause, steht der Hauswart vor der Wohnungstür: Was los sei, ihretwegen werde er von Reportern angerufen, sie sei nicht daheim, sie melde sich nicht am Telefon, ob sie wirklich mit einem vom Bering Konzern verheiratet sei, sie heiße doch Voss. Das könne doch nicht wahr sein, dass dieser Bering der Geiselnehmer gewesen sei. Er sei gefragt worden, ob er diesen Kerl je hier gesehen hätte. Er könne sich nicht vorstellen, dass sie, Frau Voss, mit einem Killer verheiratet gewesen sei. Nein, er habe nichts gesagt, er wisse ja nichts.

Sarah ist darauf angewiesen, dass er niemanden ins Haus lässt. Jetzt, da er denkt, sie sei möglicherweise Frau Bering, wird er von ihr ein Trinkgeld erwarten. Sie bittet ihn, keine Auskünfte zu geben, alle wegzuschicken. Der Hauswart ist zuvorkommend und installiert provisorisch seinen eigenen Anrufbeantworter in ihrer Wohnung. Jetzt kann sie sich erst anhören, wer etwas von ihr will.

Sie ruft noch einmal bei Dad an. Er hat ein altes Jugendbuch gefunden, das er den beiden vorlesen will. Sarah erinnert sich: Es ist die Geschichte der zwei Kinder, eines Jungen und eines Mädchens, die sich ohne Eltern im Nachkriegsitalien durchschlagen. Sie beginnt mit dem Tod der Mutter durch eine Granate.

Nina und Manuel schluchzen ins Telefon, weinen um Janic. Sie verspricht, morgen Nachmittag bei ihnen zu sein, küsst durchs Telefon, Dad muss jetzt auflegen. Sollte sie mitweinen, um ihrer Kleinen willen, obwohl Janic ihr nichts mehr bedeutet hat?

Dann sitzt sie allein auf ihrem Biedermeiersofa, abgeschirmt, drückt auf die Taste des Anrufbeantworters. Schon zum zweiten Mal spricht Maxie Laane vom ZNF auf ihr Tonband. Sie wolle Sarah gerne kennen lernen. Noch gestern hätte Sarah das aufregend gefunden, jetzt kann die Frau lange warten. Es gibt keinen einzigen Grund für ein Gespräch. Sarah löscht die Mitteilung.

Janic ist tot. Es sollte sie erschüttern, doch da ist nichts als ein Stein in ihr, ein Flusskiesel, abgeschliffen und zentnerschwer.

Es geht sie nichts an, außer dass ein Geiselnehmer zufällig der Vater ihrer Zwillinge ist. Was hat er sich dabei gedacht. Hat er nur eine Sekunde an seine Kinder gedacht. Oder war es ihm egal, in was für eine Biografie er sie stieß. Überfällt einen Kindergarten, einfach so am hellen Tag. Lässt sich erschießen. Jetzt haben sie einen Täter als Vater. Ihr gibt er Geld, hängt ihr seine Sippe an, einen Mahlstein, einen Mühlstein, der einen in die Tiefe reißt.

Das hat nichts mit den sich drehenden, sausenden, sirrenden Rädchen der Spieluhren zu tun, die sie von klein auf kennt. Es sind die dröhnenden, beängstigend großen Räder der Beringwerke.

Die Fragen von heute Nachmittag drehen sich in ihrem Kopf.

Wurde Ihr Mann je tätlich/ War er der Tätertyp/ War er sonderbar, zum Beispiel den Kindern gegenüber/ Hatte sie nie Bedenken, ihm die Kinder anzuvertrauen.

Seine sexuellen Neigungen/ Ob abartig, ob gewalttätig/ Und immer wieder die Frage nach dem Scheidungsgrund.

Seine politischen Ansichten/ Ob sie sie teile/ Wie steht sie selber zu Gewalt gegen den Staat/ Was hält sie von der These, Gewalt als politisches Mittel einzusetzen.

Auf diese Fragen, denkt sie, hätte Dad die passenden Antworten, doch das sagt sie nicht.

Wie erklärt sie sich die Verherrlichung der Gewalt in seiner Botschaft/ Wie kommt es, dass sie die Botschaft nicht kennt.

Bei der Frage, wer ihre Freunde seien und in welchen Lokalen sie verkehre, riss ihr die Geduld. Das ging ihr endgültig zu weit.

Sie hat sie hinausgeworfen, auf die zimperliche Art, eine Migräne ist in einer solchen Situation glaubhaft.

Sie ist nicht der Migränetyp. Die Püppchen tanzen im Kreis, Blechpüppchen mit aufgemaltem

Lächeln. Nichts berühren, Kind, weder Puppen noch Rädchen, sonst zieht dich das Räderwerk mit hinein, könnte dir den Finger abreißen. Sie schenkt Wodka in ein Glas. Sie muss mit niemandem mehr reden, ein Schluck wird sie aus der Erstarrung lösen, wird sie müde machen, mehr will sie nicht nach diesem Tag, dem schlimmsten Tag ihres Lebens. Wenigstens wird es nie mehr einen zweiten derartigen Tag geben können. Zu trippeln, als wäre sie ein Püppchen mit Drähten in den Scharnieren, ruckend das Glas zu heben, das Lächeln auf dem Gesicht. Sich drehen zu müssen, solange die Feder gespannt ist.

Nie wird sie auch nur eine einzige Träne um Janic weinen. Sie empfindet bloß ohnmächtigen Zorn. Dieser Kerl, der sie und die Kinder im Stich gelassen hat mit der Scheidung, mit seiner Tat. Da kann er umkommen, wie er will, sie wird keine Regung an ihn verschwenden.

Auch die Vorstellung, dass Verstorbene die Gedanken fühlen, mit denen man an sie denkt, lässt sie kalt. Gerd hat neulich so etwas gesagt, wie er von seiner verstorbenen Großmutter redete. Sie kann das nicht nachvollziehen. Und sollte doch etwas Wahres daran sein, dann kann Janic ruhig wissen, wie zornig sie auf ihn ist, er ist ein Lump, er hat den Tod verdient. Man bedroht keine kleinen Kinder, erschreckt sie damit, man werde sie in die Luft sprengen. Eine menschliche Bombe, lächerlich.

Natürlich hat sie sich beim Stichwort «menschliche Bombe» sofort an dieses Lied erinnert und begriffen, es ist wirklich Janic. Doch sie hat mit keiner Wimper gezuckt, als der Polizist ihr den Text vorlas. Trau nie einem Flic, das ist ihr in Fleisch und Blut übergegangen: bloß keine Information an die Polizei weitergeben, du hast nicht in der Hand, was sie daraus machen. Das Lied hat ihnen beiden früher einmal gefallen. Sie waren so jung, damals. Sie haben den Text witzig gefunden, originell. Weltschmerz haben sie dabei nicht empfunden und schon gar keine Aggression.

Nie und nimmer ist Janic ein Weltverbesserer. Diese Rolle passt nicht zu ihm. Doch sie hat sich ja auch in anderem in ihm getäuscht. Hat sie hinter seinen Zügen nicht immer schon Victors Gesicht geahnt.

Sie schenkt sich ein zweites Mal ein, hebt das Glas: auf Janic, falls du über mir schwebst.

Ob du gewalttätig warst, was für eine lächerliche Frage bei einem ehemaligen Berufsmilitär. In der Armee geht es doch darum zu lernen, gezielt gewalttätig zu sein. Du hörst es nicht gern, aber Dad würde mir beipflichten. Militärs lernen, Waffen gegen Menschen zu gebrauchen. In Friedenszeiten schießt du auf Pappscheiben, aber du denkst an Krieg dabei, ans Menschentöten.

Du warst ein vorzüglicher Offizier. Nehmen wir einen Schluck darauf. Natürlich erinnere ich mich an den tollwütigen Fuchs auf Cutry. Wir sahen ihn vom Schlafzimmer aus aufs

Wohnhaus zukommen und vermuteten gleich, dass er tollwütig sein könnte, kein gesunder Fuchs kommt am hellen Tag aus dem Wald spaziert. Es ging um die Kinder der Pächterfamilie, es gibt immer einen Grund, eine Pflicht. Doch ich habe deine Augen gesehen, deine glänzenden Lippen, dich hatte die Lust zu töten gepackt. Der Fuchs machte einen Satz und fiel um. Du hast ihn von der Veranda aus mit deiner Offizierspistole erschossen, mit einem erstklassigen Schuss, wie du stolz bemerktest. Du hättest eines der Jagdgewehre nehmen können, doch deine Pistole, deine persönliche Waffe, vermehrte die Lust.

Er war tollwütig. Auch du bist am hellen Tag vor ihre Scharfschützen getreten.

Natürlich lässt es dich kalt, dass ich hier sitze und mich betrinke, um nicht durchzudrehen; seit Jahren kümmert es dich nicht, was ich empfinde. Doch du irrst dich, wenn du meinst, du könntest mich ein weiteres Mal aus dem Geleise kippen. Unsere Wege sind längst auseinander gelaufen. Zu weit, als dass du mich heute erreichen könntest.

Zu Gerd kann sie jetzt nicht gehen, nicht heute. Er fände es pietätlos. Gerd ist so anständig. Er würde sie dafür verachten.

Doch sie braucht jemanden, der sie umarmt und fest hält, damit sie weiß, dass sie lebt, dass Janic nichts mit ihr zu tun hat.

Sarah weiß, wo Daniel anzutreffen sein wird.

Sie schlüpft in eine schwarze enge Hose, zieht das blaue lange Hemd über, bindet mit einem blauen Band die Haare zurück, Trauerfarben, so fällt sie auch nicht auf. Der Weg zum Lokal, in dem sie Daniel vermutet, wäre zu ungemütlich zu Fuß. Also fährt sie hin, trotz der Promille. Das Heikelste ist das Einparken.

Daniel sitzt wie erwartet in einer fröhlichen Samstagabendclique, einige kennt sie. Daniel freut sich, macht ihr neben sich Platz. Sie denkt, die wissen nicht, was mit mir geschehen ist.

Sarah trinkt, um sie herum ist Gelächter und Gerede. Daniel legt seine Hand auf ihren Arm, sie spürt seinen Oberschenkel an ihrem Oberschenkel, es stört sie nicht, Daniel ist wenigstens lebendig.

Sie geht mit ihm heim.

Es ist zwei Uhr, als Daniel sie zurück zu ihrem Auto begleitet, den Arm um ihre Schultern gelegt. Sie solle es nicht zu schwer nehmen. Immerhin sei sie seit vier Jahren geschieden. Die Bering seien keine Sonntagsspaziergänger. Er nehme an, sie werde ein paar Tage freinehmen. Wenn sie reden wolle, sei sie willkommen, juristisch berate er sie unentgeltlich. Er möge sie gut. Es sei schön gewesen.

Auf der Heimfahrt denkt sie träge, er meint, ich sei so eine, die man rasch ins Bett nimmt; ich bin so eine. Dann hofft sie, dass keine Polizeikontrolle auf sie aufmerksam wird.

Daheim holt sie ein Foto der Zwillinge, legt es auf den Nachttisch, schluckt eine Schmerztablette, schläft sofort ein.

Maxie

Im Traum ist ihr Bauch rund und gespannt, als wäre er über einen Trommelrahmen gezogen. Bei jedem ihrer Schritte, die schwer sind, als reichten sie ins Innerste der Erde, wiegt die Trommel mit, dann geht ein sanftes Beben darüber weg. Sie spürt es im Traum und weiß, es ist real, als wäre da etwas, ein Bär, der im Winterschlaf ein- und ausatmet. Auch im Traum weiß sie, dass etwas nicht stimmen kann, es ist ja Sommer.

Maxie träumt, sie steige die Rathaustreppen hoch, stehe vor dem Wandbild des Todes als Trommler. Mit zwei elfenbeinfarbenen Knöchelchen schlägt er die Trommel, die mit Haut bespannt ist, die Sterne sind an den Himmel geklebt, sonst fielen sie herunter, der Fluss schäumt und stinkt. Im Traum legt sie die bloßen Hände als Schutz vor ihren Bauch, dass dieser Todeswirbel sich nicht auf ihn überträgt. Dort drin wächst ihr Kind.

Ein Alptraum. Maxie erwacht und weint. Der Tote heute könnte Axel gewesen sein. Sie weiß nicht, wie Axel gestorben ist.

Sie liegt wach, die Hände auf dem warmen Bauch, denkt sich Leben, ein Energiemuster innerhalb der Zeit. Sie kann sich die sausenden Energieteilchen vorstellen, Schwingungen, die einander gegenseitig in der Schwebe halten. Ihr Bauch ist Energie, ein großartiges, unwahrscheinlich komplexes Energiesystem, das wächst, linear vorwärts in der Zeit und sich wieder auflösend.

Ein Blitz, mit einem Knall wird ein Zentralteil zerstört, alles beginnt sich aufzulösen. Das Kühlfach hält den Zerfall bloß auf, doch das Energiemuster ist auseinandergesprengt. Der Schatten an der Wand.

Maxie ist endlich wach, denkt, wie kommt ein Mensch, der aus solchen Verhältnissen stammt, schwarz maskiert und mit Dynamitstangen behängt in einen Kindergarten, wie kommt er dazu, Kinder als menschliche Bombe zu bedrohen.

Da war eine perfekte, lückenlose Informationspolitik der Einsatzleitung wie der Behörden, da hatte von Anfang an alles geklappt in der Organisation. Die Medien haben mit der Polizei die Krise geschaukelt. Die Politiker haben ihre Auftritte erhalten. Sie meint, Axels Lachen zu hören, eines Axel, wie sie ihn sich zurechtgelegt hat, hört seine verschwörerische Stimme: Fall nicht darauf herein.

Maxie überlegt, auf dem Bettrand sitzend, wie nahtlos glatt alles erscheint. Dieser Janic Bering wurde abgeknallt wie ein Tier, und alle fanden es richtig. Die Haltung, wie er in der Tür stand, hochaufgerichtet, in keiner Art und Weise krank, als wäre alles ein Spiel, ein Sieger. Als rechnete er keinen Augenblick damit, er wäre in Gefahr.

Wie konnte er so rasch identifiziert werden, in nur einer Stunde? Es ist doch unwahrscheinlich, dass er seinen Pass in der Tasche hatte, nur um der Polizei die Arbeit zu erleichtern, während er gleichzeitig vermummt war und Gummihandschuhe trug. Er hätte polizeilich registriert sein müssen, oder jemand hätte ihn erkannt.

Josefine

Sie macht sich Sorgen um Regula, lauscht. Kein Geräusch dringt aus der Wohnung unter ihr, wo Regula auf dieser auf dem Boden liegenden Matte ruht, die ein japanisches Doppelbett ist.

Zuletzt hatte Josefine sie am Morgen auf dem Bildschirm gesehen, als sie aus dem Kindergarten gebracht wurde. Sie lebte, doch ihr vom Weinen verschwollenes Gesicht war schrecklich anzusehen. Dann hatte Josefine gewartet. Gegen Abend kam endlich der Anruf aus der Klinik. Regula werde jetzt heimgebracht, ob jemand da sei, der sich um sie kümmern könne.

Ein Arzt und eine Krankenschwester begleiteten sie. Der Arzt meinte, Regula stünde noch immer unter Schock.

Selbstverständlich versprach Josefine, dass es Regula an nichts fehlen werde, sie habe ja auch Florian und den Hund in Obhut. Sie schwieg, als der Arzt meinte, es sei bedauerlich, dass Herr Choppard auf Tournee sei; das Wichtigste für sie sei jedoch der Kontakt mit ihrem Kind. Es werde sie über den Schock hinwegbringen.

Regula lächelte, als sie den quietschenden Florian sah. Aber sie weigerte sich, ihn in die Arme zu nehmen. Eine Krankenschwester brachte die lächelnde Regula zu Bett. Als sie wieder weinte, verabreichte ihr der Arzt eine Spritze, ein starkes Schlafmittel. Josefine solle ihr später Tee geben, vielleicht werde sie nach Florian verlangen. Morgen werde er hereinschauen.

Regula

Sie weigert sich zu denken, blickt in den flirrenden silbergrünen Vorhang aus Blättern und Zweigen vor dem hellen Himmel. Florian plappert im Nebenzimmer, in der Küche läuft das Radio, Josefine von oben sorgt für das Essen, sie muss sich um nichts mehr kümmern. Also ist es gut, daheim zu sein.

Die zwei Tage im Kindergarten sind da, auch wenn sie versucht, sich nicht zu erinnern, da war nichts Heldenhaftes. Sie hat versagt.

Sie war es, die sich gefürchtet hat. Die Kinder bewegten sich von Anfang an außerhalb ihrer Angst.

Plötzlich hatte der schwarz vermummte Terrorist im Raum gestanden, neben einem zweirädrigen Handwägelchen. Es ging alles ganz schnell. Sie kam nicht dazu, irgendetwas zu überlegen. Schon zog er die weite Jacke aus und warf sie über einen der kleinen Stühle, schon hatte sie die hellblauen Stangen vor Augen, schon hob er den molligen Sven hoch, hielt ihn auf dem Arm. Das ist eine Geiselnahme, herrschte er sie leise an. Sie solle sich auf den Stuhl in der Ecke setzen und sich nicht rühren. Wenn sie etwas Falsches tue, sprenge er sie alle in die Luft. Und schon lachte er mit den Kindern. Er sei der Jäger, der sie vor dem schwarzen Wolf, der draußen umherstreune, beschützen werde. Sie bräuchten sich nicht zu fürchten, er sei ja bei ihnen. Der Wolf fürchte ihn. Solange er die Maske trage und sein Gesicht nicht zeige, sei er stärker als der Wolf. Sie müssten jetzt bloß abwarten, bis der Wolf weg sei, dann könnten sie heimgehen. Inzwischen müssten sie aufs Wörtchen genau das tun, was er befehle. Die Kindergärtnerin sei verzaubert und dürfe sich nur bewegen, wenn er es erlaube. Ein übler Scherz, hatte sie gedacht. Doch dann sah sie seine Hände, die eng anliegenden Gummihandschuhe. Er war behängt mit den Stangen im hellblauen Packpapier mit der Aufschrift *Danger – dynamite*, die mit schwarzen und gelben Elektrokabeln verbunden waren. Aus seinem Wägelchen zog er jetzt einen Packen nach dem andern, alle trugen sie den gleichen Aufdruck. Diese Packen platzierte er in zwei Ecken des großen Raumes, legte Schnüre, die er an den Schnüren um seinen Bauch befestigte. Die Kinder durften sie nicht berühren, das sei das Gift für den Wolf.

Regula hatte reglos zugesehen. Bis er sie anherrschte. Sie musste die Rollläden vor den Fenstertüren herunterlassen, das Toilettenfenster, die Haustür verrammeln, alle Matratzen in die eine Hälfte des großen Raums legen, aus Tischen eine Abschrankung errichten, alles Lebensnotwendige aus der Küche und dem Bad in den Raum holen. Dann wurden die inneren Türen verschlossen und verbarrikadiert. Die Kleinen halfen oder sahen, auf den Matratzen sitzend, gebannt zu. Er stand mit Sven auf dem Arm hinter ihr, eine Notizkarte in der Hand, von der er Punkt für Punkt ablas. Auf die Außenseite des großen Fensters klebte er eine eigenartig gerillte durchsichtige Scheibe, darin konnte man jetzt aus dem entferntesten Winkel des Zimmers die ganze Umgebung draußen überblicken, eine Art Vergrößerungsglas mit Weitwinkel; das sah sie später. Die übrigen Fenster musste sie mit Papierbogen abdecken. Das alles war wegen des Wolfs nötig, ein Spiel.

Dann telefonierte er. Die Kinder mussten mäuschenstill sein. Auch die Nummer des Stadtpräsidiums las er von seiner Notizkarte ab.

Mit zischend leiser Kommandostimme sprach er in den Telefonhörer, den er mit einer Silberfolie abgedeckt hatte. Er ließ sich mit dem Stadtpräsidenten verbinden, erklärte, dies sei eine Geiselnahme, der Kindergarten *Am Park* sei in seiner Gewalt, er habe dreißig Kilogramm Dynamit sprengbereit verteilt, er werde den Kindergarten mit dreizehn Kindern und der Kindergärtnerin in die Luft sprengen, falls seine Forderungen nicht erfüllt würden. Er verlange hundert Millionen in bar, gebrauchte, unnummerierte Scheine, freien Abzug. Sollte ein Kurier nötig sein, akzeptiere er nur eine Frau. Damit sie nicht an seinem Durchsetzungsvermögen zweifelten, hätte er vor vier Tagen in der Parkgarage beim Hauptbahnhof eine einzige seiner Dynamitstangen gezündet. Deren Sprengkraft sei ihnen bekannt.

Regula zählte die Kinder, es waren acht, fünf waren also noch nicht eingetroffen. Sie starrte auf diese schwarze Gesichtsmaske, die großen Augenlöcher, sah seine angespannte, konzentrierte Haltung. Seine Stimme war leise, emotionslos. Sie machte ihr Angst.

Er redete mit den Kindern. Die waren nicht wiederzuerkennen. Er war ihr Beschützer. Weil er es befahl, gehorchten sie wie kleine Soldaten, er stellte sie der Größe nach in einer Reihe auf, ein weiteres Spiel.

Zweimal versuchte sie, ihn anzusprechen. Er

befahl ihr, den Mund zu halten. Sie setzte sich auf einen Stuhl und weinte: Sie habe ein Kind daheim, einen Säugling.

Er herrschte sie an, sie mache die Kinder verrückt. Er nehme an, ihr Kind werde von jemandem versorgt. Sie werde sich wohl zwei, drei Tage zusammenreißen können. Wenn sie vernünftig sei, geschehe ihr nichts.

Sie schrie, ohne zu denken. Die weiß behandschuhte Hand schlug ihr hart ins Gesicht. Er drohte, das Dynamit zu zünden, wenn sie Schwierigkeiten mache. Nun weinten drei der Kinder. Er kam ganz nah, sie hatte seine grauen Augen direkt vor sich: Sie werde jetzt sofort diese Kinder beruhigen und aufhören, sich hysterisch aufzuführen. Falls sich eine derartige Szene wiederhole, gehe hier alles in die Luft.

Ihre panische Angst vor Gewalt. Ihr Denken setzte endgültig aus. Von jetzt an machte sie sich klein, erledigte mechanisch, was immer er ihr befahl, was für die Kinder getan werden musste. Vielleicht wäre ihr Widerstand erwacht, hätte noch eines der Kinder geschrien oder geweint. Später konnte sie ihnen die Beruhigungsmittel geben. Von da an waren sie müde oder sie schliefen.

Im beweglichen Lichtspiel in den Blättern der Birke vor dem Fenster kann sie Figuren sehen, die Kinder, die sie nichts angingen, die schwarze Gestalt, sein Übergewand, seine Tuchhaube, dünn und praktisch war sie. Er lag auf den Eingangsstufen, sie hat seinen zerschossenen Kopf gesehen, die aufgerissenen hellen grauen Augen.

Clemens' Augen sind braun. Auch ihre eigenen Augen sind braun, Florians Augen sind erstaunlicherweise dunkelgrau. Der Geiselnehmer hatte graue Augen. In grauen Augen kann sie nicht richtig lesen.

Als Kind ist sie geschlagen worden, nicht oft, doch heftig, nicht vom Vater, von der Mutter, wenn sie wieder etwas falsch gemacht hatte. Die Mutter war nicht glücklich, es lag an der Zeit. Ihr zulieb hatte sie Geigerin werden wollen.

Birkenblätter wie gleißende Glasscheibchen. Blanke Fünfziger, die sie sich abgespart hatte, ein Schächtelchen voll. Clemens hatte sie in ein Nachtlokal ausgeführt, wo sie süßlichen Champagner tranken, ein kleines Glas, und einen billigen Striptease sahen. Sie bezahlte mit ihren Fünfzigern. Warum nur ist sie damals mit ihm nach Hause gegangen.

Genies sind sensibler, unausgeglichener und launischer als andere Menschen. Es gibt sehr verschiedene Möglichkeiten, einen andern zu kränken. Bis vor kurzem war sie froh, wenn er auf Tournee war.

In ihrer Ausbildung zur Hortnerin hat sie viel gelernt. Nie dürfen Kinder geschlagen werden, sie sind so klein und verletzlich. Sie will Sorge tragen zu Florian. Man muss den Kreislauf durchbrechen.

Doch dann war er da, der Inbegriff des

schwarzen Mannes, der sie, die Kinder und sich dazu in die Luft sprengen würde.

In der Rundscheibe war die rothaarige Frau jeweils sofort zu sehen, wenn sie um die Ecke bog. Sie brachte Getränke, Essen, Decken und Medikamente. Regula saß meist bei den Kindern auf den Matratzen. Die Tür zum Korridor wurde vom Terroristen spaltweit geöffnet. Dann redete er mit dieser Frau im Korridor, zwei harte Stimmen, die sie nicht verstehen konnte. Sie hört sie wieder, krümmt sich zusammen unter ihrer Decke.

Die dünnen Handschuhe, die Hand, die schlägt.

Er würde sie wieder schlagen. Wenn sie sowieso sterben sollten, weshalb sollte er Mitleid haben?

Eigenartig, wie sie sich benommen hat, so unterwürfig. Nie hat er auf sie reagiert.

Die Birkenblättchen klingen wie kleine Glocken. Er hat keinen Namen, kein Gesicht, nur Augen. Sie ist daneben gesessen, als er den Kindern vom Glasbrunnen erzählte, den er als Kind gesehen hat in einem Land weit jenseits des Meers, in einem Wald aus großen Salzbäumen, die auf Luftwurzeln stehen. Hinter dem Wald liegt die Wüste und darin ein riesiger See aus Salzkristallen. In diesen Kristallen spiegelt sich die Welt, Wasser, bunte Gärten, Städte mit Menschen. Wer sich davon verleiten lässt und ins Salzmeer läuft, verliert sich darin.

Regula kennt diesen Salzwald mit den spindelförmigen Bäumen aus Salzkristallen. Dieser Wald ist der Eingang zu ihrem Märchenland. Dorthin fliegen die Menschen im Schlaf. Dort weht der Sonnenwind.

Josefine

In der Nacht hatte Josefine alle drei Stunden nach Regula gesehen. Sie redete wirr, Stirn und Hände waren trocken und eiskalt anzufühlen. Herr Choppard sollte hier sein und sich kümmern, hatte sie gedacht. Jedenfalls konnten ein weiches Kissen und eine Wärmflasche nicht schaden.

Die ersten Neugierigen tauchten um acht Uhr morgens auf. Josefine misstraute der ungewohnten Bewegung von Menschen unten auf der Straße sofort. Sie hatten an Regulas Leiden in der Gewalt des Terroristen teilgenommen, hatten den Zusammenbruch am Fernsehen miterlebt, hatten sie weinen gesehen, das verbindet, gibt Anspruch auf Nähe. Die Adresse war auf der Titelseite der Sonntagszeitung abgedruckt.

Beim dritten Klingeln rief Josefine erbost, doch mit gedämpfter Stimme von oben, sie sollten sich wegscheren. Sie selber ging auf Strümpfen, schimpfte im Flüsterton, ob die denn keinen

Verstand hätten, Regula brauche doch Schlaf. Da gebe es nichts zu gaffen.

Josefine steckte Watte in die Klingel und zog das Telefonkabel aus dem Stecker.

Regula sollte bis mittags schlafen können.

Maxie

Das Telefon klingelt am Sonntagmorgen um acht. Maxie schnellt aus dem Bett. Das Zimmer dreht um sie. Natürlich ist es Tizianos Stimme, in Alaska hat ein weiterer heller Abend begonnen. Tiziano erkundigt sich, wie es ihr gehe. Sie solle sich drei freie Tage nehmen, nach ihrem Einsatz rund um die Uhr stünden sie ihr zu, Agnes habe ihm Vorhaltungen gemacht, es sei zu anstrengend für sie gewesen. Er sehe es ebenso, sie sei für das Nachrichtenpult geschaffen, solle den Sonntag verschlafen. In zwei Tagen sei das Ereignis voraussichtlich ausgepresst, umfassend abgehandelt.

Sie legt auf, das Zimmer hört auf, sich zu drehen, hinter ihren Augen steht das Bild eines zusammenbrechenden Menschen, das Bild eines auseinander gerissenen Kopfs. Da war kein Schrei, nur das Knallen von Schüssen. Gut, sie hat das Erlebnis in dieser Nacht verarbeitet und weggesteckt, doch das betraf nur ihre eigene Überreaktion, die mit ihrer Schwachstelle zusammenhängt, ihrer Angst vor dem Tod. Außerdem muss sie sich gründlich den Magen verdorben haben, eine Fischvergiftung durch die Fischklopse, die sie vor ein paar Tagen gegessen hat.

Da war doch der nächtliche Gedanke, der Erschossene hätte sich unlogisch verhalten. Wäre es eine Rechnungsgleichung, sie wäre nicht befriedigt, denn die Lösung wäre nicht gefunden. Auch in dieser Geiselnahme stecken noch zu viele Unbekannte. Sie wäre keine professionelle Nachrichtenfrau, würde sie nicht nachhaken.

War am Donnerstag nicht von Anfang an klar, dass es ihm um diese enorme Lösegeldsumme ging. Die Verhandlungen von Freitagnacht müssen ihn davon abgebracht haben. Es wäre doch zumindest interessant zu wissen, wieso ein Mitglied einer der reichsten Familien Geld erpresst. Und wieso gibt einer, der so durchdacht beginnt, plötzlich auf, ohne dass seine Forderungen erfüllt sind und ohne dass seine Sicherheit garantiert ist.

Maxie presst sich einen Grapefruitsaft, raffelt einen Apfel ins Müsli, kocht ein weiches Ei, toastet Brot, trinkt Tee. Birgit hätte als erstes gefragt, was sie denn in den letzten drei Tagen gegessen habe. Tiziano täuscht sich, wenn er meint, sie müsse sich schonen; die Schwäche ist überwunden.

Maxie ist von klein auf neugierig gewesen. Birgit hat schon die Achtjährige das Zeitunglesen gelehrt, Axel hätte das so gewollt. Ein Satz, mit dem sie erzogen worden ist. Wer neugierig sei, erfahre mehr vom Leben. Man müsse immer daran denken, dass man von einem Haus nur die Seite sehe, vor der man stehe. Eine Nachricht ist, als hieltest du die Fotografie eines Hauses in der Hand: es könnte ein Bild aus der Vogelschau sein, ein Fenstersims, ein Türsturz oder eine Innentreppe. Als Betrachterin stellst du dich in Gedanken ganz selbstverständlich an den Standort des Fotografen, ergänzt aber mit deinem ganzen Wissen von Häusern, baust dein Wissen um dieses eine Haus herum.

Bei der Arbeit des Nachrichtenredaktors geht es doch darum, eine Information so präzise wie möglich wiederzugeben, damit der Zuschauer den Ort im Gesamten feststellen kann, den Blickwinkel, die Perspektiven und Größenverhältnisse. Darauf lässt sich Weiteres aufbauen.

Das Bild, das die Medien, vornehmlich das ZNF, von der Geiselnahme entworfen haben, zeigt nur eine Ansicht des Geschehens, und diese Ansicht ist so retouchiert worden, dass sich dahinter nur eine bestimmte Wirklichkeit vermuten lässt. Es ist der Fluch der Tagesaktualitäten, dass sie die Augen gewöhnen, das Bild für die Wirklichkeit zu nehmen.

Warum stört sie das, warum beruft sie sich nicht auf die Subjektivität jeder Wahrnehmung? Eine andere an ihrer Stelle hätte nichts wahrgenommen, hätte keine weiteren Fragen, und die Erde drehte sich trotzdem weiter.

Axel, der Maßstab. Ihn hat sie sich zum Wahrheitssucher stilisiert, zum Kämpfer für Verantwortung, Ethik und Menschlichkeit, zum Superjournalisten. Eine Projektion, nichts weiter als ein Übervater mehr.

Wie kommt sie dazu, heute an diesem Maßstab zu zweifeln.

Wer zuviel frägt, kommt um.

Der Geiselnehmer war der Sohn eines mächtigen Vaters. Schriebe sie für eine Boulevardzeitung, Maxie liefe jetzt diesen Berings die Türe ein, fragend, nachhakend: weshalb geschieden, das Menschliche interessiert immer, weshalb nicht im Konzern tätig. Steckt ein Familienproblem dahinter, lohnt es sich, näher hinzusehen. Man könnte auf die Idee kommen, bei der eigenen Computerfirma an eine Tarnfirma zu denken, über die Geschäfte abgewickelt werden.

Tiziano hat von Rücksichtnahme gesprochen und davon, dass diese Rücksichtnahme mit den richtigen Informationen belohnt wird. Aber welches sind die richtigen wirtschaftlichen und politische Fakten.

Wie hat Tiziano gesagt? Bering ist kein Thema.

Maxie trommelt leicht auf den Küchentisch, guckt zum Fenster hinaus auf die im Sonnenlicht gleißenden Fassaden und Dächer der Nachbarhäuser: Rollerwetter. Sie kennt den Namen der Kindergärtnerin, Regula Choppard. Das erste Foto tauchte Freitag auf, sie brachte es in den Nachrichten, einen miserablen Schnappschuss, Licht von vorn, aschhelles strähniges Haar. Als sie Regula Choppard dann sah, war sie überrascht, sie ist dunkelhaarig, mit braunen Augen. Auch ihr Gesicht wirkt gefestigter. Wenn Maxie es sich recht überlegt, muss die Kindergärtnerin auf dem überbelichteten Bild schwanger sein. Von daher dieser andere Ausdruck im Gesicht, irgendwie glasig. Die Sanitäter hatten ihr gestern eine viel zu große Faserpelzjacke umgelegt, die sie erst recht als halbe Portion erscheinen ließ. Lang und zerbrechlich ist diese Regula Choppard, einen halben Kopf größer als sie selber, doch so unglaublich schmal in den Schultern und im Becken, dass sie sich eigentlich nicht recht vorstellen kann, wie diese Frau je ein Kind geboren hat. Säuglinge haben doch unglaublich große Köpfe, im Vergleich zu jungen Bären zum Beispiel.

Maxie trommelt, steckt ihre Visitenkarten ein, Redaktorin des ZNF, ist schon unterwegs.

Sie hat mehrmals auf einen der oberen beiden Klingelknöpfe gedrückt, Sarah Voss steht auf dem Schild. Nichts, kein Summton, kein Knacken in der Gegensprechanlage. Den Helm unter den Arm geklemmt, geht sie die paar Schritte vom Haus zur Straße, schaut am Mehrfamilienhaus hoch, blinzelt in die Sonne. Einzig an einem Fenster der Parterrewohnung scheint sich ein Tüllvorhang bewegt zu haben. Doch auf ihr Klingeln auf dem untersten Knopf geschieht gleicherweise nichts. Also schreibt sie einen freundlichen Gruß auf die Visitenkarte, wirft sie in den Briefkasten «Voss».

Auf ihrer Vespa kurvt Maxie zum Kindergarten, der bloß noch symbolisch durch gelbe Plastikbänder abgesperrt ist. Mit einem Schritt steigt sie darüber weg. Im Vorgarten sind zwei Männer in Zivilkleidung daran, Fotos aufzunehmen, Beamte der Kriminalpolizei, die die Spurensicherung vervollständigen. Die Eingangsstufen glänzen nass, irgendjemand hat heute Morgen hier geschrubbt.

Sie unterbrechen die Arbeit, machen eine Pause, Sonntagsdienst hätten sie heute so oder so. Dass Maxie Laane, die ja am ZNF über die Ereignisse berichtet hat, heute Morgen hier auftaucht, schmeichelt ihnen. Sie lassen wie beiläufig Bemerkungen fallen, aus ihrer Frustration machen sie kein Geheimnis. Maxie wird hellhörig. Von der Antiterroreinheit reden sie nur als von den Ruck-zuck-Heinis. Die hätten ihnen bis gestern am späten Nachmittag den Zutritt verwehrt, wie solle man da noch Spuren sichern, ein Witz. Und man wisse doch, wie viel Spaß die daran hätten, herumzuballern, von Anfang an seien die scharf darauf gewesen, eine Show abzuziehen. Bevor überhaupt etwas klar gewesen sei, habe der Mettler die Sache an sich gerissen; ihr Chef hätte die Geschichte ganz anders gelöst. Die hätten den Medienrummel doch genossen, ein Wunder, dass nicht alles in die Luft geflogen sei. Das blutige Ende sei am Donnerstagabend vorprogrammiert gewesen, nach der Presseerklärung des Innenministers habe es sowieso kein Zurück mehr gegeben. Zu Verkehrspolizisten hätte man sie degradiert, die Aufgabe der Polizei habe lediglich noch darin bestanden, das Gelände großräumig abzusperren.

Und die Spurensicherung seit gestern Abend sei bloße Augenwischerei: nachdem die andern Zeit gehabt hatten, einzusammeln, was ihnen passte, oder es nach Gutdünken zu arrangieren. Sie jedenfalls hätten im ganzen Umkreis kein Projektil gefunden, obwohl mindestens eines am Hinterkopf ausgetreten sein müsse. Sogar den Sprengstoff habe irgendeiner mitgenommen, eine unglaubliche Schlamperei ...

Maxie schaltet, fährt durch die langgezogene Lindenstraße, lehnt sich leicht in die Kurve. Den Helm im Nacken genießt sie den Wind in Gesicht und Haaren, riecht den Duft der Lindenblüten, spürt die Blicke der Autofahrer, die Bermudas sind etwas hochgerutscht; leichtsinnig. Das leise Schüttern des Motors vibriert angenehm, sie strafft den Rücken. Nie wird sie sich heimschicken lassen, sie doch nicht.

Sie fährt auf der Ringstraße um den Park, die Kindergärtnerin wohnt auf der andern Seite, eine zentrale Lage. Die unter den hohen Bäumen flanierenden Fußgänger sind offensichtlich wegen des Hauses Nummer fünfundzwanzig hier, sie bleiben stehen, spähen zur Haustür, zu den Fenstern. Maxie parkt die Vespa am Randstein, klingelt bei Choppard. Auch in diesem Haus bleibt alles still. Leute warten mit ihr, dass etwas geschieht. Es ist sinnlos. Unter den zudringlichen Blicken eines Ehepaars wirft sie auch hier ihre Karte in den Briefkasten, der mit zwei Namensschildchen gekennzeichnet ist, Choppard und Botta.

Im Studio wird sie begrüßt wie immer, ein paar spöttische Bemerkungen, weil sie an ihrem dienstfreien Tag kommt, Tiziano ist nicht im Haus.

Die Sonntagsequipe mit dem Satellitenwagen ist unterwegs nach Sental. Tiziano hat das veranlasst. Tom ist Teamleiter. Sental feiert Ellen Lachat und bereitet ihr heute Abend einen Empfang. Anscheinend hatte der rührige Tourismusdirektor die Idee, für die Medien ein stimmungsvolles Dorffest zu veranstalten, auf der Zeittafel sieht Maxie, dass dafür in der Sonntagsmagazinsendung von heute Abend sechs Minuten vorgesehen sind. Offensichtlich sollen die Ereignisse der letzten Tage mit diesem Beitrag ins Positive gewendet werden. Natürlich eignet sich diese Ellen Lachat dazu, und ein Dorffest in den Bergen bringt immer schöne Bilder. Maxie findet im Wochenplan einen zweiten Beitrag: Ein viertelstündiges Portrait über Ellen Lachat ist in die Nachmittagssendung für die Betagten eingeschoben worden.

Robert ruft nicht an. Maxie ist daheim in Birgits Wohnung, nimmt die Reportage aus Sental auf Video auf, kann das Bild beliebig anhalten, das perfekt geschminkte müde Gesicht betrachten. Scharfe Falten durchziehen die weichen Wangen, der schön geschwungene Mund mit den Grübchen in den Winkeln steht erstarrt in einem erschreckten Ausdruck, die Pupillen erscheinen einmal zu groß, einmal zu klein; die Frau wirkt schön wegen der geraden Nase und den etwas schräg stehenden Augen. Maxie erinnert sich, wie sie dieses Gesicht zum ersten Mal an der Abschrankung vor dem Kindergarten sah. Ob diese Frau wohl an die Spontaneität des Dorfs glaubt? Sie blickt doch eher skeptisch, sitzt da, Arm in Arm mit ihrem Mann inmitten lachender Menschen in der Festwirtschaft im Freien. Sie trägt ein schickes schwarzblaues Seidenkostüm mit kupferroter Bluse und kupferroter großer Ansteckblume, ist frisch geföhnt und geschminkt. Bisher hat sie Ellen Lachat ausschließlich im paramilitärischen Overall gesehen. Tom muss Hunger gehabt haben: Die Kamera schwenkt auf die mit roten Papierservietten dekorierten Tische, auf die Teller mit Raclette und Kartoffeln, auf Weißweinflaschen, Perlzwiebelchen und Meringues. Jetzt der Gemeindepräsident, der einen Trinkspruch ausbringt auf die tüchtige Ellen Lachat, die gezeigt hat, dass auf unsere Frauen Verlass ist, dass wir uns vor Terrorismus und Gewalt nicht zu ducken brauchen. Maxie schaltet den Apparat aus.

Ellen

Sie fühlt sich heiter, ein wenig beschwipst, in gelöster Stimmung, dabei hat sie bloß die eine Tablette geschluckt. Selbstverständlich freut sie sich. Vor ihr steht dieser große Sommerstrauß aus Sonnenblumen und dunkelroten Malven, sie lächelt in die ihr so bekannten Gesichter. Die Leute sind aus Sental, Blixen und Schächen. Einige sind ihr seit ihrer Kindheit vertraut, von jedem und jeder kennt sie Adresse und den zugeteilten Schutzplatz. Ihretwegen sind sie alle hier, ein wenig auch wegen des Fernsehens, man muss doch zeigen, dass man im Tal zusammengehört. Zwei Tage und zwei Nächte lang, seit es am Donnerstag wie ein Lauffeuer von einem zum andern ging, Ellen Lachat komme im Fernsehen, ihre Ellen sei Kurier in einem Geiseldrama, haben sie mitgefiebert und mitgelitten. Wer keinen Fernsehapparat hat, besuchte die Nachbarn. Die Gaststube des *Rebstock* war voll besetzt, wegen der Skirennen hängt dort ein Fernsehgerät hinter dem Ausschank an der Wand. Jedesmal, wenn etwas Neues geschah, war kein Mensch mehr auf der Straße anzutreffen. Nur dank Ellen sind diese Kinder heil davongekommen.

Georg gibt ihr einen kleinen Schubs, Ellen hebt das Glas auf den Gemeindepräsidenten und seine Frau, lächelt. Er ist gleich alt wie sie, war damals bei den Trommlern. Sie weiß, er wurde vom Kommen der Medien benachrichtigt. Er und das Dorf sind in Zugzwang geraten. Natürlich liegt der Gedanke an Gratiswerbung für Sental als Touristenort auf der Hand. Dennoch muss er den Ausschlag gegeben haben für den Empfang. Ein richtiges Fest mit Musik und Festwirtschaft musste auf die Beine gestellt werden. Offensichtlich wurde in etwa die für den Nationalfeiertag am l. August vorgesehene Besetzung aufgeboten. Die Vereine sind fast vollzählig da, die Delegationen aus den Nachbargemeinden wurden eingeladen. So war schon von der Zahl der Gäste her Betriebsamkeit gewährleistet.

Ellen bestätigt, sie hat den Blumenschmuck an den Häusern bemerkt, die spiegelnden Fensterscheiben; auf den Vorplätzen liegt wirklich kein Hälmchen. Sie hat auch gesehen, dass hier und dort eine Bank vor die Tür gestellt wurde; vom Brunnenstock wie an der Fassade des *Rebstock* leuchten Geranien, sogar die Ortstafel ist mit hellroten Hängenelken geschmückt.

Jetzt sitzt sie da, hebt das Glas, lächelt für das Dorf für die Medien.

Sie fühlt sich nicht als Heldin. Sie hat ihren Auftrag als gefährlich empfunden. Sie hat Angst gehabt, wenn sie in dieses Haus ging, sie hat nicht nur um die Kinder gezittert und um die andere Frau, wenn sie es wieder verließ, sie hat um ihr eigenes Leben gefürchtet. Das Schlimmste war der gestrige Morgen. Sie war im Haus, als der Geiselnehmer aufgab, eine Atmosphäre, zum Zerreißen gespannt, der Geiselnehmer konnte jeden Moment alles in die Luft jagen. Sie stand hinter der Tür, als der Schuss fiel, ahnungslos, obwohl sie hätte wissen müssen, dass so etwas geschehen würde. Sie hat noch nie einen Erschossenen gesehen. Sie stand im Einsatz, tat, was von ihr zu erwarten war, kümmerte sich darum, dass die Kindergärtnerin nicht im Weg stand.

Sie hätte ein Aufziehpüppchen sein können, ein Blechsoldat mit weiblich betonter Figur und rot gemalten Locken, das Hebelchen wäre heruntergedrückt und surrend trippelte sie herein und hinaus. Jetzt säße sie hier, höbe ein Glas, ein Lächeln aufs Gesichtchen gemalt.

Sie starrt auf die Malven, die rot sind wie Blut.

Georg und sie gehen bald schon nach Hause. Es ist ja verständlich, dass sie todmüde ist.

Zu Hause begehrt sie auf. Lächerlich, die Heldenrolle, die sie ihr jetzt andichten. Keinerlei Fähigkeiten oder Ausbildung brauchte es, das zu tun, was sie tat. Allein durch ihr Äußeres sei sie mediengeeignet gewesen.

Georg meint, das spiele doch keine Rolle. Sie sei müde, sehe das zu negativ. Die Belegschaft zum Beispiel habe pausenlos ferngesehen, in beiden Nächten. In der Kantine hänge jetzt ihr

Bild, beim Betriebsfest müsse sie unbedingt dabei sein.

Georg ist fürsorglich. Beim Einschlafen meint sie frierend, entferntes Donnern zu hören, weiß, es sind die immer wieder aufklingenden Trommelwirbel, die sie in den Schlaf begleiten.

Der Anruf am Montagvormittag wirkt erfrischend, eine angenehme, höfliche Männerstimme: Der Pressesprecher des Innenministers ist am Apparat. Ellen denkt, das geschieht einmal in meinem Leben, freut sich.

Sie hört gut zu. Dem Minister sei es ein Bedürfnis, ihnen, den beiden tapferen Frauen, seinen persönlichen Dank und seine Hochachtung auszusprechen. Es sei gut, dass es in dieser doch eher individualistischen Zeit Frauen gebe, die sich so bedingungslos für andere einsetzten. Der Minister wolle ein Zeichen setzen. Deswegen habe er beschlossen, ihr und der Kindergärtnerin die Tapferkeitsmedaille zu verleihen, eine ehrenvolle Auszeichnung, zudem von symbolischer Bedeutung, da sie doch eher selten einer Frau verliehen werde. Es sei an der Zeit, dass sich das Land der Stärke seiner Frauen bewusst werde, sie integriere.

Ellen könnte schwören, Papier rascheln zu hören, er liest wohl aus seinen Notizen ab, offensichtlich bereitet er ein Kommuniqué vor. Georg wird staunen, wenn er das hört.

Eher ein weiblicher Laufbote im Dienstanzug, verwendet zur Exekutionsassistenz? Unbedacht sind ihr die Worte herausgerutscht, mit einem Lachen sucht sie ihnen die Spitze zu nehmen, lauscht auf das überraschte Hüsteln am andern Ende der Leitung. Er fängt sich gleich wieder, gratuliert zu ihrem Humor und der offensichtlichen Bescheidenheit.

Am kommenden Freitag werde eine offizielle Feier stattfinden, da die Ereignisse bis dahin noch nicht vergessen seien, außerdem begännen schon zwei Wochen später die großen Ferien. Es sei wunderbar, wenn sie sich diesen Termin reserviere. Die schriftliche Einladung an sie und ihren Mann schicke er umgehend ab.

Sie legt auf, freut sich. Wie konnte sie nur. Sie wird als eine der wenigen Frauen den Orden erhalten und reißt einen dummen Spruch.

Maxie

Eigentlich bräuchte sie nicht an dieser Ordensverleihung dabei zu sein. Sie hat sich dem Kamerateam aufdrängen müssen, und es war besser, Tiziano merkte davon nichts. Noch immer sorgt er sich um ihre Gesundheit, hat ein schlechtes Gewissen, sie zu dieser Geiselnahme mitgenommen zu haben. Sie sehe aus, als wäre sie krank. Sie lebt von Nüssen, Säften und Salaten. Robert lässt nichts von sich hören, mittlerweile hat sie sich daran gewöhnt. Birgit ist immer noch weg.

Maxie weiß nicht, wonach sie sucht. Ab und zu sitzt sie untätig da. Die unzähligen Toten der Tagesnachrichten schiebt sie jeden Abend bewusst beiseite.

Es geht ihr darum, diese Leute noch einmal von nahem zu sehen. Tom versteht es, das gehe ihm oft auch so.

Bis sie im Gedränge des kleinen Festsaals ist, hält Maxie sich dicht hinter Tom. Sekretärinnen vergleichen die Einladungen mit ihrer Gästeliste. Tom zeigt ihre Presseausweise. Maxie sucht sich einen unauffälligen Platz in einer der hinteren Stuhlreihen, Tom und Stefan installieren vorne die Standkamera. Das Podium ist geschmückt mit zwei Blumenarrangements auf hochbeinigen Ständern, es herrscht gedämpfte Feierlichkeit. Maxie fragt sich, ob sie etwas anderes erwartet hat. Jemand wird das Podium betreten, sich eine Plakette umhängen lassen, die dem Leben, das vorher war, und dem Leben, das nachher kommt, den Sinn gibt. Wie hat Tom im Flüsterton gespottet, hier ist noch klar, was Ordnung ist. Der Minister ist der liebe Gott, seine Engelein stellen sich hierarchisch in die Reihe.

Real ist die kleine Formation des Symphonieorchesters, das spielen darf, weil das Kulturministerium dem Innenministerium unterstellt ist.

In einigen der mit ihr etwa gleichaltrigen Leute in den vordersten Reihen erkennt Maxie Eltern der Kinder, weitere vertraute Gesichter gehören den Männern der Einsatzleitung, die diesmal graue Straßenanzüge tragen. Die meisten der bei dieser Feier Anwesenden sind Männer, müssen Beamte sein aus den verschiedenen Ministerien.

Regula Choppard und Ellen Lachat sitzen oben auf der Bühne zwischen den Blumengebinden vor ein paar dekorativen Fahnen, beide blass und angespannt zuhörend. Die Kindergärtnerin sieht erschöpft aus, unnatürlich bleich, ein Leichentuch, obwohl sie doch für die Kamera geschminkt wurde. Sie blickt wie hypnotisiert zum Redner, lässt ihn keine Sekunde aus den Augen. Sie ist ohne Begleitung hier, obwohl sie verheiratet ist, auf dem Briefkastenschild standen zwei Initialen vor dem Namen. Maxie hat den Versuch, sie zu treffen, nicht wiederholt.

Die Wandgemälde, blaue Frauen tanzen einen Reigen, die langen Vorhänge, die hohen Fenster mit Blick auf den Fluss geben den passenden Rahmen ab. Maxie lauscht auf die Worte des Ministers. Fast penetrant betont er, das Außerordentliche des Anlasses liege darin, dass es Frauen seien, die geehrt würden. Das Publikum applaudiert gedämpft.

Tom und Stefan filmen. Viele im Publikum verhalten sich aufnahmebewusst, rücken sich telegen ins Bild.

Ein besonderer Dank geht an die Medien, die ihren Informationsauftrag umfassend wahrgenommen haben; ein paar Köpfe drehen sich nach Maxie um.

Der Minister spricht von der Zukunft des Gemeinwesens, die bei den Kindern liege. Der Einsatz der letzten Tage habe gezeigt, dass sich die Träger der Verantwortung ihrer Aufgabe, das Leben zu schützen und zu bewahren, vollumfänglich bewusst seien und dass sie dazu alle ihnen zur Verfügung stehenden Mittel einzusetzen bereit seien.

Die Worte des Ministers erzeugen einen Widerhall in ihrem Kopf. Von der Familie des Täters ist nicht die Rede. Weder von seinen zwei Kindern noch von seiner Frau. Es muss entsetzlich sein, mit einem solchen Menschen verwandt zu sein. Nicht nur das ZNF hat diese Woche einen Bogen darum geschlagen. Nachdem der Name bekannt geworden ist, scheint niemand sich für mehr als die mageren biografischen Daten dieses Bering interessiert zu haben.

Vorne auf der Bühne zwischen den beiden Frauen könnte sein Sarg stehen. Maxie kann sich deutlich einen kunstlosen dunklen Holzsarg mit einer einzigen darauf liegenden Rose vorstellen.

Unmittelbar nach der Ordensverleihung entsteht hinten im Saal Unruhe. Maxie erkennt den Pressesprecher des Ministers, der eine alte Frau nach vorn auf die Bühne begleitet, auf dem Arm trägt sie ein kleines Kind, natürlich, der Trupp der Medien darf folgen. Das werden die zu Herzen gehenden Bilder: der Minister in unterschiedlichen Posen neben der Kindergärtnerin, die jetzt ihr Kind auf den Armen hält.

Dann ist die Feier zu Ende. Doch Maxie kann nicht anders. Gegen den Strom drängt sie sich nach vorne. Ihre Aufmerksamkeit ist auf die Kindergärtnerin gerichtet, alles andere kann sie später im Film betrachten. Etwas stimmt nicht. Es sind inzwischen immerhin fast zwei Wochen vergangen, doch diese Frau zeigt keinerlei Regung, hält ihr Kind steif, ohne es auch nur anzulächeln. Sie muss krank sein. Die Pupillen sind starr, möglicherweise hat sie Beruhigungstabletten geschluckt.

Gewöhnliche Presseleute sind nicht zum anschließenden Bankett geladen. Das ZNF wird durch von Tavel, den obersten Chef, den Maxie nicht persönlich kennt, vertreten sein. Tom und Stefan nehmen auch ihn noch ins Bild. Er spricht ein paar Worte, dankt «seinen Leuten» für die großartige Leistung ihrer Rund-um-die-Uhr-Berichterstattung. Im Gedränge der Halle ist es nicht möglich, mit der Kamera an Regula Choppard oder Ellen Lachat heranzukommen, andauernd schiebt sich mindestens einer der vier Sicherheitsbeamten dazwischen. Nicht einmal die Presseausweise helfen, sie hätten ihre Richtlinien.

Tom tippt Maxie auf die Schulter, er hat, was er braucht, Stefan ist schon draußen.

Das Bankett findet im gleich um die Ecke liegenden Nobelrestaurant statt. Maxie folgt der

Gruppe, die die zwei Frauen begleitet. Mit ihrem Presseausweis passiert sie die Eingangskontrolle, sie wird erst an der Tür zum Bankettsaal zurückgewiesen werden.

Maxie steht neben dem wandhohen Spiegel im Foyer, beobachtet Ellen Lachat, die sich suchend umsieht. Vermutlich sucht sie eine Toilette.

Maxie schlängelt sich zwischen den Ankommenden durch, wird mehrmals mit Namen gegrüßt, bleibt bei niemandem stehen, sondern lächelt, eilt die mit einem dicken Teppich belegte Treppe hoch, sie weiß, wo hier die Toiletten sind. Rasch geht sie hinein, betritt eine der Kabinen, verriegelt die Tür, lauscht auf gedämpfte Geigenmusik, die von der Decke erklingt, ein Erstklasshotel. Die Toilettentüren reichen nicht bis zum Boden. Schon steht sie auf der Schüssel, so sind von außen keine Füße zu sehen.

Sie hört das Schwingen der Eingangstür, lauscht auf Schritte von Stöckelschuhen mit Ledersohlen, jemand betritt die anliegende Kabine, verriegelt. Sie fühlt sich lächerlich, gibt kein Geräusch von sich. Neben ihr das Rauschen, jetzt schon wieder die Außentür, jemand wäscht sich die Hände, jetzt wieder der Riegel, die Nebentür.

Sie hört eine etwas tonlose Stimme. Frau Lachat, wir sind einander nicht einmal vorgestellt worden, Regula Choppard. Sie sei ihr nachgegangen, weil sie sie unbedingt sprechen müsse. Das scheine nur hier möglich zu sein.

Maxie lauscht.

Sie fühle sich schwach, sie müsse sich setzen. Maxie balanciert auf dem Schüsselrand stehend, eine eher peinliche Position, bekannte Fernsehmoderatorin als Horcherin auf der Kloschüssel stehend. Es wäre jetzt noch möglich, hinauszugehen, zu grüßen, Ellen Lachat kennt sie ja vom Sehen, sich vorzustellen, das wollte sie doch. Sie bleibt oben stehen.

Ellen Lachat hat zu Maxies Verblüffung Riechsalz bei sich, das belebt. Zunächst Ellens laute Stimme, ob sie sich besser fühle. Sie müssten wohl wieder nach draußen, dort werde sicher der Aperitif serviert. Sie könnten beide nicht so lange wegbleiben.

Regula Choppards Stimme, leise, hastig, schlecht zu verstehen mit der Musik im Hintergrund. Das Riechsalz wirke. Sie stehe unter Tabletten, leide unter den Nachwirkungen eines Nervenschocks. Das stimme doch alles nicht, was hier gesagt worden sei. Sie müsse mit ihr reden. Der Arzt sage, es sei der Schock, sie stelle aus emotioneller Betroffenheit alles falsch dar. Ellen Lachat sei doch dabei gewesen, als sich der Mann gestellt habe. Wusste sie, dass man ihn erschießen würde? Wie konnten sie schießen. Es gab keinen Grund, er hatte sich doch ergeben? Sie solle bitte die Wahrheit sagen.

Nicht hier. An der Tür zu Maxies Toilette wird gerüttelt, sie müssten wieder hinaus. Sie sei auch schockiert, doch sie hätten beide getan, was sie konnten. Es ging um die Kinder, den Toten könnten sie nicht lebendig machen. Sie habe ein entzückendes Kind, ob das die Großmutter sei, die es hüte?

Regula Choppards Stimme drängt, sie denke immer, das könne nicht absichtlich geschehen sein, vielleicht eine Fehleinschätzung, ein Unfall, so wie wenn jemand in ein Auto laufe?

Das Schwingen der Außentür, sich entfernende Stimmen. Maxie wartet einen Augenblick, steigt von der Schüssel herunter, setzt sich auf die Schüssel, wartet. Wo Clemens Choppard stecken mag, er ist doch Mitglied des Orchesters, das gespielt hat. Regula Choppards Worte, wenn ein Ministerium über Leichen geht, merken die es vielleicht nicht einmal oder nehmen es hin, als wäre es ein Autounfall, sind ihr unter die Haut gegangen. Dazu gäbe es dann PR-Konzepte mit Wichtigtuern, das ZNF dein Freund und Helfer. Vorher aber, da muss es einen generalstabsmäßig vorbereiteten Plan gegeben haben.

Maxie fühlt einen Kloß im Hals, Brechreiz. Diese tonlose Stimme. Regula Choppard steht an ihrem Ehrentag unter Tabletten. Dass der Täter nicht böse war, darauf kann nur eine Frau kommen. Birgit scheint Recht zu haben, dünne Frauen sind eben doch zu sensibel.

Erst eine halbe Stunde nach Bankettbeginn verlässt Maxie die Hotelhalle. Die Beamten im Eingang nicken ihr zu.

Warm schlägt ihr die Nacht entgegen. Sie hat

das Leben draußen vergessen, die Passanten auf dem hellerleuchteten Gehsteig, fahrende Autos. Sie bemerkt, wie hungrig sie ist. Gleich um die nächste Ecke kauft sie sich eine Tüte Pommes frites, isst im Gehen. Zu Hause hat sie noch Pfirsiche.

Sarah

Ihre Tage sind ausgefüllt mit dem Erledigen von Formalitäten, mit Gesprächen mit Polizeibeamtinnen und -beamten, Vertretern von Unfall-, Kranken-, Haftpflicht-, Militär-, Lebens- und Risikoversicherungen. Die Zwillinge weiß sie bei Dad gut aufgehoben. Sie hat nicht immer Zeit, bei ihnen zu übernachten. Manchmal ist sie sich ihres schlechten Gewissens bewusst; vor allem Nina kapselt sich ab.

Bei diesen Besprechungen denkt sie ab und zu, hätte sie Janic noch immer geliebt und wäre sein Tod ihr nicht gleichgültig, allein der Zeitpunkt, während er noch irgendwo unbeerdigt liegt, wäre unerträglich. Sie meint, in Haltung und Tonfall ihrer Gesprächspartner Feindseligkeit zu spüren, die Janic gilt, wenn von der Tat die Rede ist, die ihr persönlich gilt, geht es um Geld. Sie empfindet es als Frechheit, denn die, die da über sie herfallen, können nicht wissen, dass sie nicht um Janic trauert.

Also ist sie kühl, schweigsam und aufmerksam, notiert, studiert Unterlagen, vergleicht.

Von Anfang an sucht die Polizei nach Fakten, die beweisen sollen, dass der Täter unzurechnungsfähig gewesen ist, sei es aus psychischen Gründen oder weil er an einem Tumor litt. Der Besuch Victors bestätigt sie in ihrem Verdacht, dass diese Version von der Familie verbreitet wird. Sie spricht ruhig, sagt, Victor vergesse, dass auch sie jetzt anscheinend zur Familie gehöre. Von ihr gibt es für diese Version keinen einzigen Anhaltspunkt, und gäbe es ihn, sie würde ihn nicht mitteilen. Ihr ist die Vorstellung einer politisch motivierten Tat bei weitem sympathischer.

Mit Dad ließe sich über Krankheitszustände eines sozialen Organismus debattieren. Wenn der Vater ihrer Zwillinge schon erschossen wurde, so ist es in ihrer Vorstellung ehrenvoller, einen Vater zu haben, der als Herausforderer der Staatsgewalt ums Leben kam, als einen, der wie ein tollwütiger Hund abgeknallt werden musste.

Sie fühlt es jeweils, wenn sie die Hände bis zum Fingerknacken zusammendrückt, sie kann nicht anders. Wäre es nicht Janic und hätte sie nicht den festen Vorsatz gefasst, ihr Temperament zu zügeln, sie regte sich allmählich auf. Natürlich darf niemand kleine Kinder und die ganze Öffentlichkeit terrorisieren. Aber man darf auch einen Terroristen nicht einfach erschießen, selbst der Staat hat dazu kein Recht.

Janic hat gedroht und erpresst. Es gibt keine Erklärung, aber er war nicht verrückt.

Mit Daniel verabredet sie sich zum Essen. Er bestärkt sie zunächst. Erstens solle sie grundsätzlich nie etwas bestätigen, zweitens schon gar nicht, dass Janic verrückt gewesen sei, wenn sie sich sicher sei, es stimme nicht. Janic sei sein Freund gewesen. Die Einsatzleitung habe ein Kriegsspiel vom Zaun gebrochen und einen Menschen erschossen, das sei zumindest fahrlässige Tötung. Dagegen werde der Staat auf Notstand plädieren. Er habe in ihrem Namen ein Gesuch um Akteneinsicht gestellt; es sei unverständlicherweise abgelehnt worden. Ob sie sich schon einmal über die Interessenlage ihres Schwagers Gedanken gemacht habe. Ob sie sich über die Auswirkungen auf die Versicherungszahlungen im Klaren sei. Bei Selbstmord und bei bestimmten Geisteskrankheiten werde jedenfalls die erstaunlich hohe Lebensversicherung nicht ausbezahlt. Sie solle nicht zimperlich sein, müsse sich um das Geld kümmern. Es gehöre ihr, Janic habe das so bestimmt. Gefühle seien jetzt fehl am Platz.

Sarah fühlt sich verletzt, wenn Daniel so redet.

Endlich gibt das gerichtsmedizinische Institut die Leiche frei, der Beerdigungstermin steht fest. Die Bestattung wird in aller Heimlichkeit im engsten Familienkreis stattfinden. Sarah führt mit Helene eine Grundsatzdiskussion, es geht um Kleider für die Beerdigung. Helene versteht ihre Einmischung in den Kleiderkauf als Hilfe, sie hat vom exklusiven Modehaus eine Auswahl von Kleidern für Sarah und die Zwillinge bringen lassen. Sarah nennt es Dad gegenüber einen Versuch zur Bevormundung in einem Moment, da sie nicht streiten mag. Sie knackt mit den Fingern. Sie bringt das Zeug umgehend zurück.

Am folgenden Tag holt Gerd sie nach der Schule am Ausgang des Polizeipräsidiums ab, sie hat eben eine weitere Aussprache mit einem Beamten hinter sich. Er rede nicht auf einen Telefonbeantworter. Er hätte erst jetzt nachgefragt und gehört, sie hätte mit den Zwillingen die Schule fluchtartig verlassen, sei verschwunden. Gerüchte würden herumgeboten. Wie sie erwartet hat, sind an der Schule die Zusammenhänge nicht klar.

Später beim bitteren Zichorienkaffee meint Gerd, Kleidung sage ebenso viel über den Menschen aus, der sie trage, wie die Sprache; es sei die Form, die er andern entgegenbringe. Auch wirke sie auf die eigene Stimmung und Haltung zurück. Keinesfalls sei sie einfach Konvention, und unwichtig sei sie auch nicht.

Die passende Kleidung müsse von Herzen kommen. Zudem realisierten die Toten Farben und Gerüche. Es sei bedauerlich, dass Janic bis jetzt keine Blumen um sich gehabt habe. Wenigstens komme er jetzt endlich unter den Boden. Gerd bezweifelt ihre Distanziertheit. Sarah und Janic hätten keine gemeinsamen Kinder, wenn ihre Biografien nicht eng zusammengehörten, im Guten oder im Schlechten. Er denke, dass eine Frau gefühlsmäßig an einen Mann gebunden bleibe, mit dem sie schlafe. Übrigens auch umgekehrt. Sie hätte Janic doch geliebt.

Und dann erzählt er ihr von diesem Rattenversuch. Er sei zwar gegen Tierversuche, es stehe Menschen nicht zu, um des Wissens willen Tiere zu quälen oder zu töten. Einmal würden die Menschen für diese Schuld bezahlen. Vielleicht seien die Kriege Teil dieses Bezahlens, die Zusammenhänge gingen oft durch andere Realitätsebenen.

Wenn er so redet, nennt sie ihn zwar in Gedanken einen Theoretiker und Weltverbesserer, doch sie hört auch auf den sanften Klang seiner Stimme. Bei dem Rattenversuch, den er beschreibt, schüttelt es sie. Wie kommen die dazu, einer Ratte Messdrähte am Kopf zu befestigen, ihr die Jungen wegzunehmen, diese auf ein U-Boot zu bringen und in sie-weiß-nicht-mehr-welcher Meerestiefe die Jungen eins nach dem andern zu töten, schön nach der Uhr, um bestätigt zu erhalten, was sie schon wissen, dass die Anzeiger, mit denen die Gehirnströme der Mutterratte im Laborkäfig gemessen werden, jedes Mal beim Tod eines Jungen extrem ausschlagen. Gerd meint, Hunde adoptierten Menschen und seien ihnen dann genauso eng verbunden, und nicht anders sei es mit der engen Beziehung zwischen Menschen.

Sarah bezweifelt das. Sie ist nicht zusammengezuckt, als Janic erschossen wurde. Sie hat auch während der Tage davor nichts bemerkt, obwohl er an sie und die Zwillinge gedacht haben muss. Nichts hat sie gespürt und ist jetzt nicht traurig.

Mit den Zwillingen ist das anders, von ihnen ist sie ungern getrennt. Sie brauchen sie doch.

Die Bestattung findet um acht Uhr morgens statt. Gerd begleitet sie. Die Zwillinge hält sie fest an den Händen. An die Beerdigung ihres Vaters werden sie sich erinnern. Dad sieht feierlich aus im schwarzen Anzug mit seiner schwarzen Schiffermütze. Natürlich ist auch Daniel gekommen. Zu ihrer leisen Überraschung sind dann doch etwa hundert Menschen anwesend, die Familie mitgezählt. Sarah fühlt sich unter ihrem schwarzen breitkrempigen Strohhut, als wandele sie unter einer Tarnkappe. Wer mag all diese Männer eingeladen haben, wenn doch alles getan wurde, um die Bestattung geheim zu halten. Sie können doch nicht alle von der Polizei oder den Untersuchungsbehörden sein. Doch die Presse ist wirklich nicht vertreten. Zudem ist der Friedhof abgesperrt.

Die Zwillinge leiden, sie fühlt es an ihren Händen, Manuel hält sie krampfhaft fest, Ninas Hand ist schlaff. Sie drückt sie beide.

Bei den betont unverfänglichen Abdankungsworten desselben Geistlichen, der sie vor Jahren getraut und der auch die Zwillinge getauft hat, frägt sich Sarah, ob Janic vielleicht doch verrückt war.

Zu Daniels offensichtlichem Erstaunen arbeitet sie schon am Tag nach der Bestattung wieder an ihrem Computer im Büro. Er hätte gedacht, sie nehme einige Zeit frei. Sie kann nicht verreisen, solange sie noch Termine hat, das weiß er ja. Doch zu Hause sitzen mag sie auch nicht. Zudem haben die Ferien der Kinder jetzt begonnen, Dad wird mit ihnen ein paar Tage in den Jura fahren. Sie werden wandern und zwischendurch wird sich Dad seltene Spieluhren und Drehorgeln ansehen.

Maxie

Birgit ruft bei Maxie an. Ihr Kurs ist ein Erfolg, ihr Aufenthalt in Oslo so unterhaltsam wie jedesmal. Natürlich weiß sie, dass Maxie einunddreißig ist, doch Maxies Stimme klang beim letzten Telefongespräch so matt, isst sie auch richtig? Wenn sie keine Zeit zum Kochen findet, soll sie wenigstens alle zwei Tage im Vegetarierrestaurant essen, sich Zeit nehmen, die Mahlzeit zu geniessen. Wer bewusst esse, werde ein anderer Mensch. Ob alles in Ordnung sei. Ob sie von

Robert höre. Wie lange sein Alaska-Aufenthalt denn noch dauere. Ob sie unter der Hitze leide, sie hätte doch immer unter der Sommerhitze gestöhnt. Ob sie vielleicht zwei Wochen wegfahren wolle, hier oben sei es traumhaft schön. Sie könnten ein paar Tage an einem der Seen verbringen.

Maxie erwähnt die Ordensübergabe, Birgit hat die Geiselnahme am Rande mitgekriegt. Sie hat gar nicht realisiert, dass Maxie am Schauplatz war. Aber doch nicht bei der Erschießung des Geiselnehmers. Birgits Stimme klingt beunruhigt.

Endlich rückt sie mit dem Anlass des Anrufs heraus. Sie hat sich von einer Bekannten die Karten legen lassen, zum Spaß. Die habe behauptet, die Karten zeigten, dass Maxie in großer Gefahr sei. Inga habe gesagt, sie komme beruflich mit Menschen in Kontakt, die sie bedrohten. Maxie müsse sich rasch bewegen, solle nichts allein unternehmen.

Maxie versucht sie zu beruhigen. Inga lese nichts anderes als die Ängste und Wünsche ihrer Kundschaft aus den Karten. Jeder Mensch sei in Gefahr, schon bevor er am Morgen aufstehe, könnte er an seinem Husten ersticken. Dazu braucht es keine Karten. Dass Birgit für so etwas auch noch bezahlt habe!

Maxie hat den Telefonhörer aufgelegt, bleibt sitzen, blickt zur Terrassentür. Heute wird es heiß werden. Vor dem hellen Himmel hängt von der

Dachrinne eine lange schwarz-weiße Feder, bewegt sich leicht, ruckartig, aus der Realität gelöst. Es könnte eine Papierhülse sein, ein Ding, federähnlich, hell-dunkel, von der Sonne beschienen, glänzend. Fast scheint es lebendig, sieht aus, als wären da zwei Federn ineinander gelegt, bewegt sich auf und ab, langsam nach oben und wieder nach unten. Das ergibt einen Rhythmus, so weich und exakt, doch da ist kein Wind. Jetzt, sekundenschnell taucht darüber eine schwarze Spitze auf, verschwindet. Das Auge ergänzt, das war eine Flügelspitze, da oben sitzt eine Elster. Also ist es keine unerklärlich wippende Feder, von der man nicht wissen kann, wie sie dorthin geraten ist und weshalb sie nicht herunterfällt, es ist der lange, schwarz glänzende Elsternschwanz, den sie sieht.

Ob es in Alaska auch Elstern gibt? Wohl kaum.

Sarah

Sie sitzt vor dem Computer, gibt einen Text ein, erschrickt. Plötzlich das Gefühl, Janic wäre da, nah, sie meint, sein Gesicht vor sich zu sehen, die dünnwandigen Schläfen, die hervortretenden Wangenknochen, die hohe Stirn, graue Augen. Natürlich ist das eine Einbildung, sie weiß es sofort; ihre verspätete Reaktion auf seinen plötzlichen Tod, auf die Scheidung, die nicht ausdiskutiert wurde, die Beziehung, die in Brüche ging, bevor sie es bemerkte.

Gerd fährt ebenfalls für zwei Wochen weg.

Bei dieser Hitze bleibt nur in der Stadt, wer unbedingt muss oder wer kein Geld hat, wegzufahren.

Die Gespräche mit Hugo und Victor um Janics Erbe sind hart, anstrengend, sie hält durch. Hugo verliert ab und zu die Nerven, schreit plötzlich los, wirft einmal sogar ein Aktenstück durch den Salon. Vielleicht geht ihm Janics Tod nah, sie möchte es gern glauben, doch eher will er sie kleinkriegen. Vielleicht ist es auch die Hitze, vielleicht hat er schon immer Leute angeschrien.

Sarah meint falsch zu hören, als der alte Forch sie am Donnerstagabend in sein Büro bestellt und ihr die Kündigung mitteilt. Forch sei im Club von Victor darauf angesprochen worden. Es gebe Stiftungen im Konzern, die es nach außen zu vertreten gelte. Sie werde sich in repräsentative Aufgaben einarbeiten, eine andere Frau werde froh sein um die frei werdende Stelle. Zwei zusätzliche Monatsgehälter sind schon überwiesen, so ist alles gleich geregelt. Sie hat ihre Arbeit verloren.

Zunächst nimmt sie es fassungslos zur Kenntnis, Daniel meint, es habe sich nicht vermeiden lassen. Sie hätten sich zwischen ihr und dem Konzern entscheiden müssen, sie brauche sich nur zu fragen, wie sie da gehandelt hätte. Zudem habe sie es doch nicht mehr nötig zu arbeiten, sollte das überhaupt je der Fall gewesen sein.

Sarah weiß, dass Forch & Silbermann bei einigen großen Mandaten vom Wohlwollen des Konzerns abhängig sind. Sie können sich nichts leisten, was als Provokation verstanden würde.

Aber andererseits ist Sarah doch auf Daniel angewiesen, da nur er diese vertrackte Rechtslage so gründlich kennt. Unvermittelt wird Daniel laut, auch für ihn sei es schwierig. Wenn er mit ihr schlafe, habe das nichts mit dem Arbeitsverhältnis zu tun. Es sei doch nicht vorauszusehen gewesen, dass Janic umkomme, geschweige auf diese Art. Kein Mensch wisse, was ihn getrieben habe oder welche Machenschaften tatsächlich dahintersteckten. Es gehe auch um den Ruf der Kanzlei.

Es trifft sie unvermittelt.

Sarah wischt mit dem Handrücken über die tränenden Augen, die Küche ist verqualmt vom Backofenputz, sie trägt bei dieser Wärme zu enge Gummihandschuhe, schrubbt den Abzugsfilter. Niemand wird sie fertig machen. Sie hat in der Kanzlei nicht nur viel gelernt, sie hat ihre Arbeit gut gemacht und gern. Sie ist auf ihre Selbständigkeit stolz gewesen.

Sie Närrin hat gemeint, Daniel vertrauen zu können, ist mit einem ins Bett gegangen, der kuscht, wenn Mächtige mit den Fingern schnippen. Es wird ihm noch Leid tun. Mit dem Küchenmesser schabt sie getrocknetes Fett aus den Gitterrillen, Loch um Loch.

Sie nehmen Einfluss auf ihr Leben. Sie können dafür sorgen, dass sie jede Stelle, dass sie ihre Wohnung verliert. Es ist lachhaft, auf ihre positive innere Einstellung zu vertrauen, falls die jemandem nicht in den Kram passt.

Es soll ihr niemand weismachen, sie hätten Janic damals nicht zugeredet, sich von ihr zu trennen. Sie haben sie ausgestoßen: die falsche Erbmasse, der falsche soziale Hintergrund, keine brauchbaren Beziehungen. Sie sollte gar nicht erst in ihren Kreisen Fuß fassen. Was daran sollte jetzt anders geworden sein?

Sie lebt. Wäre Janic bei ihr geblieben, vielleicht lebte auch er noch.

Dad und die Zwillinge sind von der Wanderung zurück, erzählen von Fohlen, einer Pferdeschau, von Gasthäusern, einer Pedalofahrt auf dem See, Regengüssen, Menschen, mit denen sie gesprochen haben, einer anderen Welt.

Sarah hat jetzt ab und zu Zeit, bei Dad in der Werkstatt zu sitzen. Er repariert eine Spieluhr, stanzt neue Zahnrädchen, legt Schwingriemchen ein, zieht Schrauben an und richtet die Unruh, manchmal trägt er das Vergrößerungsglas vor dem Auge, das ihr seit der Kindheit vertraut ist, das Riesenauge eines Zwergs, der über sie und die Zwillinge wacht.

Früher hat Dad gern geredet bei der Arbeit, jetzt schweigt er oft lange, ehe er antwortet. Sarah weiß, ihr Hinauswurf bei Forch & Silbermann gefällt ihm nicht. Sie sei vielleicht nur scheinbar in einer guten Position. Vielleicht verhalte sich alles anders, als sie es sich vorstelle, sie wisse es nur nicht. Wenn ein Daniel Silbermann sich so benehme, denke er doch, sie könne ihm nie gefährlich werden.

Sarah lacht etwas bitter: Macht ist, was zählt. Sie wird ihre Macht nicht freiwillig aus der Hand geben, so viel hat sie schon gelernt. Dad braucht sich nicht zu sorgen, sie wird ihm nicht zur Last fallen. Dafür hat Janic gesorgt.

Nina kuschelt sich auf der Bank neben Dad. Sarah umarmt Dad. Einiges ist fast wie früher.

Sarah lacht. Sie läuft. Sie liebt das Leben viel zu sehr, als dass sie es sich von einem wie Daniel vermiesen ließe.

Josefine

Was sie befürchtet hat, tritt ein: Regula bleibt wie abwesend. Mit offenen Augen blickt sie durch Josefine hindurch, gibt oft keine Antwort. Innerlich ist sie nicht da. Wenn Josefine lauscht, ist es ihr, als höre sie Regula weinen. Manchmal erwacht sie davon, dass Regula im Traum schreit, dann wird auch Florian unruhig und beginnt zu jammern.

In einer der Nächte, als Florian in seinem Bettchen wieder durchdringend schreit, wird

Regula offenbar so wütend, dass sie ihn schlägt. Josefine hört es von oben, regt sich zunächst nicht. Dann geht sie nach unten.

Weinend steht Regula an der Tür, den schreienden Florian auf dem Arm. Sie kann nicht mehr. Immer weckt er sie, sie hat die Nerven verloren. Josefine tröstet, Josefine gießt Tee auf, beruhigt. Der Arzt hat Beruhigungstabletten verschrieben, die viel zu stark sind. Josefine ist misstrauisch, sie hat schon andere Leute in Tablettensucht geraten sehen. Seither schlafen Florian und Moritz auch nachts bei ihr oben.

Nacht für Nacht erwacht Florian jetzt bei Josefine, weint, weckt sie. Eine Schande ist es, dass Herr Choppard nicht da ist, wenn seine Frau ihn braucht.

Da scheint alles Beten nichts zu nützen.

Dann ist es schon eine Woche her, seit Regula sich im Bett verkrochen hat. Das ist während Herrn Choppards Besuch geschehen. Vorher hat Josefine sie wenigstens dazu gebracht, sich zum Essen zu waschen und an den Tisch zu setzen.

Wenn Josefine jetzt kommt, lächelt Regula immer. Für alles, was Josefine ihr bringt, bedankt sie sich.

Moritz kommt nicht mehr nach oben, liegt vor Regulas Bett, frisst auch nicht mehr richtig, wenigstens trottet er noch bei den Spaziergängen nebenher, wie soll das nur weitergehen.

Vor zwei Tagen hat Regula gefragt, ob sie das

Requiem auch höre. Josefine hörte nichts als das Geräusch eines Kompressors von der Baustelle weiter unten an der Straße, der Belag wird ausgebessert.

Es sei ein Irrtum, dass sie nicht auch erschossen worden sei. Jetzt halte er sie an der Hand und nehme sie mit, er lasse sie nicht mehr los. Ganz leise sagt sie es.

Anstatt zu beten, müsste man sie schütteln, müsste ihr eine herunterhauen, wenn man sich getraute. Weckt man sie jetzt nicht, träumt die sich weg und kommt nicht zurück. Josefine hat versucht, sie im Bett aufzusetzen. Sie sei verheiratet, habe ein Kind. Florian lache, wenn er sie sehe. Florian brauche sie.

Josefine hat ihr Kaffee gemacht.

Sie steht daneben, als Herr Choppard und der Arzt beschließen, Regula müsse zur Beobachtung in die Klinik gebracht werden.

Natürlich ist sie nicht abergläubisch. Trotzdem macht sie einen Umweg auf einem ihrer Spaziergänge mit Florian und Moritz, zündet in der russischen Kirche eine Kerze an.

Sarah

Sie trabt in ihren alten Trainingsschuhen auf dem geschotterten, fast schnurgeraden Waldweg. Die Füße hämmern den raschen Schlag, den die Beine befehlen, geben den Schwung zurück. Sich einschwingen in einen gleichmäßig weichen Rhythmus, Sarah ist dennoch überrascht, das früher eisern Antrainierte so zuverlässig wiederzufinden. Die Koordination von Aufprall und Abstoß genau im Neigungswinkelpunkt des Fußes ist Routine, auch in unebenem Gelände. Bei jedem Atemzug die Vorstellung, wie die Luft sich im Körper verteilt, sich in Energie verwandelt. Was weiß schon einer wie Gerd von der Meditation des Laufens, davon, schneller zu sein als die vorwärts tickende Zeit.

Höhenkurven, Markierungspunkte, Bäume. Als wäre eine Läuferkarte in ihrem Kopf aufgezeichnet und sie fände im Gelände die dazugehörende Realität.

Sie legt eine Gehpause ein, fühlt sich etwas kurzatmig. Janics Portrait im Silberrahmen auf dem Schreibtisch in Hugos Privatbüro. Bei jeder Besprechung lächelt es sie maliziös an. Es ist eine neuere Aufnahme, sie kannte sie nicht, das Gesicht mager, kantig, die Haare zurückgekämmt. Hie und da wirft sie einen Seitenblick auf dieses Gesicht. Steht in seinen Augen nicht diese verdammte Rücksichtslosigkeit? Wie kann er lachen, nachdem er sie und die Zwillinge weggestoßen hat.

Die Bering sind Realisten. Also sind sie auch nach dem Tod nicht ansprechbar. Es nützt nichts, mit Janic zu rechten.

Sarahs Füße hämmern den Takt. Janics leicht geöffnete Lippen auf dem Portrait, das fiese Lächeln in den Mundwinkeln, nur angedeutet, wie damals, als Hugos Hund nach ihr schnappte. Der Hund war darauf abgerichtet. Seine Zähne bissen gerade so tief, dass es die Haut nicht einriss. Erst anderntags waren da die schmerzhaften, fast schwarzen Flecken, an den Waden, den Armen, den Händen. Jedesmal bei ihrem Eintreten durfte sich der Hund mit Wucht gegen ihre Beine werfen und zuschnappen. Wäre sie nicht so gut trainiert gewesen, er hätte sie gleich beim ersten Mal umgeworfen. Sie kannte sich mit Hunden nicht aus.

Janic beobachtete, lächelte, Hugo schaute mit unbewegtem Gesicht zu. Helene war nicht einverstanden, dass der Hund schnellte. Mit erhobener Stimme, ganz Brigadierstochter, forderte sie Hugo jeweils auf, sofort den Hund zurückzurufen. Hugo ließ sich Zeit dazu.

Es war nicht Janic, sondern Helene, die ihr den Griff zeigte. Ein hartes Kommando, *Sitz*, die eine Hand auf den Kopf des Hundes legen, die andere über die Schnauze, hart zupacken und niederdrücken, bis er winselt, nicht nachlassen. Anscheinend war es ein Eintrittstest in diese Familie. Man hatte sich vor Hunden nicht zu fürchten, auch wenn sie bissen nicht. Man hatte zu wissen, dass sie dressiert waren und wie das funktionierte.

Das Laufen nützt nicht immer. Diese Wut

bringt sie fast aus dem Takt. Sie könnte zuschlagen, einprügeln auf Janic, Hugo, Helene, Daniel, eins kommt zum andern.

Diese Wut auf Daniel, Stellvertreterwut. Sie, die gemeint hat, es geschafft zu haben, sich in den vier Jahren seit der Scheidung selbständig behauptet zu haben, aus eigener Leistung. Wie sehr sie sich geirrt hat.

Aber wenn Daniel denkt, so mit ihr umspringen zu können, täuscht er sich.

Sarahs Füße hämmern hart. Natürlich hat sie gewusst, dass Daniel auch mit anderen schläft. Vor Jahren war er Janics Freund. Ist sie blind gewesen, Daniels Ähnlichkeit mit Janic zu übersehen? Genauso hat sie doch Janics Ähnlichkeit mit Victor verdrängt.

Am Abend jenes Tages, als sie es geschafft hatte, den Hund zum Winseln zu bringen, hatte Janic nach der Liebe träge gemurmelt, siehst du, du hast es gelernt, du hast dem Hund gezeigt, wer der Herr ist. Ich wusste, dass dir das gelingt. Ein Mensch wie du lässt sich nicht einfach beißen, ich kenne doch deinen Charakter. Es hätte ihm Spaß gemacht, sie dazu zu bringen, sich zu wehren. Sie versteht einzig die Scheidung nicht.

Sarah läuft. Dem Bering-Clan ist ein Fehler unterlaufen, ein Doppelfehler. Sie meinen nicht nur, in der Tochter eines Uhrmachers eine Niemand vor sich zu haben, deren Ehrgeiz darin gipfelt, sich zur Stöckelschuhfrau nacherziehen zu lassen. Sie haben nicht berücksichtigt, dass Uhrmacher Anarchisten sind, sie ist Läuferin. Sie haben sich zudem angemaßt, dafür zu sorgen, dass sie ihre Stelle verliert. Nie wird sie das auf sich sitzen lassen.

An sich braucht sie das Geld gar nicht, nicht so viel Geld. Weder vor elf Jahren bei der Heirat noch vor vier Jahren bei der Scheidung hat sie abgeschätzt, was «Bering» außerhalb der Familie bedeutet, beinah so naiv wie Gerd. Erst die Arbeit auf der Kanzlei hat ihr die Augen geöffnet. Die Funktionsweisen der Macht, dieses Netz aus Beziehungen, gegenseitigen Verpflichtungen – und immer wieder von Geld. Sie hat sich nicht nur Kanzleiwissen angeeignet. Heute ist sie nicht mehr die junge Frau von damals, die ihren Zwillingen hinterherrannte und sich vom eigenen Laufen abhalten ließ.

Das, wovor sie weglaufe, sei das Ziel. Sie könne ihm nicht entrinnen, da es aus früheren Leben so festgelegt sei. Genau zu diesem Leben sei sie auf die Welt gekommen, sie müsse hindurchgehen und es ertragen – Gerds esoterische Gemeinplätze.

Sie biegt vom Forstweg ab in den schmalen Jägerpfad, freut sich, wie rasch sie diesmal die langgezogene stetig ansteigende Kurve bewältigt hat, mühelos. Ihre Kondition hat sich merklich verbessert. Jetzt läuft sie in gleichmäßigem Trott dem Waldrand entlang, das Taubenmoos weitet sich schräg vor ihr. Das Motorengebrumm eines Sportflugzeugs klingt ab, das entfernte Rauschen eines Zugs ist bei der sommerlichen Windstille gut zu hören, durchdringendes Insektengesumm, Vogelgezwitscher, ihre dröhnenden Laufschritte. Seit mindestens einer halben Stunde hat sie keinen Menschen gesehen, dabei ist die Stadt doch nah.

Hugos Sicherheitsbeauftragter hatte bei einer der Besprechungen gemeint, als Frau Bering sei sie für einsame Waldläufe zu exponiert. Er hatte ein seriöses Fitness-Zentrum empfohlen. Andernfalls sollte jemand mitlaufen. Beim Tee hatte Helene mit liebenswürdig harmloser Stimme gemeint, Laufen sei nicht einmal gesund, der Aufprall zu hart für Bandscheiben und Gelenke; Gebärmutter und Blase würden sich senken, ob sie denn überhaupt unterbunden sei. Da niemand redete, schien das Wort schwerer zu werden. Überhaupt sei es für eine Frau nicht ungefährlich, allein durch den Wald zu rennen. Es sei auch nicht schicklich.

Dieses Laufen in Trainingsschuhen über Wurzeln und Steine, jetzt auf dem Schotterweg, zwickt jedes einzelne Fußknöchelchen, Reflexzonenmassage.

Sie kann, ohne auszugleiten, über die polierten Fliesen der Eingangshalle stöckeln, kann gleichzeitig unpersönlich den Damen am Empfang zulächeln, den Kopf wenden, den Kopf neigen, nicht rucken, sie erwarten genau das von ihr.

Wo Männer Krawatten tragen, haben Frauen auf dünnen Absätzen zu trippeln, bloß dass die Krawatte nicht im gleichen Maße das Skelett verbiegt, das Atmen verändert. Stöckelschuhe als äußeres Zeichen der Anpassung; wer einwilligt, die Füße beim Gehen nicht abzurollen, hat sich aufgegeben.

Für Gerd ist es nicht vorstellbar, dass Eurythmie von ihr als Subversion empfunden wird, das bewusste Abrollen des Fußes, das Schreiten als Aufbegehren.

Bei der Biegung des Feldwegs schreckt sie einen Hasen auf, der mit einem Satz im Kornfeld verschwindet. Sie steht kurz still, horcht ihm nach, sieht im Feld noch hier und dort sich bewegende Halme, hört entferntes Motorengeräusch. Verschwitzt durch die Gegend zu rennen wie ein Hase, Helenes Stimme, Hasenjagd – Janic wurde erschossen.

Die Jagd gehört dazu. Vielleicht betreiben sie sie als Absage an die moderne Zeit. Gleichzeitig werden da gesellschaftliche Rituale vollzogen, Geschäfte abgeschlossen, Bündnisse geschmiedet. Auch Helene geht mit auf die Jagd, schießt ein Reh aus dem Hinterhalt, häutet es, zersägt es, weidet es aus, Weidmanns Heil, Weidmanns Dank.

Manuels schreckhaft geweitete Augen, ein festliches Herbstessen auf Felseneck, die Zwillinge waren fünf. Helenes Großonkel, der General, blickte vom Bild an der Wand. Die Rehrücken wurden mit gedünsteten Äpfeln und Preiselbeerkompott auf Silberplatten serviert, dazu Rotkraut und glasierte Kastanien. Manuel hat auf ein Schrotkügelchen gebissen, es erstaunt fragend gezeigt, was ein großes Hallo der Tafelrunde auslöste, ein Schrotkügelchen, das Glückszeichen schlechthin. Es wurde auf ihn angestoßen. Sie sah, wie ihm die Tränen hochstiegen. Er hatte sie verzweifelt über den Tisch hin angesehen, er begriff, dass es der Rücken eines Rehs war, der auf diesen Platten lag, der herausgeschnittene Teil eines toten Rehs. Sie hatte seinen Brechreiz mitempfunden, wie er kaute und kaute und nicht schluckte. Sie war aufgestanden, zu ihm gegangen mit dem Glas, um auf ihn anzustoßen, ihm einen Kuss zu geben, hatte ihm ins Ohr geflüstert, er solle das Fleisch einfach auf dem Teller liegen lassen, wenn er es nicht möge. Dann hatte sie dafür gesorgt, dass sein Teller abgetragen wurde, bevor jemand etwas bemerkte.

Dass sie zu Jägern erzogen werden, sie wird es nicht zulassen. Mit vierzehn erstmals offiziell mit auf die Jagd, mit fünfzehn das erste Reh schießen, es häuten, zerlegen. Helene wäre verrückt genug, auf Gleichberechtigung zu pochen, Nina mitzuschicken.

Sie spuckt aus: Hugo hat es vor ein paar Tagen offen erwähnt, sie könne die Kinder sowieso nicht allein erziehen. Helene hatte hinzugefügt, es wäre auch ungesund während der

Pubertät, vor allem für den Jungen. Unausgesprochen blieb der Inzestvorwurf, unausgesprochen ihr Widerspruch, ob Helene denn nicht sehe, wozu sie ihre eigenen Söhne erzogen hätte. Victor benennt es bei anderer Gelegenheit offen, sie vermittelt das falsche Milieu.

Vor vier Jahren, als sie meinten, nach der Scheidung werde Janic die nächste, diesmal passendere Ehe eingehen, hatten sie mit weiteren Kindern von Janic gerechnet und die Zwillinge abgeschrieben. Niemand hatte sich an ihrer einseitig mütterlich betonten Erziehung der Kinder gestört. Jetzt aber hat Manuel ein Bering zu werden, selbstverständlich nicht einer, der sich als Geiselnehmer erschießen läßt, sondern ein Mitglied der Elite.

Mit vierzehn das Internat, das sei heute wichtiger denn je, natürlich ohne Koedukation. Sie habe die Kinder also noch zwei Jahre bei sich, brauche sich nicht zu beklagen. Früher hätten die Mütter ihre Kinder mit acht weggegeben. Die Gesamtschule müsse umgangen werden, im Interesse der späteren Aufgabe, Menschen zu führen.

Sie sehe doch an den Köpfen der Kinder, ihren Stirnen, ihren zartgliedrigen Händen, dass sie aus anderem Holz seien. Sarah hat Victors breite Hände vor Augen, Dads langgliedrige Uhrmacherfinger. Sie meint Dads Stimme zu hören, Entwurzelung als Erziehungsgrundlage, darauf lässt sich Gehorsam pflanzen.

Sie weiß aus Gesprächsfetzen, wie es weitergeht: an den Hochschulen die Männerbünde, Zerstören des Selbstwertgefühls des einzelnen in sadistischen Gruppenspielen, Frauenverachtung, Frauengebrauch. Für Nina dagegen Reiten, vielleicht eine Sprachschule oder eine Kindergärtnerinnenausbildung, wenn es gar nicht anders geht ein Kunststudium, gesellschaftlicher Schliff.

Sarah kann nicht offen widersprechen. Wer hier offen spricht, zeigt seine schwache Stelle, fordert die entsprechende Härte heraus.

Janic hat sie zur Mutter seiner Kinder gewollt. Er muss gemeint haben, als Arbeiterkind lasse sie sich besonders gut formen.

Es war am Tag ihres Medaillensieges gewesen, sie erinnert sich, wie er sie spielerisch rückwärts über das Brückengeländer gebogen hat, sie an den Händen festhaltend, ihre Füße verloren den Halt, doch Janic war stark, nie würde er das Gleichgewicht verlieren. Sie sieht seinen Kopf über sich vor einem blendend blauen Himmel, seine herausfordernd lachenden Augen, ihr Kopf kippt nach hinten, sie sieht kopfüber den Horizont, den Fluss, ganz nah die Böschung, die roten Mohnblumen. Nichts als seine Hände, die sie halten, alles verschwimmt, doch da ist nichts als Vertrauen, überhaupt keine Angst. Lachend hat er sie wieder hochgezogen. Es war an jenem Tag, da hat er ihr gesagt, genau so müsse die Mutter seiner Kinder sein.

Es kann nicht sein, dass er ihr die Kinder zur Erziehung überließ, weil er ihren Einfluss nicht ernst nahm oder weil die Kinder ihm nichts bedeuteten.

Er hat doch Dad gemocht, hat ihn gern daheim besucht, hat mit ihm in der Küche Kirschwasser getrunken, hat sich die Uhren erklären lassen. Manchmal hat er sich durch Dad eine Markenuhr bestellen lassen. Dad hat sich trotz allem gefreut, ihn fachmännisch zu beraten.

Sie muss Hugo fragen, wo Janics Uhren geblieben sind. Sie gehören den Zwillingen.

Janic hat es ihr einmal vor der Scheidung erklärt: Du beweist nicht durch Geradheit und Integrität und wie die schönen Werte auch immer heißen mögen, dass du für eine Aufgabe wirklich taugst, vertrauenswürdig bist. Wichtig ist, dass du deine persönliche Anschauung dem System unterordnest. Die Schlüsselwörter sind Loyalität, Gefolgschaft, Respekt.

Dad nennt es anders: Was als gut gelte, sei bloß dazu da, die unten bescheiden zu halten. Denn wenn einer gut sei, dann sei er eben nicht geeignet, in irgendeine Position aufzusteigen, bleibe unten. An jeder andern Stelle würde er dieses System durcheinander bringen. Sie sei leicht berechenbar, da sie ehrlich sei. Sie sage im falschen Moment am falschen Ort, was sie denke.

Daniel nennt es Konditionierung. Man müsse den Blick fürs Ganze haben, wissen, wer wem was schulde, ein subtiles System von gegenseitigem Geben und Nehmen.

Sarah kann sich Janic vorstellen, der sich selber aus seinen Bezügen gelöst, sie aber mit seinem Testament genau mitten hineingestellt hat.

Nach der Scheidung hat Sarah alte Fotos sortiert. Sie hat neue Alben angelegt, Janic nur noch alle paar Seiten auftauchen lassen, damit man sieht, es gibt ihn. Sie hat gute Fotos von ihm ausgewählt, damit die Kinder eine anständige Biografie vorzuzeigen haben. Eine, in der Janics Familie keine Rolle spielt.

Sarah ist seit gut einer Stunde unterwegs, benötigt für die Strecke etwas länger als vorgesehen, läuft im großen Bogen zum Auto zurück, jetzt der kilometerlangen geteerten Straße entlang. Sie läuft auf dem seitlichen Grasband der linken, der Bachseite, auf das ab und zu der schräge Morgenschatten einer Esche fällt. Es ist eine Läuferweisheit, beim Laufen immer den Schatten zu suchen.

Natürlich achtet sie nicht darauf, dass weit hinten ein Auto auftaucht; die Straße ist schwach befahren, hie und da kommt eine Landmaschine, ein Auto vorbei.

Sie muss – aus welchem Grund auch immer – über die Schulter nach hinten geblickt haben, muss das Auto eben noch wahrgenommen haben, wie es, auf der falschen Fahrbahn, direkt auf sie zuhält, gleich da ist, muss, knapp bevor es sie überfährt, weggekippt und die Böschung hinuntergerollt sein. Sie hört das Auto vorbeirasen, die Bremsen quietschen, der Rückwärtsgang rastet ein, der Motor heult auf.

Sie muss sich hochgerappelt haben, in einem Sprung über den schmalen Bach auf das flache andere Ufer gesetzt, muss durchs Gebüsche ins Unterholz eingedrungen sein. Sie kann nicht denken, denn da ist Flucht.

Sie muss mindestens sechs Kilometer gelaufen sein, möglicherweise quer durch Wald, sie weiß es nicht. Sie kommt zu sich, als sie unten bei den Flussschwellen über dem Wasser in der Weide sitzt, deren Zweige ins Wasser hängen, wie Kämme durchs rasche Wasser streichen. Der Ast ist dicker geworden in den Jahren seit ihrer Kindheit, sie klammert sich an ihn, schmiegt die Wange an den Stamm.

Lang sitzt sie, ohne zu denken, hält sich fest an ihrem Baum, dem Ziel von Spaziergängen ihrer Kinderzeit, lässt sich wiegen. Insekten summen, Vögel zwitschern, das Wasser schäumt weiß über die Schwelle, darüber in Schleiern flirrende Gischt.

Mit Janic hier oben zwischen den hängenden Zweigen und Ästen der Weide zu sitzen. Er hielte sie an den Händen, nur seine Hände sind es, die sie über dem strömenden, schnellenden Wasser halten, kopfüber, fiele sie jetzt herab, meinte sie bloß zu fallen und erwachte, Janic wäre da.

Janic ist tot.

Sie ist erwachsen geworden, was heißt das schon. Laufen, mit Männern schlafen, ab und zu lieben. Sie hat Zwillinge geboren, der Gedanke setzt sich fest, das Tragen von so viel Gewicht, die Geburt, das Stillen, die Sattheit voneinander, die Trägheit. Und immer ist Janic da. Dass dies das Glück gewesen wäre.

Leise im Ohr die Stimme zu hören, Gefahr. Da war das Auto. Und einer, der darin saß, der genau sie anpeilte, der aufs Gas trat, sechs Kilometer von hier entfernt. Sie ist die Böschung hinuntergerollt, ist gelaufen, die Gegend wie eine Karte im Kopf, blind. Sie muss der Parallelstraße entlanggelaufen sein, muss einen großen Bogen um die Einzweigung gemacht haben, falls das Auto in der Nähe ihres Morris wartete, im Schatten des Waldrands. Sicher hat sie den Pfad über den Fuchsboden eingeschlagen, ist wohl immer in Deckung von Hecken und Wald gelaufen, bloß auf den letzten zweihundert Metern hierher zum Ufer ist offenes Feld, einigermaßen vor Einsicht geschützt durch die Biegung des Flusses. Von den ersten Hochhäusern beim Stadion ist es kaum zu sehen, wenn sich hier etwas bewegt. Jetzt schon gar nicht, da sie oben im Baum sitzt.

Janic ist tot.

Sie hält sich am Stamm fest. Das Auto, das sie in einer der Wahrscheinlichkeiten, die nicht eingetreten sind, überfahren hat, ist nicht einmal das Schlimmste. Was mit den Zwillingen geschehen kann, ist das Schlimmste: Janic tot, Manuel und

Nina, blass, gekämmt, zitternd mit gesenktem Blick vor Hugo, Helene, Victor stehend. Sie suchen sich zu behaupten, sie weinen. Die Hunde dürfen sie beißen, Hugo lacht.

Manuel wäre ein verschreckter Junge, wehrlos. Nina wäre nervös, redete mit quäkender, aufbegehrender Stimme.

Sarah blickt über das gleißende Wasser in die Bäume am andern Ufer, dahinter als blasse Silhouette die Kugeln des Gaswerks. Sie reckt sich.

Das Auto, das sie nicht totgefahren hat ... Wenn es eine Möglichkeit war, dass sie eben hätte umkommen können, so ist diese Möglichkeit nicht eingetreten. Also weiß sie, dass auch die hässlichen Möglichkeiten der nächsten Zeit nicht eintreten werden, dass sie sie zu verhindern vermag.

Auf die Zwillinge werden keine Hunde gehetzt werden. Sie werden nicht in Internate gesteckt werden. Ihr Wille wird nicht gebrochen werden. Ihr Glaube, dass das Gute gewinnt, wird nicht zerstört. Nie werden sie falsche Beschuldigungen eingestehen. Nie wird man sie so lange quälen, bis sie begreifen, dass immer die Fiesen gewinnen, bis sie das Spiel mitspielen und selber andere quälen. Nie wird man sie abrichten können, bis sie nur noch Aufziehpuppen aus Blech sind. Sie wird es nicht zulassen.

Es werden die erfreulichen Möglichkeiten sein, die Wirklichkeit werden, sonst säße sie jetzt nicht hier oben.

Ihre Alpträume sind im grün glänzenden Wasserschwall über die Schwellen gestürzt und weggeschwemmt. Ihre Kinder werden rote Backen haben, ausgeglichen sein und gut schlafen. Also kann sie Risiken eingehen, denn es wird gut enden.

Sarah blinzelt, ihr Gesicht ist tränennass. Sie lebt. Janic ist tot. Sie erinnert sich, sie hat ihn geliebt und liebt ihn noch immer. Der Spuk ist vorbei.

Sie hat sich das rechte Knie aufgeschlagen, das ist alles. Turnschuhe und Socken sind nicht einmal nass, sie muss über diesen Bach gesprungen sein.

Also klettert sie jetzt vom Baum herab. Dem Sonnenstand nach muss es Nachmittag sein, sie vermisst ihre Uhr. Sie späht durch die herabhängenden Zweige. Da sind keine Täter und keine Geister, nichts, das sie zu fürchten hätte.

Für den Fall, dass jemand nicht wüsste, dass das Schicksal auf ihrer Seite steht, bückt sie sich nach drei handlichen Steinen, zwei in die linke, den besten in die Wurfhand. Sie ist treffsicher im Steinewerfen, trifft eine Telefonstange aus zehn Metern Distanz. Jetzt holt sie aus, schmettert und trifft den großen Marchstein, der die Stadtgrenze anzeigt.

Dad und die Zwillinge erwarten sie schon auf der Straße. Sie muss sich in die Küche setzen, Eiercognac trinken, lauwarme, dick bezuckerte Dampfnudeln essen, erzählen. Es gibt nicht viel zu erzählen, Nina weint schon wieder, Sarah ist es, die tröstet. Eigentlich war es bloß beinah ein Unfall, weil sie erschrocken ist, ist sie weggerannt.

Zu viert fahren sie mit dem Lieferwagen zur Landstraße zurück. Sie suchen die Stelle, wo sie den Hang zum Bach hinuntergerollt sein muss. Nichts weist darauf hin, keine geknickten Stängel, keine zerdrückten Gräser. Gras kann sich rasch wieder aufrichten. Die Uhr liegt nirgends. Sarah kann nicht einmal den Schrecken richtig nachempfinden, an den sie sich doch erinnert.

Ihr Auto steht genau so am Waldrand, wie sie es abgestellt hat. Auch hier scheint niemand in der Nähe zu sein. Dad geht darum herum, bückt sich, betastet den Grasboden, guckt unter das Auto, sucht nach irgendwelchen Spuren, schweigend. Sein Zweifel liegt in der Luft. Den Zwillingen ist nicht klar, warum das so wichtig ist.

Auch Sarah späht in den tannendunklen Wald, aus dem bloß das Geflöte einer Misteldrossel ertönt. Der Kartoffelacker davor liegt in bläulichem Schimmer, Schattenfarben. Ein unvermittelt kühler Luftzug riecht nach Gras, gehört zur bald einsetzenden Dämmerung.

Der langsame Übergang vom Tag in die Nacht. Wie ein Hase zu wittern, die Löffel zu stellen mit weit offenen Augen, Flinten und Nachtsichtgeräten ausgeliefert zu sein. Noch einmal verschont zu bleiben, aus einer Laune, bis zur großen Jagd im Herbst.

Die Zwillinge sind zu Bett gebracht. Sarah sitzt bei Dad am Küchentisch, rüstet Bohnen wie früher. Dad hat Wein eingeschenkt, feilt an einem Messingzahnrädchen die Zwischenräume weiter. Dad ist besorgt. Dieses Pendeln zwischen der leeren Stadtwohnung und seinem Haus bekommt ihr nicht. Sie ist aus dem Gleichgewicht geraten. Hätte er sie damals doch davon abbringen können, diesen Kerl zu heiraten. Er war es nicht wert. Jetzt hat sie die Orientierung verloren. Sie zieht sich zurück, lebt völlig abgeschnitten vom Leben, das sie vorher führte, ist zu viel allein, benutzt das Laufen als Flucht, das zeigt sich doch jetzt. Sie entwickelt Wahnvorstellungen, sie sollte sich aussprechen, hatte doch früher Freunde.

Heftig erinnert sie ihn an die Abende mit Janic in dieser Küche.

Sie mache sich etwas vor. Warum dann die Scheidung. Nur ein Verrückter besetzt einen Kindergarten.

Sarah wehrt sich. Sie erträgt es nicht, wenn er jetzt schlecht von Janic redet. Das gehe nur sie etwas an.

Pack sind diese Leute. Was hat sie von ihnen zu erwarten? So viel Geld kann ein Mensch nicht ehrlich verdienen. Es fehlt andern, die dafür gearbeitet haben.

Es ist noch nicht zu spät, Gerd anzurufen.

Gerd ist wirklich daheim. Die bestellte Farbe zum Neuanstrich des Eurythmiesaals ist eingetroffen, selbstverständlich ein Dunkelrosa, hundertprozentige Naturfarbe, vitalisierend und doch beruhigend. Er musste einfach heute mit dem Ablaugen beginnen. Seine Begeisterung klingt durchs Telefon.

Ihre Hilfe kommt wie gerufen.

Sarah fährt in die Stadt zurück, schläft bei Gerd. Er fragt nicht. Sie erzählt nicht. Janics Tod scheint er ja bloß beiläufig wahrzunehmen. Gerd war an der Bestattung und nimmt diese Verknüpfung mit der Realität trotzdem nicht ernst, aus Unkenntnis. Dass sich dadurch ihr ganzes Leben verändert hat, scheint ihm zu entgehen. Ist sie nicht seit Jahren geschieden. Nie hat sie von der Zeit vor der Scheidung geredet, bis zu seinem Tod ihren geschiedenen Mann nicht erwähnt.

Wie könnte er begreifen, dass diese Heirat dermaßen verspätet eine Rolle zu spielen beginnt. Hat sie denn nicht nur kurz gedauert und liegt denn das nicht relativ weit zurück. Er versteht nichts davon. Würde sie näher darauf eingehen, wer sagt, dass Gerd dann nicht plötzlich kippt und in ihr bloß noch eine mögliche Geldquelle sieht?

Er spricht von Farb- und Klangtherapie, die es auf den Stand der heutigen Wissenschaft zu verbessern, neu zu formulieren gelte. Er spricht von seinem Karma, das ihn zum Heilen führe in Ausgleich zu einem seiner früheren Leben.

Sie hört ihm zu, jedes Wort an einen andern erreiche diesen, auch wenn er zum Beispiel taub sei. Je intimer er mit einem Menschen sei, desto intensiver nehme dieser auf, auf allen Wahrnehmungsebenen. Er erreiche sie mit einem Strom von Worten, die Wärme, Musik und Farbe seien, vergleichbar dem Streicheln oder der Liebe.

Das hat ihr heute gerade noch gefehlt.

Wäre er dieser feinfühlige Mensch, merkte er, dass sie etwas aus dem Lot ist. Er müsste den Schock wahrnehmen, den sie doch heute erst erlebt hat. Er wüsste, dass heute jemand sie umbringen wollte, dass sie wegrollte, besinnungslos um ihr Leben lief. Dass sie nicht weiß, wie sie in diese Weide geraten ist. Dass es sie erschreckt, lange vor sich hin dämmernd auf dem Ast eines Baumes gesessen zu haben. Im heutigen Tag fehlen Stunden. Er wüsste, dass sie froh war, zu ihm zu kommen, dass sie Probleme hat, mit sich, mit mächtigen Leuten.

Es ist alles so weich und so grün wie die Luft im Baum, spürt denn niemand die Gewalt, die im Hintergrund lauert.

Glaub nicht an Empathie und Telepathie. Glaub nicht daran, dass einer, der vorgibt, darin geschult zu sein, es auch wirklich ist.

Meint er denn, wenn sie redet, gebe sie undifferenzierte Laute von sich. Sprechen ist doch auch für sie eine Möglichkeit des Austausches. So wichtig wie Liebe, wie Zärtlichkeit.

Sich an Janics Worte zu erinnern wie an ein Streicheln, die Augen zu schließen, sich vorzustellen, Janic wäre da.

Maxie

Sie liegt auf der niederen Couch, die sie zur Terrassentür gezogen hat, trommelt ganz leise, nur in Gedanken. Bei dieser Hitze kühlt die Wohnung auch nachts nicht mehr aus. Sie wird hier draußen schlafen, kann in den Himmel blicken. In den nordafrikanischen Ländern schlafen die Menschen auf den Flachdächern.

Wieder ist ein Tag vorbei. Sie funktioniert. Wie hat Tiziano gesagt, sie scheine etwas unruhig zu sein, kritisch, nicht unbedingt im konstruktiven Sinn. Sie ist nicht dazu angestellt, die Menschen verbessern zu wollen. Gefragt ist Realismus bei der möglichst raschen Vermittlung der neuesten Nachrichten, an die sie sich nicht klammern darf, denn morgen sind sie schon durch andere Neuigkeiten ersetzt. Naiv wäre es, hielte sie sich für eine Historikerin, der es um die möglichst genaue Annäherung an den Wahrheitsgehalt gehe. Sie präsentiere hier nicht die *Sternstunde der Philosophie*, müsse ein gewisses Maß eigener Oberflächlichkeit verkraften können. Ihr großer Pluspunkt sei ihre überzeugend frische Art, durch die sie glaubwürdig wirke. Also sichtet sie die hereintickernden News, liest sich täglich durch Stapel von Zeitungen, zappt durch die Sendungen anderer Fernsehgesellschaften, arbeitet speditiv und kooperativ, lächelt ihr Strahlelächeln.

Sie hat in ihrem Beruf die Stelle, die sie angestrebt hat. Sie hat immer gewusst, dass ein Preis dafür zu bezahlen ist, und hat nie bezweifelt, dass sie bereit ist, es auch zu tun.

Ins Dämmerlicht zu gleiten zwischen Tagwahrnehmung und Traum, das Verschwimmen der vertrauten Horizontlinie zu ertragen –

Es gibt die weiße Stadt über dem grell grünblauen Meer, die weiß gekalkten Häuser mit blau bemalten Simsen und Fensterläden, die Dachterrassen, Kuppeln, Minarette. Im Gewirr der dunklen Gassen unter vergitterten Fenstern, vergitterten Erkern zu gehen, vorbei an schmalen Hauseingängen, dunklen Seitengängen, Kellerlöchern. Ein Gedränge von Männern, Dschellabas, Uniformen der Fallschirmspringer, einzelne verschleierte Frauen.

Die streng abgegrenzte neue Stadt mit dem Europäerviertel, das intensive Leben auf dem runden Platz, die Luxushotels, die teuren Läden, Kleider, Teppiche, Souvenirs, die Cafés mit europäisch gekleideten Männern und Frauen, das *Plaza* mit der Journalisten-Lounge.

Maxie hasst es, an dieses Land zu denken. Ein unheimlicher weißer Fleck in Birgits Wahrnehmung, den ihre Mutter auf sie übertragen hat. Das wenige, das sie weiß, hat sie aus Büchern. An Birgit zu denken, lenkt ab, Birgits doch eigenartige Mütterlichkeit. War es nicht zeitweise so, als lebte Birgit in Maxie ein Ersatzleben.

Maxie wirft einen Seitenblick auf die kleine schwarze Figur auf dem Kaminsims.

Im Gedränge zu gehen, als hättest du Augen im Nacken, und doch zu wissen, du entkommst ihnen nicht. Ein Stoß, ein Messer. Hände, die dich packen und in einen dunklen Hauseingang ziehen. Es hat keinen Sinn zu schreien.

Zusammengeschlagen, von Uniformierten der Zivilgarde verhört zu werden, sich einem Gesicht gegenüberzufinden, das man erkennt. Deshalb zu wissen, hier nicht lebendig herauszukommen. Die Angst. Die Folter. Ab und zu aus der Qual der Verhöre zu sich zu kommen, zu wissen, geredet, zugegeben zu haben. Nichts mehr zu hoffen. Der Schrei. Die Zunge herausgerissen. Endlich als verstümmelte Leiche ins Meer geworfen zu werden.

Es braucht nicht Axel zu sein, Axels Tod ist schon so lange her, bald eine Generation. Es kann jeder sein, der meint, Wahrheit suchen zu müssen.

Trommelnd dem Herztakt zu folgen. Vergisst du ihn, bist du tot.

Das Gesicht der Frau, verzerrt, ohnmächtig vor Wut, sich auflösend. Ihr Schrei hätte sich auf die schwarze Figur auf dem Sims übertragen, strahlte von der Figur zurück. Das Vibrieren im Bauch, der Aufruhr allumspannender Wut. Birgits Gesicht.

Aufschrecken, erwachen, nicht Birgits Gesicht so verzerrt in der Figur wahrnehmen zu wollen. Nie so weit gehen zu wollen.

Vor dem Kamin sitzend, eine Trommel der Schoß, hilflos nach der zeitlichen Abfolge zu tasten.

Natürlich weiß sie, sie erwartet ein Kind, deshalb die Alpträume. Sich für das Kind aus allen Komplexen freizutrommeln.

Axel ist tot. Berichtet sie nicht regelmäßig von Terroranschlägen aus jenem Land. Schaut weg, wenn es um die ungebrochene Tradition unserer Beteiligung an den Machtstrukturen in jenem Land geht. Es ist kein Zufall, dass die dortige Sicherheitspolizei seit jeher eng mit Beratern unseres Landes zusammenarbeitet. Dies sei unsere Garantie für die Demokratisierung, diene dem Aufbau eines stabilen Rechtsstaates. Deswegen schweigen wir auch dann noch, wenn in diesem Land Menschen willkürlich verhaftet werden, verschwinden. Solange nur die Geschäfte stimmen.

Wie kann sie so sein, wie sie zu sein hat, hart und oberflächlich und darüber hinweglachend, wenn sie ein Kind großziehen soll.

Es gibt einen kurzen Augenblick, da ist sie frei in ihrer Entscheidung. Niemandem gegenüber verantwortlich als sich selbst, ob sie ein verletzbares Wesen einer unheilen Welt aussetzen soll.

Regula

Sie liegt auf dem Rücken im Klinikbett, kann den Kopf nicht bewegen, darf nicht zur Steckdose schauen. Sähe sie auch nur einmal hin mit einem kurzen Blick, die großen schwarzen Kakerlaken schlüpften aus den Löchern der Steckdose heraus. Schon zweimal sind sie ins Zimmer gekrabbelt bis unters Bett, ein paar entwischten unter der Türspalte hindurch in den Korridor und kehrten nicht zurück. Gott sei Dank ist Florian nicht hier, sie müsste in ständiger Sorge sein, er könnte Kakerlaken einfangen und sie in den Mund stecken. Die Schwester, diese scheinheilige Person, hat sie ausgeschimpft, als wäre sie ein Kind, es gäbe in der Klinik keine Ameisen und schon gar keine Kakerlaken, hier werde ordentlich geputzt. Als wenn das vom Putzen abhinge.

Es gibt doch diese Sicherheitsstecker aus rosa und hellgrünem Plastik, die man in die Löcher steckt, um die Finger der Krabbelkinder fernzuhalten. Sie weiß gar nicht, wo sie diese Stecker schon gesehen hat. Sie hat es dem Arzt erklärt, geduldig, es geht nicht um die Kakerlaken, es geht um die Wellen, schädliche Wellen aus der Steckdose, denen sie nicht ausweichen kann, links hell, rechts dunkel, Töne, falsche Töne, nicht Geigenmusik. Daraufhin hat die Schwester einen Sicherheitsstecker hervorgezaubert.

Regula wagt trotzdem nicht hinzusehen, der Stecker könnte verrutscht sein, beiseite geschoben von den Kakerlaken, die stark sind und kräftig.

Manchmal weiß sie genau, dass sie es ist, die da so ängstlich in einem Bett in der Klinik liegt. Der Mann, der vor ihr hergeht, ist der Jäger, der den Wolf verjagt. Er scheint sie vergessen zu haben.

Sarah

Am folgenden Tag verlangsamt sie an jeder Straßenecke den Schritt, sucht den Verkehr zu überblicken, lauscht in den Verkehrslärm, von überall her hallen die Klänge afrikanischer Bettlertrommeln. Wäre sie tot, fiele Janics Vermögen an Manuel und Nina. Der Gedanke, es wäre Victor, den man zu ihrem Vormund machen würde. Sarah sieht sich um. Sich nicht überraschen lassen.

Dad telefoniert. Dad glaubt ihr nicht, sonst unterstützte er sie, eine Anzeige zu erstatten. Er meinte sogar, sie sollte vielleicht einen Psychologen aufsuchen, es sei doch alles etwas viel für sie. Allein schon den Zwillingen zuliebe müsse sie stabil sein.

Im Appartement stellt sie das neue Hometrainingsgerät ins Wohnzimmer vor die Balkontür. Sie kann damit ihr Training weiterführen, ohne auf möglicherweise gefährlichen Straßen laufen zu müssen. Mit Geschwindigkeitszähler und Pulsmesser lassen sich die Trainingseinheiten mühelos einhalten.

Einmal steht die Nachrichtenmoderatorin des ZNF vor der Tür, die schon mehrmals auf ihren Telefonbeantworter gesprochen und auch ihre Visitenkarte hinterlassen hat. Diesmal hat sie die Frau zufällig aufs Haus zugehen sehen. Sarah wüsste nicht, worüber sie mit ihr sprechen sollte. Die Medien sind Teil von Victors Welt, in der jeder jeden hereinlegt.

Also macht sie keinen Mucks, lässt sich auch durch Dad weiterhin verleugnen.

Sie öffnet die Fenster, setzt die Kopfhörer auf, tritt zum Takt der Musik in die Pedale, nicht immer grübeln. Doch die Gedanken lassen sich nicht verscheuchen. Entweder denkt sie über Janics Tod nach oder über diese Kindergärtnerin, deren Gesicht auf der Titelseite der Illustrierten sie verfolgt.

Diese Frau, die ihr Unglück zur Schau stellt und dafür einen Orden erhält. Amtlich ist damit Janics Schuld zementiert. Doch die Kinder und die Kindergärtnerin leben. Janics Tod ist ein zu hoher Preis für den Schrecken, den er ihnen zugefügt hat.

Sarah tritt verbissen in die Pedale, steigert

die Drehgeschwindigkeit. Nie gäbe sie der Öffentlichkeit ein so schutzloses Gesicht preis wie diese Frau.

Später sucht sie im Ordner mit den Familiendokumenten die Scheidungspapiere.

Janic hat als Scheidungsgrund eine Geliebte angegeben, erklärt, er ziehe wechselnde Liebschaften der festen Beziehung in einer Ehe vor. Es ist beleidigend, das wiederzulesen.

Doch es beschreibt auch die Furcht der Männer in seinen Kreisen: Die Frau, die die Schwachstelle des Helden herausfindet und sie ausplaudert. Helene hat ihr die entscheidenden Punkte klargemacht. Es gehe nicht an, dass eine Frau zu große Ansprüche an ihren Mann stelle, sie spreche nicht vom Geld, sondern von den Ansprüchen an seine Zeit, seine Aufmerksamkeit. Er dürfe nicht abgelenkt werden von seinen Zielen, nicht erschüttert in seinem Pflichtethos. Er dürfe durch die Liebe nicht geschwächt werden. Es wäre falsch zu meinen, ein Mann müsse ähnliche Gefühle entwickeln wie eine Frau. Das wäre Verweichlichung. Helenes leises Lachen, sie brauche sich nur an Simson zu erinnern.

Dass Janic sich nicht wieder verheiratet hat und dass nach seinem Tod keine andere Frau auftauchte, bestätigt es: Bindungslosigkeit als Weltanschauung.

JOSEFINE

Heute ist Herr Choppard mit einer Frau zu ihr gekommen. Sie haben Florian begutachtet, als wäre er ein Ausstellungshündchen, ein so molliges Baby, so gut genährt, wie reizend sein Lächeln. Er war auch nirgends wund, wie die Frau anerkennend lobte. Sie waren sich einig, Josefine dürfe weiterhin für Florian sorgen, bis ein guter Pflegeplatz gefunden sei. Herr Choppard könne sich nicht selber um das Kind kümmern, und Regula werde möglicherweise noch lange in der Klinik bleiben.

Sie könnte heulen. Es ist Regula, die Florian in ihre Obhut gegeben hat, nicht dieser Herr Choppard, der sein Kind niemals ansieht. Aber solange sie Florian hüten muss, kann sie nicht in die Klinik gehen und Regula um ihre Meinung fragen. Man würde sie auch nicht einlassen, sie ist ja nicht verwandt.

Immer wenn sie nicht mehr weiter weiß, betet sie. So hat sie es von ihrer Mutter gelernt, die eine gläubige Frau war. In den Marienmonaten sind sie täglich zur Rosenkranzandacht gegangen. Die kleine Statue der Madonna hat Josefine von ihrer Patin zur Firmung erhalten. Wenn etwas nicht in Ordnung ist, scheint das Gesicht der Madonna zu weinen, wenn alles gut wird, lächelt es.

Seit Florian bei ihr ist, lächelt die Madonna. Jetzt geht es darum, dass sie ihr hilft, damit sie den Kleinen nicht verliert. Als die Madonna endlich lächelt, weiß Josefine, Herr Choppard und diese Frau können kommen, so oft sie wollen, Regula wird zurück sein, bevor etwas geschieht.

Ellen

Sie hat diesen Rapport nicht für die Behörden, sondern für sich selber geschrieben: knapp, mit Zeitangabe, Örtlichkeit, Namen, Wortlaut der Befehle, Art der Ausführung, Fakten, die wichtig sind. Mit dem ersten Kurstag beginnend hat sie die Namen der Kursteilnehmer aufgelistet, ihre Funktion, den Grad, die militärische Einteilung und berufliche Stellung. Es geschah nicht bloß als Gedächtnistraining, es ist für sie eine Strukturmöglichkeit. Immer wieder hat sich ihr die Frage aufgedrängt, wie sie in diesen Kurs geraten ist.

Als einzige hat man sie so kurzfristig aufgeboten. Die andern, und das hatte sie gesprächsweise genau erfragt, hatten das Aufgebot anfangs des Jahres erhalten und schon im Jahr zuvor gewusst, dass sie diesen Kurs absolvieren würden. Nur weil sie an diesem Kurs teilnahm, konnte man sie so schnell für den Einsatz aufbieten.

Warum? Warum hat man nicht eine Polizistin, eine Polizeioffizierin oder eine Polizeipsychologin genommen?

Seit der Begegnung in der Toilette ist Ellen unruhig. Es stört sie, dass Regula Choppard offensichtlich unter starken Beruhigungsmitteln stand. Als hätte sich deren unterdrückte Spannung auf sie übertragen, als wäre sie es ihr schuldig nachzuforschen.

Nachdem sie die Kursbestätigung noch nicht zugeschickt erhielt, fordert sie diese telefonisch an. Sie sei eben in Bearbeitung. Der Sachbearbeiter am andern Ende gratuliert ihr zu ihrem Einsatz und ihrem Mut. Sie plaudern, er dehnt das Telefongespräch aus, liest aus seinen Unterlagen ihren Namen, den Ort ab, voilà, da haben wir ja alles beisammen, Aufgebot zum Kurs und jenes zum Sondereinsatz. Sie hat sich nicht verhört, zwei Tage Bearbeitungszeit liegen sie auseinander, der Sondereinsatzbefehl wurde zwei Tage vor dem Kursaufgebot ausgestellt. Sie plaudert weiter: Also kein Problem, den Einsatz über den Kursetat abzubuchen, wobei der Kurs natürlich einen Tag früher zu Ende war, die Nacht von Freitag auf den Samstag und der Samstagmorgen gelten als Sondereinsatz. Eine rein administrative Frage. Er wird persönlich dafür sorgen, dass sie ihre Bestätigung und ihre Entschädigungszahlung sofort erhält. Wie zuvorkommend.

Man hätte ihr also einen Bären aufgebunden und sie Närrin wäre so naiv gewesen, sich für diesen Kurs zu begeistern. Die Geiselnahme müsste Wochen im Voraus bekannt gewesen sein. Man hätte sie an diesem Kurs teilnehmen lassen, bloß damit sie im richtigen Moment zur Stelle wäre. Und der Täter? Er konnte doch nur im richtigen Moment dort sein, wenn man seinen Plan im Voraus kannte. Sie hat Regula Choppards Stimme im Ohr, er hat niemandem etwas getan, er hat sich ergeben.

Sie will diese Akten sehen, und es ist ihr gleichgültig, welches Motiv man ihr unterstellt: offensichtliche Unterbeschäftigung, weibische Neugier oder Überaktivität. Sie fühlt sich im Recht.

Sie könnte sich über ihren vernetzten Computer Zugang zur Datenbank verschaffen. Es dürfte nicht allzu schwierig sein, zumindest an einen Teil der Einsatzunterlagen zu kommen. Doch sie kennt nicht den vollständigen Code, sie könnte einen Alarm auslösen, was peinlich wäre.

Georg fehlte die Phantasie, derart abenteuerliche Gedankengänge nachzuvollziehen. Georg glaubt an Befehle.

Ihm erklärt sie, sie müsse eine Dokumentation zusammenstellen und etwa drei Tage in der Hauptstadt im Archiv arbeiten.

Georg freut sich für sie. Jedesmal, wenn sie für eine Sonderaufgabe aufgeboten wird, findet er das gut. Das ist so, seit sich vor Jahren ihre Bemühungen um die Adoption eines Kindes zerschlugen, weil ausschließlich behinderte Kinder zur Adoption freigegeben wurden und keine Krankenkasse sich an den Kosten beteiligen wollte. Ihre Beziehung ist seitdem noch enger geworden. Sie kommen gut miteinander aus.

Nach telefonischer Voranmeldung sucht Ellen am Montagnachmittag den Direktor des Schulungszentrums auf, feminin gekleidet in ihrem eng sitzenden Tailleur mit moosgrüner Bluse. Das letzte Mal hatte sie mit ihm nach der Ordensübergabe gesprochen. Darauf kann sie sich beziehen.

Sie erläutert ihm ihren Wunsch, eine Dokumentation zu der Geiselnahme zu erstellen. Es sei ein ungemein interessanter Einsatz gewesen, für sie sehr lehrreich. Er lasse sich vorzüglich zu Schulungszwecken auswerten, da er auch Schwachstellen aufgewiesen habe. Jedenfalls eigne er sich als Anschauungsbeispiel. Als Schwachstellen nennt sie eher salopp die Übermüdung der Einsatzleitung – auch sie hätte viel zu wenig Ruhezeit gehabt – sowie das Zusammenspiel von zivilen und militärischen Stellen. Genaueres lasse sich jedoch erst anhand einer guten Dokumentation feststellen. Sie hätte während ihres Einsatzes zentral handeln müssen, daher komme sie auch jetzt ohne lange Einarbeitungszeit aus; sie sei motiviert, das Richtige herauszuholen. Sie würde die Dokumentation selbstverständlich in seinem Auftrag und für ihn erstellen, und sie würde ihm auch eine erste Lagebeurteilung vorlegen.

Der Direktor freut sich, sie wiederzusehen. Er selber hat keine weiteren Unterlagen erhalten, so dass ihr Vorschlag seinen Wünschen sehr entgegenkommt, denn natürlich interessiert es ihn, für die Schulungskurse Anschauungsmaterial zu erhalten.

Er stellt den Dokumentationsbefehl gern aus, auf ihren Namen, wie praktisch, dass sie den Entwurf schon mitgebracht hat. Falls es irgendwo Probleme geben sollte, ist er jederzeit für sie erreichbar.

Maxie

Birgit ruft schon wieder an, fragt, wie es Maxie gehe, erkundigt sich nach ihrer Ernährung, Maxie dürfe auf keinen Fall diese Hamburger essen, auch kein Hühnerfleisch oder Fisch. Weil auch Soja nicht mehr unbedenklich sei, rate sie nur noch zu Biosäften und warmer Getreideküche. Was Maxie in ihrer Freizeit unternehme, ob sie ins Kino oder tanzen gehe, wie schade, dass Robert ausgerechnet während der Sommermonate weg sei, ein so positiver fröhlicher Mensch und ganz und gar unpolitisch. Maxie sei in dem Alter, das Leben zu genießen.

Nach dieser Vorrede rückt Birgit mit ihrem eigentlichen Anliegen heraus. Sie habe wieder einmal mit Agnes telefoniert. Was an dieser Geschichte dran sei, Maxie hätte bei der Geiselbefreiung heimlich gefilmt, der Film sei zwar falsch belichtet, doch sie habe sich über Vorschriften hinweggesetzt und sei dabei ihrerseits gefilmt worden. Der Chef des ZNF, von Tavel, habe Tiziano darauf angesprochen, ganz informell nach einem Essen, ob Maxie Axel Laanes Tochter sei. Tiziano hätte sich rechtfertigen müssen, sie eingestellt zu haben. Dass Maxie beruflich erstklassig sei, dass es falsch gewesen wäre, ihr keine Chance zu geben, und dass es nicht in Frage komme, ihr jetzt irgendwelche Schwierigkeiten zu machen, es gebe genügend Sendegesellschaften, die gute Leute suchten. Einfach alles hätte Tiziano angeführt, und abends hätte er dann wieder seine Leberschmerzen gehabt.

Birgit ist erstaunt, dass Tiziano mit Maxie nicht darüber gesprochen hat. Agnes habe gemeint, sie, Birgit, solle Maxie ans Herz legen, Dummheiten zu vermeiden, es sei viel zu gefährlich.

Birgits Besorgnis überträgt sich auf Maxie. Sie solle Tiziano nicht darauf ansprechen. Agnes befürchte, es werde ihn ärgern, dass sie tratscht.

Wann Maxie denn Ferien machen wolle, ob sie keine Lust habe, Robert in Alaska zu besuchen. Ein paar Wochen in frischer Luft würden ihr gut tun.

Maxie will sich nicht aufregen. So geht es allen, die Mütter in Birgits Alter haben. Da erzählen sie einander gern Geschichten. Im Lauf der Jahre haben Birgit und Agnes sie für sich beansprucht. Das läuft dann rasch auf eine Intrige heraus. Was bleibt ihnen sonst vom Leben, als krampfhaft zu versuchen, das ihrer Kinder mitzuleben.

Maxie unterdrückt den aufsteigenden Ärger. Wenn Tiziano nichts sagt, ist auch nichts weiter dabei; eine Bemerkung nach einem Essen, die folgenlos bleibt.

Diese Geiselgeschichte ist doch längst vergessen, untergegangen in den News der vergangenen Woche. Nachträglich muss sie sich eher wundern, dass sie sich wie eine Anfängerin von der Aufregung anstecken ließ. Kindisch war es, entgegen den Richtlinien selber zu filmen und das Video wegzuschmuggeln, absurd, in einer Toilette Detektiv zu spielen, lächerlich.

Maxie hält aufatmend inne. Es ist wichtig, die Prioritäten richtig zu setzen. Dass sie vor Wochen Vorahnungen hatte, dass sie diese Geiselnahme vorwegphantasiert hat, skeptisch blickt sie auf das schwarze Figürchen mit dem dicken Bauch, hält die Hände auf den eigenen Bauch. Sie hat den Schwangerschaftstest machen lassen, er ist positiv. Nachrichtenmoderatorin zu sein entspräche dem Tagtrommeln bei wachem Verstand. Da überlegt sie sich genau, was sie tut.

Ellen

Am Dienstagmorgen, punkt acht Uhr, passiert sie die Eingangsschleuse der Dokumentationszentrale. Sie fühlt sich gut, unternehmungslustig, bereit, alle Geheimcodes zu knacken.

Sie wird freundlich eingewiesen, die diensthabende Beamtin erinnert sich genau an ihren Einsatz beim Geiseldrama. Sie sei stolz gewesen, dass eine Frau so tüchtig war. Sie wird Ellen gerne behilflich sein.

Ellens Auftrag ist klar umschrieben, leicht erklärbar. Die Frau begleitet sie zu einem Bildschirm, bleibt neben ihr stehen, erläutert voller Stolz das Programm, lutscht ein scharf riechendes Bonbon. Ellen bittet, sich für sie aufschlussreiche Daten auch von Hand notieren zu dürfen. Die Bestimmungen verbieten das nicht. Ihre Recherchen werden den ganzen Morgen beanspruchen, sie möchte ja kein zweites Mal kommen müssen. Sie kopiert gemächlich die Einsatzmannlisten, die Aufgebotszeiten, die Befehlsabläufe und Informationswege. Sie notiert Fakten zur Zusammenarbeit mit der Polizei, die Einsatzzeiten der Verkehrsumleitungen und Straßensperren. Das dauert. Die Beamtin guckt ihr eine Weile über die Schulter, arbeitet jetzt am Zentralcomputer.

Sie muss in die Datei gelangen, aus der der Beamte ihre Aufgebotsdaten abgelesen hat. Es ist ein Risiko. Sie hat sich mehrere mögliche Codewörter notiert. Es wäre lächerlich, jetzt an schweißnasse Hände zu denken, sich zu fragen, ob das neue Deodorant in der Seidenbluse wohl bleibende Ränder hinterlässt, wenn sie dermaßen schwitzt. Sie weist sich zurecht. Sie wurde dafür geschult, in gefährlichen Situationen die Nerven zu behalten. Vielleicht sollte man Frauen doch nicht in diesen Dingen ausbilden, weil sie die Regeln eher brechen, wenn es darauf ankommt. Das, was sie jetzt vorhat, beweist es.

Falls sie einen falschen Code eingibt, könnte dies einen Alarm auslösen. Die Kodierung «Konfuzius» zum Beispiel. Der war es doch, der meinte, Frauen, die mitspielten, würden gleich aufdringlich, jene, die nicht mitspielen dürften, dagegen aufsässig. Sie denkt, typisches Machodenken, ihre Spiele, ihre Regeln; in diesem Fall waren es Männer, die ohne zu fragen in die Domäne der Frauen und Kinder eingebrochen sind, die mit Mord gedroht haben und dem Auslöschen des Lebens. Dagegen ist «aufdringlich» und «aufsässig» geradezu harmlos. Mit «Konfuzius» versucht sie es ganz sicher nicht.

Sie muss sich in die Mentalität des Mannes einfühlen, der diesen Computer mit Daten gefüttert hat. Sie muss sich auf den Erfolgsklick einstellen. Er hat ein nahe liegendes Wort gewählt, eines, das er mit Kindern in Verbindung bringt, das seiner spielerischen Seite entspricht, die er in die Kindheit verlegt. Es ist die Mentalität der Werber, die den Kindern die Slogans vorgeben. Sie hat es. Sie weiß es im Augenblick, da sie sich erinnert: In der Einsatzzentrale ist das Wort «Pingu» gefallen, als es um die altersspezifische Reaktionsweise der festgehaltenen Kinder ging.

Die Datenbank öffnet sich bei «PINGU». Hier finden sich Oberbegriffe und Unterabteilungen säuberlich gespeichert, vertraulich, nicht ohne Erlaubnis zu kopieren, gesichert. Mit «PINGU» entsperrt sie eine weitere Sicherung, öffnet Dateien und Unterdateien, gibt Befehle ein.

Die Beamtin ist in ihre eigene Arbeit vertieft, bemerkt nicht, wie einer der sowieso laufenden Drucker im Nebenraum noch mehr Papier ausdruckt. Auf dem Weg zur Toilette holt Ellen die Ausdruckstreifen, faltet sie zusammen und schiebt sie unter das Jackett. Natürlich sieht sie eigenartig unförmig aus.

Abschließend zählt sie die handgeschriebenen Notizseiten, unterschreibt ein Protokoll: 10 05 Uhr, es ist genau fünf nach zehn.

Sie vergewissert sich, dass niemand ihr folgt, aus Vorsicht, aus schlechtem Gewissen. Sie überquert Straßen, guckt in Schaufenster, überquert den Fischmarkt. Im nahen Kaufhaus fährt sie Rolltreppe, durchquert die Haushaltabteilung, benutzt den Lift, begutachtet den bazarähnlichen Badeshop, kauft in der Parfümerie eine teure Bodylotion. In der Delikatessenabteilung im vierten Stock wählt sie den bretonischen Ziegenkäse, den Georg so schätzt, beobachtet die Kundschaft, verlässt das Kaufhaus am oberen Hintereingang. Gleich um die Ecke liegt die Bibliothek *Zur Kaufleuten*, deren Lesesaal sie kennt. Hier treffen sich nur alte zeitunglesende Männer. In der Damentoilette trennt sie die Seiten auseinander, streicht sie glatt. Dann setzt sie sich in den hintern Teil des Lesesaals an einen der durch Büchergestelle abgeschirmten Nischentische, blättert. Noch einmal werden ihre Hände schweißnass.

Alle Angaben sind säuberlich geordnet, jeweils mit dem Datum des Eintrags versehen.

Auf ihrem eigenen Personalblatt sind Georgs Karriere verzeichnet, ihre Adoptionsgesuche, sämtliche von ihr besuchten Schulen und Kurse mit Datum und Abschlussqualifikation, fast alle ihre Männerbeziehungen seit zwanzig Jahren, ab und zu mit ergänzenden Angaben zur heutigen Position des damaligen Partners. Dazu der Vermerk «Personelles». Möglicherweise gibt es eine Zusatzdatei. Aus der Distanz mutet diese Biografie seltsam an. Ellen hat dasselbe Gefühl höchster Anspannung, das sie hat, wenn sie in einem Kurs meint, an die Grenze ihres Leistungsvermögens zu geraten. Sie ist wach.

Unter «Sondereinsatz-PINGU» findet sich das Gesuchte. Sie fühlt, wie sich ihre Lippen aufeinander pressen: die termingerechte Anforderung der Einsatzleitung an den Direktor, sie zu diesem Kurs aufzubieten, Anfang April, violett auf grün gestreiftem Ausdruckpapier.

Es folgt die Zusammenstellung von Daten zu Regula Choppard, der Kindergärtnerin. Ellen überliest mit schmalen Augen deren Ausbildung, die Heirat mit dem Violinisten Clemens Choppard, Abbruch des Konservatoriumsbesuchs, die Ausbildung zur Kindergärtnerin, seit zwei Jahren die Stelle im Kindergarten *Am Park* (Stiftung), vor acht Monaten Geburt eines Kindes. Über Clemens Choppard finden sich Eintragungen zur Karriere, zum Eintritt ins Philharmonie-Orchester, zu seinen Frauenbeziehungen.

Hier steht die Adresse, Promenadenstraße 25. Hauseigentümerin ist die Personalstiftung Bering; als Mitbewohnerin im obersten Stockwerk wird die Stockwerkeigentümerin Josefine Botta, Alter 65, angeführt.

Ellen kann sich nicht vorstellen, wieso die persönlichen Daten einer Kindergärtnerin, die offensichtlich unbescholten ist und keinerlei Bezug hat zum Militär, in diesem Zentralcomputer gespeichert sind. Auch diese Eintragungen haben unterschiedliche Daten, alle mit einer Ausnahme wurden vor dem Stichtag der Geiselnahme eingegeben. Sie wurden also nicht während der Aktion gesammelt, sondern sie lagen bereit. Die Ausnahme wurde vor zwei Wochen eingegeben: Überweisung in die Klinik Kislanden, Arzt Dr. K. Wenner.

Aus der detaillierten Auflistung zur «Pressearbeit» ist die Vorzugsstellung des ZNF ersichtlich. Es folgen ausführliche Personaldaten über Maxie Laane vom ZNF, Nachrichtenmoderatorin. Mit Datum und Zeitangabe versehen sind wörtlich die jeweiligen Nachrichten nachzulesen. Da ist jemand sehr fleißig gewesen. Als Ergänzungen folgen die Angaben: Samstagmorgen nicht bewilligte Kameraarbeit, Film nicht belichtet.

Tochter des Axel Laane, Journalist, unter ungeklärten Umständen bei einem Auslandseinsatz verstorben. Mutter: Birgit Laane, Ernährungswissenschafterin: Gartenstraße 237. Lebenspartner: Professor Dr. Robert Lauer, Dozent, Leiter der Forschungsstelle Biologie, Verhaltensforschung.

Auffallendes Verhalten im Anschluss an die Verleihung der Tapferkeitsmedaille: M. L. war nicht geladen und hat das Hotel eine halbe Stunde nach Beginn des Banketts verlassen.

Das Blatt über die Nachrichtenmoderatorin irritiert sie. Es ist einzeln katalogisiert und Maxie Laane kommt im detaillierten Einsatzorganigramm nicht vor. Unter Presse ist einzig Tiziano Buchholz aufgeführt, doch über ihn gibt es entgegen jeder Erwartung kein Dateiblatt.

Gereizt überlegt Ellen, weshalb es auch über den Täter keine Angaben gibt. Einzig der Name steht da, Janic Bering, und das Pressekommuniqué von Samstagmittag mit den knappen Daten über Alter, achtunddreißig, Herkunft, Sohn von

Hugo Bering, Ausbildung, Instruktionsoffizier. Auch hier der Vermerk «Personelles», wohl ein Hinweis auf eine weitere Datei.

Am Tisch sitzend liest sie Blatt um Blatt: die Abläufe und Strukturen, dann das Private. Dieses Anhäufen von Klatsch und Tratsch in einer offiziellen Computerdatei wirkt anstößig, obszön.

Die müssen verrückt sein. Auf diese paar Zeilen zusammengedrängt, sieht ihr Privatleben hohl aus, als sei ihre Ehe mit Georg eine Farce. Statt einer Beziehung alle Jahre ein weiterer Seitensprung. Georg wäre erstaunt. Dieses Herumwühlen in ihrem Privatleben ist genauso unglaublich. Verrückt oder ungeheuerlich, für irgendjemanden gibt es einen Zusammenhang, sonst stünden diese Angaben nicht froh vereint unter dem Kennwort «PINGU».

Nein, sie regt sich jetzt nicht auf, denkt sie diszipliniert. Sie wertet jetzt nicht, nimmt vorurteilsfrei zur Kenntnis, was hier als zusammengehörend gespeichert ist.

Diese Angaben entsprechen im Grunde genommen dem, was man in Sental übereinander weiß, was Menschen in der Enge eines Dorfs über andere reden, ohne es mit der Wahrheit immer ganz genau zu nehmen. Das Hinterhältige liegt in den Datumsangaben der Eintragungen. Hier hat einer über Jahrzehnte ein Dossier angelegt, heimlich zusammengetragene Daten unter Verschluss gehalten, um sie aus irgendeinem Anlass abzurufen. Wem ist das Dossier zugänglich?

Selbstverständlich steht sie zu ihrer Biografie, doch diese Auswahl ist einfältig, das ist nicht sie, ist eine Schablone, brauchbar für wen?

Es gibt noch weitere Blätter mit persönlichen Daten zu verschiedenen Personen, Ellen sichtet. Dann gibt es die Blätter, die sich konkret auf den Ablauf «PINGU» beziehen. Die Zeitpläne der einzelnen Einsatzstellen, die unterschiedlichen Befehlsflussschemata, die Zeitabläufe abgestimmt auf die Redaktionssitzungen und die Termine der Nachrichtensendungen von ZNF und Radio. Tiziano Buchholz, Sendeleiter am ZNF, wird hier als Mitglied des Sonderstabs aufgeführt. Seine Beiträge passen sekundengenau in den Zeitablauf.

Einige grafische Darstellungen sind mit ausgedruckt, Planspiele, das Spielerische der Männerlogik, auf einen Blick zu begreifen. In dieser Ordnung ist es die Lücke, die auffällt, das fehlende Personalblatt über Janic Bering, die Beschreibung seines Umfelds.

Sie will diese Unterlagen nicht mit sich herumschleppen, sie schon gar nicht zu ihrem Besuch bei Regula Choppard mitnehmen, sie will sie auch nicht in ihrem Hotelzimmer lassen, zumal sie schon heute Abend heimkehren könnte. Mit der Straßenbahn fährt sie zum Zentralbahnhof, belegt ein Schließfach, achtundvierzig Stunden sind eine lange Zeit.

In ihrem Hotelzimmer zieht sie sich um, telefoniert mit Georg, sie hatte Erfolg, hat ihre Unterlagen beisammen, wird noch Besorgungen erledigen, etwas essen, möglicherweise geht sie heute Abend ins Kino, der neue Film mit Depardieu, es kann spät werden, er solle nicht warten.

Ellen isst, wie so oft, wenn sie in der Stadt ist, im Bistro um die Ecke eine Bouillabaisse, trinkt Mineralwasser, sie will ja Auto fahren. Diesmal wird sie vom Kellner erkannt. Er habe seinen Kollegen nach den Fernsehsendungen gesagt, sie komme gelegentlich hierher.

Sie hat genügend Material. Anhand ihrer Aufzeichnungen lässt sich eine interessante Analyse erstellen. Der Direktor des Schulungszentrums wird sich freuen; er hat sie immerhin unterstützt. Die Personenblätter wird sie nicht benutzen, auch ihn gehen sie nichts an.

Wenn sie vernünftig ist, vergisst sie sofort, was sie gesehen hat. Sie sollte nichts davon erfahren, es liegt nicht auf ihrer Kompetenzstufe. Die Bauernbuben haben sie gelehrt, hart und klug zu sein, doch geduckt hat sie sich nie.

Abgesehen davon, dass da irgendwer ihr Privatleben ausgeschnüffelt hat, macht es sie zornig, dass man gemeint hat, mit ihr spielen zu können. Es wurde mit vielen gespielt. Da wurde eine überraschende Geiselnahme inszeniert. Sie hat ernst genommen, was ein Planspiel im Maßstab eins zu eins war, mit echtem Blut am Schluss.

Wenn sie sich vorstellt, wie minutengenau die Auftritte des Innenministers geplant waren, wenn sie sich überlegt, dass sogar im Voraus bestimmt war, wann sie ihre Kameraauftritte hatte und wie lange sie dauerten, so bestätigen diese Blätter, was sie vorher logisch schon erfasst hatte: Sie passte zwar ins Bild, doch sie war völlig überflüssig.

Es ergibt keinen Sinn, weshalb sie an diesem Einsatz teilnehmen musste. Sie kann das Puzzle verschieben, wie sie will. Sie hat ein auswechselbares Teilchen dargestellt, genau nach Plan. Vielleicht überschaut sie das Ganze nicht. Die auffallenden Lücken ziehen die Aufmerksamkeit auf sich. Möglicherweise sind sie wichtig. Sie wird die geschiedene Frau dieses Geiselnehmers aufsuchen.

Ungeduldig klopft Ellen mit dem Bleistift auf den Tisch.

Maxie Laane kennt sie von der Nachrichtensendung. Sie hat sie beim Einsatz zweimal gesprochen und an der Ordensverleihung von weitem gesehen. Eigenartig die Vermerke auf deren Personalblatt. Erstaunlich, dass überhaupt eine Akte existiert, nachdem sie im Organigramm keine Funktion hat.

Weshalb wohl ihr Vater aufgeführt ist, dieser Journalist Axel Laane? Den Namen hat sie bisher nie gehört.

Unterwegs zur Promenadenstraße, der Adresse der Kindergärtnerin, parkt Ellen bei einem Postamt, ruft im ZNF-Studio an. Frau Laane ist nicht im Haus, sie wird mit Tiziano Buchholz verbunden. Er weiß sofort, wer sie ist, gratuliert zu ihrer verdienten Auszeichnung, erkundigt sich, wie es so gehe. Er wird Maxie Laane von ihrem Anruf unterrichten.

Josefine

Heute scheint ein besonderer Tag zu werden, sie hat es am skeptischen Gesichtsausdruck der Madonna ablesen können. Wenn es schwierig wird, muss man sich klein machen, um nicht aufzufallen. Ein friedlicher Morgen auf dem Balkon ist angesagt. Josefine steckt Florian in das Wippstühlchen, er spielt mit den Plastikschellen, zappelt, wippt. Die Schildkröte frisst welke Salatblätter, krabbelt auf dem zerschlissenen Teppich umher, Moritz sitzt am Geländer, zwängt seine Schnauze zwischen zwei Latten, schnüffelt, zieht die Schnauze zurück und guckt mit ihr nach unten auf die Straße. Was kommt, nähert sich wahrscheinlich von vorne, von der Straßenseite. Die Balkontür steht weit offen, damit sie auf jeden Fall das Telefon hört.

Unten fährt langsam ein schwarzer Jeep mit offenem Verdeck vorbei. Am Steuer sitzt eine Frau mit roten Locken. Josefine wundert sich, dass solche Autos heute anscheinend in Mode sind, früher waren das Fahrzeuge für Waldarbeiter. Das Auto hält, die Frau reckt den Hals, sucht offensichtlich eine Hausnummer. Josefine könnte sich am Geländer zeigen, nach unten rufen, sie sei hier richtig, Josefine hat gute Augen, es ist diese Militärfrau aus Sental. Bei ihnen zu Hause hat es immer geheißen, rothaarige Frauen brächten Aufregung und Ärger. Die Frau steigt aus, schlendert in viel zu engem Rock auf hohen Absätzen über die Straße, die Locken wippen. Mit scharfen Augen begutachtet Josefine das pflaumenblaue Kostüm, über der Schulter hängt an einem langen Riemen eine türkisfarbene glänzende Lacktasche. Die Frau mustert die Fassade, schaut hoch. Hinter ihren starkwüchsigen Pelargonien ist Josefine nicht zu sehen.

Es klingelt, Josefine geht öffnen. Sie erinnert sich genau an die Bilder vor dem Kindergarten, die große Feier in Sental. Bei der Medaillenverleihung hat sie sie von nahem gesehen.

Ellen Lachat habe sich mit Frau Choppard zu einem Treffen verabredet, sie hätten einander bei der Feier kennen gelernt. Frau Choppard nehme das Telefon nicht ab. Wenn sie heute nicht da sei, wenn auch Herr Choppard diese Woche nicht erreichbar sei, so komme sie gern kurz nach oben und trinke ein Glas Zitronenlimonade, es sei ja so heiß.

Sie sitzen in den rot gestrichenen Korbstühlen auf dem Balkon. Josefine betrachtet die leicht schrägstehenden Augen in dem dreieckigen Gesicht, die unter die Brauen gemalten bläulichen Schatten und die unglaublich blauen Augendeckel. So hat man sich seit zwanzig Jahren nicht mehr geschminkt, jetzt ist es wieder Mode. Sie kann sich lebhaft vorstellen, wie diese Frau in ihrer Jugend war. Es passt dazu, dass sie keine Bluse trägt unter dem Jackett. Jetzt sitzt sie da in ihrem engen Rock, die Beine schräggelegt, sehr gerade, trinkt Limonade. Florian habe sie doch schon an der Feier gesehen, das sei doch das Kind von Frau Choppard. Dann beachtet sie Florian jedoch nicht weiter. Offensichtlich gehört sie nicht zu denen, die Kinder und Hunde gleich streicheln wollen.

Sie habe amtlich in der Stadt zu tun gehabt. Sie arbeite an einer Einsatzanalyse. Josefine kann sich darunter nichts vorstellen. Frau Choppard habe sie damals um ein Treffen gebeten. Sie habe jetzt Dokumente gefunden, die auch Frau Choppard interessieren dürften.

Auf Josefines Klage, Regula sei nach jener Feier endgültig krank geworden, verwirrt, sie müsse in der Klinik Kislanden therapiert werden, starrt Ellen Lachat sie erschreckt an, zündet sich mit einem ziselierten Schnappfeuerzeug eine Zigarette an, raucht hastig, hustet. Josefine nimmt Florian auf den Schoß, gibt ihm sein Nuckelfläschchen, mit Sirup gefüllt, wiegt ihn leicht, denkt, dass diese Frau wirklich nicht sieht, wie niedlich Florian mit seinem Fläschchen ist.

Ellen überlegt: Josefine wird einzig als Mitbewohnerin dieses Hauses erwähnt, hat keine eigene Akte. Sie erinnert sich an Winkes Bemerkung in der Einsatzzentrale, eine alte Frau, das

Leben lang Hausmädchen. Ellen weiß, was das heißt: von allen herumkommandiert, benutzt, übersehen, nicht ernst genommen. Jetzt eine alte Frau, die sich schwerfällig bewegt, ein unförmiger Körper, der Schwerarbeit geleistet hat, erstaunlich schmale Hände. Die Hände passen zur schmalen Nase, dem schmalen Mund, dagegen ein kräftiges, etwas vorstehendes Kinn, ein Zeichen für Durchhaltevermögen. Helle, wachsame Augen, die sie aufmerksam mustern. Mit dem kleinen Kind, dem struppigen Mischlingshund und der Schildkröte scheint sie auf ihrem Balkon fern jeder Hektik in einer Idylle zu leben, Josefine, die Zuhörerin. Ellen erklärt in Stichworten, gehetzt.

Josefine hört zu, wiegt den schläfrig nuckelnden Florian, er wird jeden Moment einschlafen, dann wird sie ihn in den Korb legen. Sie findet diese Frau ermüdend, sie kann der Geschichte nicht richtig folgen, die sie erzählt. Wie sollte jemand auf den Gedanken kommen, diese grässliche Geiselnahme wie ein Theaterstück zu spielen; und ausgerechnet die Polizei und der Innenminister sollten mitgespielt haben. Andererseits behauptet diese Ellen Lachat, im Computer stehe sogar, dass Herr Choppard wechselnde Freundinnen habe und dass Regula planmäßig krank gemacht worden sei, den Namen des Arztes hat sie auch gekannt. Sie fragt sich, ob auch Frau Lachat geistig verwirrt ist. Jedenfalls weiß sie nicht, was sie will: Da jammert sie, dass es nicht gut sei, wenn man zu viel wisse, man bringe nur sich und andere in Gefahr. Und gleich darauf wird sie wieder wütend. Weil jemand mit ihr gespielt habe, weil es Leute gebe, die meinten, man brauche bloß auf einen Knopf zu drücken, und sie stolziere in Uniform hin und her. Man habe sie zur Närrin gemacht.

Wenn Regula Choppard jetzt in der Klinik liege, sei klar, dass jemand sie planmäßig dorthin gebracht habe. Vielleicht nur, um ihre Glaubwürdigkeit als Zeugin zu unterminieren. Ein übles Spiel, da gehöre sie nicht hin. Man müsse sie schleunigst wieder herausholen. Wenn nötig, sie in eine andere Klinik bringen, wo sie mit den richtigen Medikamenten versorgt werde.

Josefine versteht diesen Ausbruch nicht. Jetzt weiß sie nicht einmal mehr, wie jener Arzt heißt, der Regula damals mit der Krankenschwester nach Hause brachte, der die Spritzen verabreichte, der die blauen Tabletten verschrieb, der bis zur Klinikeinweisung fast täglich Hausbesuch machte.

Josefine ist skeptisch. Diese Ellen Lachat könnte irgendwer sein. Doch es ist gut, dass sich jemand aufregt, so wird endlich etwas geschehen.

Als das unauffällige graublaue Auto unten zwischen den Bäumen hält und hinter dem Jeep einparkt, ducken sich beide Frauen instinktiv. Dann siegt die Neugierde. Sie spähen über das

Geländer nach unten, doch es steigt niemand aus dem Auto. Florian kräht und hat Durst.

Ellen ist nicht eigentlich erschrocken. Eher aufgebracht meint sie, es gebe Computer, die zeigten an, dass kopiert worden sei und was es war. Das sei jetzt erst vier Stunden her. Sie seien schnell, hätten es anscheinend sofort bemerkt. Irgendwie hätten sie sie gefunden, vielleicht sei ihr auch jemand hierher gefolgt. Eine Unverschämtheit, dem werde sie es zeigen.

Aus ihrer Lacktasche klaubt sie einen Schlüssel, sagt, den lasse sie bei Josefine, er gehöre zu den Schließfächern am Zentralbahnhof. Es könnte ja sein, dass jemand ihre Tasche stehlen wolle. Die Laufzeit sei achtundvierzig Stunden. Sie hole den Schlüssel vorher wieder ab. Josefine solle ihn gut verstecken, so dass man ihn auch beim Suchen nicht finde.

Es geht Josefine durch Mark und Bein, sie weiß nicht weshalb, als Ellen Lachat leichthin sagt, sie hoffe nicht, dass auch für sie ein unerwartetes Erwachen in einer Klinik vorgesehen sei. Es stünde so nicht in ihrer Akte.

Zum Abschied schärft sie ihr nochmals ein, dafür zu sorgen, dass Frau Choppard aus der Klinik komme. Falls ihr, Ellen, etwas zustoße, werde man den Grund dafür in den Blättern im Schließfach finden. Die sollte sie dann dieser Maxie Laane, der Nachrichtenmoderatorin, aushändigen. Falls es Schwierigkeiten gebe, solle sie einen Armeleutearzt zuziehen, einen Mopeddoktor. Den Schlüssel hole sie morgen wieder.

Nach kurzem Nachdenken fügt sie bei, sie fahre jetzt zu der geschiedenen Frau des Täters, zu Frau Voss-Bering. Deren Adresse stehe zwar nicht im Computer, doch sie hätte sie aus der Boulevardpresse aufgeschnappt. Sie müsse sie etwas fragen. Sie sage das Josefine, damit jemand wisse, wo sie zu suchen sei.

Jetzt ist sie in Eile. Josefine sieht ihr nach, wie sie das Haus verlässt, wie sie mit Schwung, mit herausfordernd gerecktem Kinn in ihr Auto steigt, genau so hat sie sie im Fernsehen gesehen, sie knallt die Autotür zu, startet, winkt zu ihr hinauf, kurvt aus dem Parkfeld und fährt so schnell weg, dass die Reifen quietschen.

Josefine sieht das graublaue Auto ebenfalls sofort losfahren, doch so viel langsamer, dass es den Jeep kaum einholen wird. Josefine kann die Autonummer nicht entziffern, das Schild scheint verdreckt zu sein. Die Männer lassen sich von hier oben aus nicht erkennen, da die Autofenster trotz der Hitze geschlossen sind; die Scheiben spiegeln.

Maxie

Mittwochmittag sitzt Maxie im Studio an ihrem Pult, trommelt rhythmisch mit den Fingern, *es kommt ein Bär*, starrt auf die vor ihr liegende

Meldung, die sie sich eben vom Fax geholt hat: «Tödlicher Sturz in den Sentalersee, Autounfall des Ehepaars Georg und Ellen Lachat aus Sental, der Heldin des Geiseldramas im Kindergarten *Am Park*. Um 8.05 Uhr hat eine Seepatrouille der Sentaler Elektrizitätswerke das Auto der Verunglückten im Unteren Sentalersee in vier Metern Tiefe gesichtet. Taucher haben im Lauf des Morgens Ellen Lachat und deren Ehemann tot aus dem Auto geborgen. Es handelt sich um einen Unfall. Das Auto ist in einer Haarnadelkurve von der Straße abgekommen und den Abhang hinunter in den See gestürzt. Von Sental bis zur Passhöhe bleibt die Straße bis auf weiteres für den Privatverkehr gesperrt.»

Eine Meldung für die Abendnachrichten, dazu ein Kurzkommentar mit Bildmaterial aus dem Archiv, ein Zwei-Minuten-Beitrag. Maxie fühlt sich schlecht. Ein einzelner Tod, der die Meldungen über Terror und Kriege viel zu konkret macht. Sie erträgt es nicht, dass schon wieder ein Leben jäh zu Ende geht, ein Mensch stirbt, den sie von nahem gesehen hat. Sie zieht die Schultern hoch. Sie wollte sich doch um die Biografien dieser zwei Frauen kümmern. Die Medaillenverleihung hat sie aus dem Mittelmaß herausgehoben. Sie hatte sich vorgenommen, die Frauen später über die Auswirkungen zu befragen. An Ellen Lachat hatte sie die Disziplin und Selbstbeherrschung bewundert, dass sie in dieser gefährlichen Situation die Nerven bewahrte, eine Durchhaltefrau. Maxie kann sich gut an sie erinnern, die roten Locken und die klaren Linien ihres Gesichts. Da war dieses eigenartige Gespräch in der Toilette. Ob die Kindergärtnerin nach dem Bankett mit Ellen Lachat gesprochen hat?

Maxie sucht das Bildmaterial, Geiselnahme, Sental, Medaillenverleihung, es muss hier irgendwo sein. Sie selbst hat doch diese Kassette zur weiteren Bearbeitung eingeordnet. Jetzt findet sie sie im falschen Gestell. Sie wird einen Zettel anbringen, die Kollegen wieder einmal daran erinnern, im Archiv Ordnung zu halten. Hätte sie diese Kassette jetzt nicht gebraucht und gefunden, im nächsten Monat wäre sie aussortiert worden.

Maxie denkt über die Formulierung der Nachricht nach, viele werden an diesem plötzlichen Tod Anteil nehmen. Sie lässt die Videokassette auf dem Monitor durchlaufen, stoppt, Totentrommeln, die Trommler von Sental. Diesmal werden sie den für Beerdigungen eingeübten Trauermarsch trommeln. Man wird eine Equipe hinschicken, möglicherweise geht sie mit.

Ein Telefongespräch mit dem Gemeindeschreiber von Sental ergibt, dass Georg Lachat den Wagen gesteuert hat. Er war als besonnener Fahrer bekannt. Vielleicht war ein Tier auf der Straße, ein Fuchs oder eine wildernde Katze. Am von den Tauchern geborgenen Auto wurde keinerlei ursächlicher Defekt festgestellt. Dann hatte der Gemeindeschreiber sie persönlich angesprochen, die Familie wünsche eine Bestattung im engsten Familienkreis, keine Presse, keine Reden irgendwelcher Verbandsfunktionäre oder Politiker. Wenigstens Ellen Lachats Beerdigung solle nicht zur Kirmes geraten. An der Straße nach Sental würden momentan Bauarbeiten ausgeführt, die Straße sei sowieso nur zeitweise geöffnet.

Maxie greift nach dem Hörer, sie braucht erste Reaktionen, die sie heute Abend zitieren kann. Der Pressesprecher des Innenministers drückt den Angehörigen wie auch der ganzen Talschaft das Beileid des Ministers aus, redet von dessen Erschütterung über die menschliche Tragik. Das geht so hin.

Doch die menschliche Dimension, das Private fehlt.

Regula Choppard, endlich findet sie den Namen in ihren Unterlagen, mit der Telefonnummer. Hier nimmt niemand das Telefon ab. Die Erschütterung der Kindergärtnerin hätte die menschliche Seite abgerundet.

Josefine Botta, die Frau im Stockwerk darüber, antwortet mit leiser Stimme, sie weiß nichts und ist keine Auskunftei.

Maxie korrigiert den ersten Gedanken, es eben mit einer misslaunigen, missgünstigen alten Frau zu tun zu haben. Die Frau hütet doch das Baby der Choppards. Es kann Zuverlässigkeit sein, Treue vielleicht. Keine Auskunft ist auch eine Auskunft.

Josefine

Am Donnerstag erwacht sie in der Morgendämmerung, hört auf die zaghaft einsetzenden Vogelstimmen in den Bäumen, die ersten Autos, den Frühbus. Sie hat so viel zu überlegen. Am Morgen will sie diese Frau Bering aufsuchen, am Nachmittag wird sie Regula in der Klinik besuchen. Leise bereitet sie sich ein großes Frühstück mit Kaffee, Brot, Butter und Konfitüre, sie hat heute einiges vor.

Sie ist froh, dass Florian pünktlich wie ein Wecker um sechs Uhr zu plaudern beginnt. Nach dem Wickeln und dem Füttern sind sie schon um sieben Uhr bereit.

Josefine zögert. Es war schon nicht einfach gewesen, die Adresse im Telefonbuch zu finden. Sie hatte nachdenken müssen, endlich in einer alten Zeitung den Namen «Voss-Bering» gefunden. Falls diese Frau morgens früh aus dem Haus geht, verpasst sie sie noch. Als bloß dieses unsympathische Tonband erklärt, im Moment nehme niemand das Telefon ab, sie solle eine Nachricht hinterlassen, hängt sie auf. In der Zeitung stand, die geschiedene Frau des Täters sei eine Uhrmacherstochter aus dem Reichbach Quartier. Das Arbeiterviertel, Frau Broglie hat es immer die Sozialistenhochburg genannt. Also ruft Josefine dort an.

Sie hat richtig geraten, Frau Voss-Bering ist eben am Weggehen. Doch, wenn es wichtig sei, wolle sie gern warten.

Wenn Josefine zügig geht und wenn Moritz brav mithält, rechnet sie doch mit einem Weg von knapp einer Stunde. Es sei nicht schwer zu finden, das Schaufenster sei immer noch mit «Voss Uhren» angeschrieben, dort solle sie klingeln.

Josefine prägt sich den Weg auf dem Stadtplan ein, packt Florian in den leichteren Sportkinderwagen, nimmt Moritz an die Leine.

Heute ist es schon am Morgen drückend heiß.

Eine junge Frau in einem losen Schürzenkleid, wie es früher die Leute auf dem Land trugen, öffnet die Tür, stellt sich als Sarah Voss vor. Josefine solle eintreten.

Josefine stellt den Kinderwagen vor der Eingangstür ab, bindet Moritz daran, Florian kann sie tragen.

Der schmale, etwas feucht riechende Korridor führt am ehemaligen Ladengeschäft vorbei. Josefine kommt auf der steilen Holztreppe außer Atem, Florian wird von Woche zu Woche schwerer. Oben betreten sie ein kleines, aufgeräumtes Wohnzimmer, mehrere Uhren ticken durcheinander. Hier könnten sie in Ruhe reden, die Kinder seien einkaufen gegangen. Josefine legt Florian auf den Spannteppich, der sauber aussieht.

Sie trinke gern eine Tasse Kaffee, sie habe

Frau Voss viel zu erzählen. Mit scharfen Augen mustert sie das ungeschminkte Gesicht, das also ist die Witwe dieses Terroristen.

Josefine erklärt, wer sie ist, wer Florian ist. Die Frau zuckt etwas zusammen, dass Florian das Baby der Kindergärtnerin ist, die jetzt in der Klinik liegt, weil sie sich vom Schock nicht erholt hat. Josefine erzählt. Sie sei nicht deshalb gekommen. Man müsse die Dinge auseinanderhalten. Sie sei hier, weil Ellen Lachat sie aufsuchen wollte. Von deren Unfall habe sie sicher gehört. Josefine ist vorsichtig. Sie kennt diese Frau nicht, die eine Bering ist, auch wenn sie nicht wirkt wie eine dieser reichen Frauen, die Josefine kannte. Doch man kann nicht auf das Äußere gehen. Rein äußerlich sieht es hier aus wie in Josefines Wohnung. Das wäre schon recht.

Sie erwähnt auch die Papiere nicht. Was sie wissen möchte ist, ob Ellen Lachat am letzten Dienstag Sarah Voss erreicht hat. Sie habe erklärt, sie wolle nach ihrem Besuch bei Josefine zu Sarah Voss gehen. Das sei der wesentliche Punkt.

Ellen Lachat habe sie also nicht erreicht. Und sie wisse auch nicht, was diese gewollt habe. Vielleicht interessiere es sie. Ellen Lachat habe vermutet, der Geiselnehmer habe nicht allein gehandelt. Die Geiselnahme sei seit längerem vorbereitet gewesen. Ellen Lachat habe gesagt, vom Militär.

Wahrscheinlich habe sie Frau Voss etwas fragen wollen, was ihren geschiedenen Mann betreffe, etwas, das wichtig sei.

Ein früherer Freund von Ellen Lachat sei mit einem aus Sarahs Familie, mit einem Bering, befreundet gewesen. Vielleicht sei das aber nicht wichtig.

Sarah wehrt ab. Diese Geschichte lasse sich nicht ändern, sie wolle nicht hineingezogen werden. Die Familie Bering sei nicht ihre Familie, sondern ein Teil der Familie ihrer Kinder. Mit der Geiselnahme habe sie so wenig zu tun wie mit dem Tod ihres geschiedenen Mannes. Und Ellen Lachat habe sie auch nicht getroffen. Sie könne ihr nicht weiterhelfen. Offensichtlich bereut sie ihre spontane Zusage zu diesem Gespräch.

Josefine lässt sich nicht so rasch hinausbegleiten. Sie habe anscheinend am falschen Ende mit dem Erzählen begonnen. Es müsse sie etwas angehen, dass Regula Choppard in der Klinik liege und dass Frau Lachat tot sei: Wegen nichts hätte Ellen Lachat sie nicht unbedingt sprechen wollen.

Regula Choppard habe nicht immer nur wirr geredet. Manchmal sei ihre Stimme ganz klar gewesen. Dann habe sie nach diesem Mann gerufen, der vor ihren Augen erschossen wurde. Er habe sich doch ergeben, er sei nicht böse.

Sie habe ein Gefühl, auch Frau Voss sei in Gefahr. Das sei eigentlich das Wichtigste.

Sarah Voss geht nicht darauf ein. Es sei nett von ihr, dass sie sie gewarnt und informiert habe. Sie werde sich überlegen, was sie dazu wisse. Ja, sie werde von sich hören lassen.

An der Haustür trifft Josefine mit Sarahs Vater und den Zwillingen zusammen, sie kommen eben vom Fischmarkt zurück.

Josefine fasst den Uhrmacher ins Auge, die beiden Kinder, offensichtlich Zwillinge. Der Mann grüßt im Vorbeigehen, mustert sie. Der Junge will Moritz streicheln. Als der knurrt und kläfft, ziehen sich die Kinder empört zurück.

Sarah

Dad ist verärgert. Eine alte Frau mit Geschichten, das hat gerade noch gefehlt. Sarah solle sich nicht darauf einlassen. Das sei immer so, sobald etwas Außergewöhnliches geschehe, entzünde sich die Phantasie daran.

Es sei Unsinn, dass Sarah sich jetzt Gedanken darüber mache, ob sich Janic mit erhobenen Händen ergeben habe. Was solle es noch ändern.

Sarah brauche Abwechslung.

Sie geht mit Dad und den Zwillingen aufs Dorf zu einem Bauern, Kirschen pflücken. Mit Nina kocht sie am Freitag Kirschkonfitüre ein, sie haben sich große, aus Plastiktaschen selbstgemachte Schürzen umgebunden.

Dad findet, ihr fehle ein Mann, sie solle doch Gerd anrufen oder, wenn es sein müsse, warum nicht Daniel.

Sarah ist verunsichert. Zudem hat Nina Schlafstörungen. Mitten in der Nacht weint sie nach Janic, dann schluchzt jeweils auch Manuel ins Kissen, und sie muss beide trösten. Nina zieht sich sowieso ganz zurück. Sitzt nur herum und vergräbt sich in Büchern aus der Bibliothek, in denen Kinder in heilen Familien leben. Wie sollte Sarah da weggehen. Manuel scheint es einfacher zu haben, meist ist er mit Dad zusammen.

Natürlich weiß Sarah, wer dieser Geiger Clemens Choppard ist. Im vergangenen Winter hat sie ihn in der Gershwin-Symphonie gehört. Hätte sie ihre Ex-Schwiegereltern zum Mitternachtspunch begleitet, hätte sie ihm sogar die Hand gegeben. Hugo ist Vorstandsmitglied der Tonhallegesellschaft.

Dass es von irgendwelcher Bedeutung sein soll, ob einer von Ellen Lachats vielen Freunden mit einem Bering befreundet gewesen ist, geht ihr nicht aus dem Kopf. Diese Josefine kann das nicht einfach erfunden haben. Es wäre interessant zu wissen, ob das nun Hugo, Victor oder Janic gewesen sein soll. Die sich tummelnde Oberschicht. Helenes unbewegliches Gesicht.

Sarah müsste denken, wie diese Ellen dachte.

Ob sie wissen wollte, um welchen Bering es sich handelte. Das hätte umgekehrt Sarah sie gefragt. Wenn sie wüsste, was Ellen Lachat von Maxie Laane wollte. Ob diese weiß, warum das ZNF eine Vorzugsstellung erhielt. Hugo besitzt ein dickes Aktienpaket des ZNF, sitzt mit Stolz im Aufsichtsrat.

Maxie

Sie erhält den Anruf am Freitagmorgen. Sie lauscht auf die etwas zögerliche Stimme, ob sie die Nachrichtenmoderatorin sei, jene mit dem Motorrad, die vorgestern angerufen habe. Hier sei Botta, Josefine Botta. Es gebe da etwas, das sie ihr gern erzählen wolle. Die etwas rauhe Stimme ist so leise, dass Maxie sie schlecht versteht. Ob es zuviel verlangt sei, wenn sie Maxie bitte, zu ihr zu kommen. Es sei nichts, das sie am Telefon bereden könne. Jetzt ist die Stimme lauter, abwehrend. Wann sie kommen könne, erst morgen? Das klingt so entsetzt, dass Maxie zusagt, heute noch zu kommen. Die Abende sind lang, um halb acht Uhr, ob das gehe. Zufälligerweise ist Freitag nicht Maxies Sendetag. Sie verabreden sich auf acht Uhr. Frau Laane solle das Motorrad in der nächsten Seitenstraße abstellen, es müsse ja nicht jeder sehen, dass sie da sei.

Josefine Bottas ängstliche Stimme klingt Maxie den ganzen Tag im Ohr. Sie ist nicht richtig bei der Sache, verspricht sich beim Probesprechen mehrmals, bei ihrer Routine ein so schlechtes Omen, dass keiner etwas sagt. Nur Cecile fragt beim Abschminken, ob mit ihr eigentlich alles in Ordnung sei.

Es ist fünf vor acht Uhr, als sie bei J. Botta klingelt.

Oben geht ein Fenster auf, eine Frau ruft herunter, sie komme gleich. Wie Maxie vermutet hat, ist es die Frau, die an der Feier das Kind hereingebracht hat.

Die Tür wird geöffnet, Frau Botta bleibt schräg dahinter stehen, sie solle rasch hereinkommen. Bevor sie ihr die Hand gibt, ist die Tür schon wieder geschlossen.

Redend steigt sie vor ihr die Treppe hoch, eine schwere Frau. Florian habe sie schon schlafen gelegt, er plaudere, es sei ja noch hell. Sie habe Tee aufgegossen und einen Kuchen habe sie auch gebacken.

Der kleine Tisch ist mit einem mit Blumen bestickten Tuch bedeckt, rosa und grün auf weiß, die Farben passen zum Teegeschirr. Auf einer Platte trägt sie eine Linzertorte auf, noch warm, früher hätte sie viel gebacken.

Sie habe sie gestern und vorgestern in ihrer Sendung gesehen. Frau Laane sei die einzige, der sie jetzt vertrauen könne. Maxie fühlt sich unbehaglich unter dem scharfen Blick der grauen Augen.

Josefine schenkt Tee ein, Minzentee, das sei das Beste gegen den Durst. Sie schneidet die Torte auf. Hier geschehe etwas, das nicht gut sei, von dem sie zuerst gemeint habe, es gehe sie nichts an. Jemand müsse sich darum kümmern, was mit Regula geschehe. Sie habe schon Kerzen gespendet in der russischen Kirche, auf das Gebet vertraut. Da Herr Choppard wieder auf Tournee im Ausland sei, habe er seine Frau in eine Klinik eingeliefert. Doch was wüssten die dort von den Toten oder den Lebenden. Sie verabreichten ihr einzig Tabletten, weshalb Regula jetzt Kakerlaken sehe.

Maxie unterdrückt ihre Ungeduld. Es ist die Art der Leute vom Land, abtastend hin und her zu reden. Ob sie sie habe kommen lassen, damit sie über Regula Choppard berichte?

Entsetzt wehrt Josefine ab. Es gehe um die andere Frau, um Ellen Lachat, diese Schutzdienstfrau aus Sental. Frau Laane habe vorgestern am Fernsehen gesagt, Ellen Lachat sei bei einem Autounfall ums Leben gekommen. Ob sie sicher sei, dass das stimme.

Maxie wartet, etwas zweifelnd, die Frau ist wirklich alt. Wenn Frau Choppard die Mutter des Säuglings ist, den sie im Nebenraum plaudern hört, ist Josefine Botta mit dem kleinen Kind möglicherweise überfordert.

Ob Ellen Lachat sie erreicht habe.

Dass Ellen Lachat vor drei Tagen versucht habe, Maxie anzurufen, dass sie hier gewesen sei, bei Josefine Botta, dass sie Sirup getrunken habe, leider habe Josefine den Kuchen ja noch nicht gebacken gehabt, bloß Sirup aufstellen können. Dass sie zu Regula Choppard wollte.

Maxie meint zu träumen. Dann denkt sie, es muss die Toilettengeschichte sein.

Ellen Lachat hätte sie im Studio angerufen und niemand hätte sie davon unterrichtet? Josefine hat den Namen aufgeschrieben, den Frau Lachat genannt hat, Buchholz. Maxie bleibt skeptisch, wie sollte Tiziano Buchholz ausgerechnet während der vergangenen zwei Tage, als Ellen Lachat das Thema war, vergessen haben, dass sie vor ihrem Tod angerufen hat.

Josefine spricht drängend, von hier aus sei Frau Lachat zur geschiedenen Frau dieses Terroristen gegangen. Frau Lachat habe ihr, Josefine, eingeschärft, dies nicht zu vergessen, falls ihr etwas zustoße. Jetzt sei genau dies eingetroffen. Und nachdem, was sie ihr alles gesagt habe, sei es nicht ratsam, sich an die Polizei zu wenden.

Maxie ist hellwach. Diese Ellen Lachat setzt sich fünf Wochen nach dem Gespräch in der Toilette in Bewegung, spricht davon, dass ihr etwas zustoßen könne, und stürzt samt ihrem Mann im Auto in einen See. Maxie ertappt sich beim Gedanken, ob Ellen Lachat, seit sie nicht mehr im Rampenlicht stand, nicht aufhören konnte, sich in Szene zu setzen, anstatt Gott und den Menschen zu Gefallen in Sental zu sitzen, vielleicht zu malen oder eben Schutzdienst-Karteien zu führen.

Sie habe ihn hier. Umständlich schiebt Josefine ihren Rock hoch; ein Unterrock aus dünnem Stoff kommt zum Vorschein. Josefine nestelt zwischen den Stoffen, streckt Maxie schließlich triumphierend einen Schließfachschlüssel entgegen, den sie offensichtlich mit einer Sicherheitsnadel am Unterrock befestigt hatte; hier sei er sicher gewesen. Niemand, auch die Polizei nicht, dürfe wissen, dass es diesen Schlüssel gebe.

Gestern sei sie mit dem Bus zum Zentralbahnhof gefahren. Sie habe das Schließfach wechseln müssen, es sei jeweils nur achtundvierzig Stunden gültig. Sie habe doch wissen wollen, ob wirklich etwas drin sei. Jetzt wisse sie es. Es sei ein von einem Gummiband zusammengehaltenes Plastikmäppchen, prall gefüllt mit Papieren aus dem Computer. Da müsse all das drinstehen, von dem Frau Lachat gesprochen habe.

Sie könne nicht glauben, dass Ellen Lachat wirklich verunglückt sei. Mit eigenen Augen habe sie doch das graublaue Auto gesehen mit den beiden Männern, die ihr folgten. Vielleicht wegen dieser Papiere.

Das andere sei, dass Ellen Lachat gesagt habe, Josefine müsse Regula aus der Klinik holen, unbedingt. Denn wenn in diesen Papieren stehe, dass man sie dorthin bringen werde, sei sie nicht wirklich krank. Das sei das Wichtigste, das müsse Frau Laane verstehen, Frau Choppard sei nicht krank. Wenn sie in der Klinik bleibe, werde man ihr, Josefine, Florian wegnehmen.

Josefine beugt sich näher zu Maxie, spricht eindringlich, beschwörend: Sie habe zuerst nicht begriffen, weshalb Frau Lachat sie im Studio habe erreichen wollen. Das sei ja erst drei Tage her. Doch dann habe sie es plötzlich gewusst, jemand vom Fernsehen erreiche mehr als die Polizei. Maxie sei Nachrichtenmoderatorin, darauf komme es an. Sie könne jederzeit die Wahrheit sagen, falls sie sie kenne und dies wolle. Das genüge.

Josefine legt ein weiteres Stück des sirupfeuchten kalorienreichen Kuchens auf Maxies Teller, schenkt Tee nach, meint, man habe eben seine Augen im Kopf.

Maxie denkt, verrückt, wenn der Schlüssel nicht wäre.

Wieso sie meine, ihr vertrauen zu können.

Es sei ihr Gesicht, die Stimme. Sie sei zugegebenermaßen anders, als sie es sich vom Bildschirm vorgestellt habe, dort wirke sie viel größer. Sie habe nicht gedacht, dass sie so klein und so zierlich sei. Hier wirke sie aber viel lebendiger. Ob sie verheiratet sei.

Diese Frage musste ja kommen. Maxie kaut, schluckt, der Kuchen schmecke wunderbar, so ein richtig bekömmlicher Nachmittagskuchen. Man merke, dass sie ihn ohne Konservierungsmittel gebacken habe. Sie schlägt vor, die Papiere jetzt abzuholen, dann wisse man mehr.

Josefine lächelt gequält, vielleicht komme man um, wenn man sie kenne. Frau Lachat sei umgekommen. Maxie werde es klug anstellen. Erwartungsvoll sieht sie Maxie an.

Nerven. Hirngespinste. Da sitzt sie und isst übersüßen Sirupkuchen, eine alte Frau erzählt eine verworrene Gruselgeschichte. Wenn es bloß diesen Schlüssel nicht gäbe.

Nervös trommelt Maxie auf ihrer Stuhllehne. Sie will keine Kriminalfälle lösen, solange die Täter frei herumlaufen. Sie will journalistisch recherchieren, doch nicht Fälle, in denen jemand verfolgt wird, in seinem Auto in einem See ertrinkt. Sie ist Nachrichtenredaktorin, nicht Polizistin. Nie wird sie sich auf so etwas einlassen, das hat sie Birgit versprochen. Nie auch nur den kleinen Finger geben, sonst bist du für dein ganzes Leben geliefert. Auch Robert würde das nie tun.

Wie sagt Tiziano: Es ist das eine, der Erste zu sein und eine Headline zu platzieren, das andere ist die Gefahr. Du musst wissen, wann dir eine Story dein Leben wert ist. Merk dir: du bist bloß Vermittlerin einer Sichtweise, die Wahrheit hat immer verschiedene Gesichter.

Da war doch vorgestern irgendetwas, das nicht stimmte. Etwas mit dieser Kassette, die am falschen Platz lag, der Kassette mit den Aufnahmen von Ellen Lachat. Eine lange Sequenz hat sie daraus verwenden können. Auch ihren Film vom Ende des Geiselnehmers hatte sie auf diese Diskette überspielt; aus Eitelkeit, zum Selbstlob, weil sie den Film so heldenhaft gekapert hatte, ein persönliches Dokument ihrer Berufsbiografie.

Das ist es! Maxies Magen krampft sich zusammen, die erhobenen Hände des Geiselnehmers waren weggeschnitten. Beim Schnelllauf auf dem Monitor hat sie sich auf verwendbare Aufnahmen von Ellen Lachat konzentriert, doch jetzt ist sie sich sicher, schlagartig, ihr Film ist um Sekunden gekürzt worden. Jemand hat diese Szene herausgeschnitten, sie hat nichts bemerkt. Das ist ja der Vorteil des Computers, er hinterlässt nicht die geringste Spur eines Schnitts. Manipulationen können später kaum mehr festgestellt werden. Wer immer das tat, muss sich auskennen, und er weiß, dass sie über jenen angeblich überbelichteten Film nicht die Wahrheit gesagt hat.

Beide blicken sie zwischen den Latten durch. Unten hält ein ganz gewöhnliches graublaues Auto, parkt ein.

Man müsste die Polizei rufen.

Doch wenn es die Polizei ist? Maxie sagt es langsam.

Es ist jetzt halb neun. Noch brennen keine Straßenlampen.

Der Sinn, jemanden zu erschrecken, könnte darin liegen, ihn zu einer Fehlreaktion zu verleiten. Eine Fehlreaktion wäre, blindlings loszulaufen. Also tut sie genau das nicht, oder sie denkt wenigstens vorher nach.

Möglicherweise weiß niemand, dass sie hier ist. Es kann auch sein, dass niemand von diesem Schlüssel weiß. Überhaupt könnte der Schlüssel wertlos sein. Es gibt doch immer noch die Möglichkeit, dass der Geiselnehmer ein gemeingefährlicher geistesgestörter Mensch war, der ausgeschaltet werden musste.

Vielleicht gehört das graublaue Auto ganz selbstverständlich in dieses Viertel.

Josefine begleitet Maxie die Kellertreppe hinunter, durch die Waschküche, durch einen Abstellraum zu einer Kellertür. Maxie verlässt das Haus auf der Hinterseite, eilt durch eine düstere, um diese Zeit menschenleere Allee zur Straße, in der sie die Vespa abgestellt hat.

Auf der Vorderseite des Hauses führt Josefine den Hund spazieren. Im Auto sitzen zwei Männer, scheinen sich zu unterhalten, rühren sich nicht.

Sarah

Dad hat Neuigkeiten für sie. Er war im gerichtsmedizinischen Institut. Zunächst sah es so aus, als werde er nichts erreichen, doch dann ließ sich die Laborantin auf ein Gespräch ein. Es stellte sich heraus, dass sie eine leidenschaftliche

Geräteturnerin war, er hingegen war in seiner Jugend Gründungsmitglied des Quartierturnvereins gewesen. Sie wusste von Sarahs Meisterschaftstiteln. Bei dieser Orientierungslaufmeisterschaft habe seine Tochter ihren Mann kennen gelernt. Schließlich war die Laborantin wie er der Meinung, es gebe genau besehen keinen Grund, weswegen seine Tochter als die geschiedene Frau des Toten den Befund nicht kennen sollte, dass bei Janic Bering weder irgendein Tumor noch irgendein Virus festgestellt worden sei. Es sei doch auch wegen der Kinder wichtig, das zu wissen.

So, das wenigstens sei geklärt, das Gespenst einer erblichen Belastung gebannt.

Sie hätten sich auch noch über alte Uhren unterhalten.

Maxie

Am Samstagnachmittag fährt sie auf ihrer Vespa zur Arbeit ins Studio. Einmal im Monat haben auch Mitarbeiter in Kaderpositionen Spätdienst. Sie schwitzt aus allen Poren, erstickt fast am Abgasgestank. Der Wetterbericht hat Gewitter vorhergesagt.

Der Zentralbahnhof liegt fast am Weg. Sie ist überrascht, das Plastikmäppchen liegt im Schließfach. Wie selbstverständlich zieht sie es heraus, schiebt es in ihre Tasche. Sie sieht nirgends auch nur den Schatten eines Menschen. Trotzdem fürchtet sie sich, zwischen den Schließschränken hindurchzugehen, tastet nach ihrem Tränengasspray. Doch da ist wirklich niemand. Mit der neuen Videoüberwachung ist der Bahnhof weniger gefährlich geworden. Erst auf ihrer Vespa fühlt sie sich sicherer. In der Studiogarage hastet sie zum Ausgang.

Die Arbeit zieht sich hin. Sie sammelt, sichtet, ordnet die Tagesmeldungen, reine Routine.

Es wird dunkler im Studio, der Himmel ist grauviolett, und es donnert.

Sie hat einen ersten Blick auf die Papiere geworfen. Wie kommt ihr Name in diese Computerdatei und was soll der Hinweis auf Axel. Sie ist nicht bei der Sache, fühlt sich bei ihrer Sendung als elende Schauspielerin.

Die Kolleginnen und Kollegen sind nach Hause gegangen, die Nachrichtenredaktion ist verlassen. Die Papiere sind relativ rasch gelesen. Anschließend verschanzt sie sich hinter ihrem Bildschirm, sucht in Dateien.

Sie weiß, ihre Computerbewegungen könnten über den Zentralcomputer von anderen Terminals aus verfolgt werden. Um diese Zeit ist niemand mehr im Haus, der nichts Dringlicheres zu tun hat, als am Computer zu spielen und zufällig ihr Suchen mitzukriegen. Falls es doch so wäre, könnte keiner daraus auf irgendetwas schließen. Immer wieder sichert sie die überspielten Daten, um bei einem Blitz nicht abzustürzen.

Gefühlsduselei hin oder her, sie hat gelernt, mit Fakten umzugehen.

Genau aus diesen Papieren lässt sich ersehen, was Dateien taugen, die von Leuten ohne alle Skrupel angelegt werden. Sobald sie erst weiß, wonach sie sucht, hat sie es auch schon gefunden.

Bering: Dieser Name taucht oft auf. Er steht für Stahl, Walzwerke und Turbinen; der Geiselnehmer war ein Bering, ein Bering ist der wichtigste Minderheitsaktionär dieses Senders. Sicher, man kann das zum Vergnügen tun. Das Beherrschen der Medien ist auf jeden Fall das der Zeit angepasste Machtverhalten.

Mit ihrem Computer sucht Maxie das Wort im *Who is Who in Politik und Wirtschaft*, in Lexika, Unternehmensstatistiken, Firmenportraits, Außenhandelsbilanzen. Beinah erregen sie die Angaben über Hugo Bering: gebürtig in der damaligen Kolonie, besuchte die hiesigen Eliteschulen, machte innerhalb der Kolonialstrukturen Karriere, gelangte zu Reichtum und Macht, erhielt vor fünf Jahren vom Staatschef der ehemaligen Kolonie persönlich den Ehrendoktorhut aufgesetzt. Bei Erlangen der Unabhängigkeit hat er die Staatsbürgerschaft gewechselt und seine Kolonialbesitzungen an den neuen Staat abgetreten, gegen enorme Entschädigungssummen. Der neuen Regierung hat er sich bald darauf als Berater zur Verfügung gestellt, doch jetzt war seine Heimat hier. Er hat geholfen, bilaterale Wirtschaftsbeziehungen aufzubauen, bei späteren Staatsstreichen von hier aus dortige Firmen übernommen und wieder veräußert. Offiziell ist sein Konsortium mit einer Bank am Platz vertreten. Was Maxie nicht wusste, geht aus den Statistiken hervor: Die ehemalige Kolonie gehört heute zu den wichtigsten Wirtschaftspartnern aus dem außereuropäischen Raum. Hugo Bering wird auch als persönlicher Berater des Wirtschaftsministers aufgeführt.

Axel muss diese Verknüpfung hiesiger Firmen und Finanzmärkte mit der ehemaligen Kolonie gekannt haben. Er ist nach einem der Putsche dort umgekommen. Jene, die hier schon damals die Fäden in der Hand hielten, sind heute noch immer einflussreich.

Das reicht, sie muss es erst einmal überschlafen.

Warum sollte ein Mann wie Hugo Bering in eine inszenierte Geiselnahme verwickelt sein, in der sein Sohn umkommt. Falls sein Sohn krank war, könnte es um Versicherungsbetrug gehen. Doch dazu ist dieser Clan zu reich. Vielleicht war es nur ein Zufall. Oder es ist ein Vater-Sohn-Konflikt mit im Spiel. Maxie will auf dem Boden bleiben. Natürlich kann es ein tragisches Versehen gewesen sein. Es gibt keine Akte, die auf die Erschießung Bezug nähme.

Das Rätsel beginnt erst mit Ellen Lachat. Warum musste ausgerechnet sie als Kurier eine Rolle spielen, eine Frau aus einem abgelegenen Bergdorf. War auch ihr Unfall bloß ein Zufall?

Weswegen wollte Ellen Lachat die geschiedene Sarah Bering sprechen. Wirklich, wie Josefine Botta meint, zu ihrem Schutz?

Maxie unterbricht ihre Fragerei. Hätte sie je Detektivin sein wollen, wäre sie Detektivin geworden. Sie will nicht in die Falle tappen, die jedem guten Journalisten droht, Verlust der Distanz angesichts eines Einzelschicksals. Vielleicht sollte sie lieber einmal feststellen, ob Robert sein kostbares Natel ab und zu in Betrieb setzt.

Auf dem Heimweg kurvt Maxie mit der Vespa durch regennasse nächtliche Straßen. Im Studio hat sie das Gewitter kaum bemerkt.

Es zieht sie nach Hause, in Birgits Wohnung. Es wäre schön, jetzt oben Licht zu sehen und Birgit wäre da. Vielleicht wird sie noch eine Weile bei Birgit wohnen, wenn sie zurück ist.

Maxie parkt die Vespa in der Tiefgarage am üblichen Platz, etwas entfernt von der Tür zum Lift. Auf einmal gehen die Lampen aus. Bevor sie es noch richtig begreift, sieht sie im Dämmerschein vom Treppenhaus die Silhouette eines Mannes vor dem Türrahmen. Lautlos läuft er auf sie zu, unglaublich schnell. Dann sieht sie nichts mehr. Spürt die Schläge am Kopf, im Gesicht. Ohne Worte. Sie kann nicht einmal schreien, taumelt gegen die Wand. Die Mappe fällt zu Boden. Endlich fühlen ihre Finger in der Jacketttasche das Tränengasspray, endlich besinnt sie sich, Geschwindigkeit und Beweglichkeit, schlägt mit der Handkante gegen seinen Hals, sieht ihn vor sich, stößt mit aller Kraft das Knie zwischen seine Beine, zieht Luft ein, sprayt, findet sich im Lift, ohne Mappe.

In der Wohnung verriegelt sie die Tür, die Fenster. Sie ruft Birgit in Oslo an. Birgit ist zu Hause, im Lodging House. Jetzt erst schluchzt Maxie fassungslos.

Birgit ist schockiert, alarmiert Freunde im Haus, die sofort da sind, mit dem Hauswart in die Garage gehen, wo nichts zu finden ist. Ihre Mappe liegt beim Garagentor, das Mäppchen ist weg.

Schon ist eine Polizeistreife da, ein Arzt, der ihr Schmerztabletten geben will, die sie nicht schlucken mag, sie sei dagegen allergisch. Er desinfiziert brennende Schrammen, verbindet sie, gibt ihr eine Salbe für den nächsten Tag.

Maxie beteuert, dass er sie nicht vergewaltigt hat. Niemals würde sie zugeben, dass sie schwanger ist, dass sie Angst hat, das Kind zu verlieren, wegen der Schläge, wegen dem Schreck. Sie würden es protokollieren, es stünde in einer Akte. Ja, einen Waffenschein für den Spray hat sie, als Medienfrau ist sie gefährdeter.

Sie versprechen, dass es keinerlei Publizität geben wird, im Polizeijournal wird ihr Name nicht genannt. Morgen wird sie arbeiten wie immer.

Die Polizei lässt eine Kleinsirene da, gegen

Rechnung. Die verscheuche solche Täter und werde von den Wohnungsnachbarn bis hinunter in die Hauswartetage gehört. Die übrigen Hausbewohner versprechen, jederzeit zu Hilfe zu kommen, auf sie aufzupassen.

Als alle gegangen sind, telefoniert sie wieder mit Birgit. Birgit verspricht, drei Tage Urlaub zu nehmen, zu kommen.

Es war nicht einmal Zeit, Angst zu haben, alles ging so schnell. Noch nie hat jemand sie geschlagen. Sie fühlt die Schläge wieder, spürt die Nähe des Schlägers, den Schmerz.

Wenn Axel doch lebte. Wäre Robert doch da.

Wenn die Gewalt sie erreicht hat, dann nur, weil sie innerlich weich war, nichts dagegenstellte.

Sie trommelt nicht, liegt wach, die Hände flach auf dem Bauch. Er tut nicht weh. Sanft streichelt sie darüber.

Wenn diese Geiselnahme lange im Voraus bekannt war, mit welcher Absicht wurde ausgerechnet sie mit hineingezogen? Warum wurde sie dort beobachtet? Es kann doch keine Folge davon gewesen sein, dass sie sich bewusst in Axels Gedankenwelt hineinbegeben, dass sie versucht hat, sich der Welt zu stellen.

Da war ein Schläger. Sie will sich nicht vorstellen, was geschehen wäre, hätte sie sich nicht gewehrt. Sie klammert sich an die Fakten. Sie hat ihn in die Flucht geschlagen. Sie würde es wieder tun und zwar besser.

Geld hat er nicht gestohlen, einzig die Papiere sind weg. Sie schreckt im Halbschlaf hoch, meint die Schläge zu spüren. Wenigstens keine Vergewaltigung, doch sie hat Angst.

Sie muss diese Angst loswerden, jetzt. Sie kennt die Technik, ein Ereignis zurückzuspulen, sich selbst als Figur in einem Spiel zu sehen, mit einem hellen Punkt im Bauch: Am Lift beginnend, rückwärts die eigene Laufbewegung bis zur Gestalt des Mannes, der sich krümmt. Ihr Knie hat ihn getroffen, exakt. Der Spray sprüht ihm ins Gesicht. Vorher steht er da, groß, schlägt mit beiden Fäusten, der Riesenschatten, der sich jetzt lautlos wegbewegt von ihr, im Halbdunkeln die Silhouette unter der Tür, jetzt brennen die Lampen wieder, sieht sie sich die Vespa an ihren Platz stellen, rückwärts fährt sie aus der Garage.

Erstaunlicherweise fühlt sie sich etwas getröstet.

Jemand hat versucht, sie einzuschüchtern. Sein Ziel wäre erreicht, wenn sie ihre Stelle verlöre.

Mit dem zerschrammten, verschwollenen Gesicht, das sie am nächsten Morgen im Spiegel sieht, kann sie ein paar Tage lang nicht vor die Kamera treten. Sie muss sich telefonisch abmelden, um einen unbefristeten Krankheitsurlaub bitten. Für derartige Fälle sind die Stellvertretungen schon geregelt. Ihre Stellvertreterin werde ihre Sache gut machen.

Sie solle sich ruhig Zeit lassen.

Die Garage erhält am nächsten Tag eine neue Beleuchtung und wird gesichert. Die Mieter lassen auf eigene Rechnung im Treppenhaus eine Überwachungskamera installieren, das Bild flimmert über einen kleinen Monitor im Wohnzimmer des Hauswarts.

Maxie zwingt sich am nächsten Tag, Einkäufe zu machen, um die Angst zu überwinden. Wo sie geht, schaut sie sich um, ob ihr jemand folgt. Sie fühlt sich beobachtet, dieses verdammte Personalblatt. Sie geht nicht zu nah am Straßenrand entlang und weicht den Hauseingängen aus.

Josefine

Wieder schiebt sie Florian im Kinderwagen zur Kislanden-Klinik, schiebt den Wagen sorgfältig zwischen den sich automatisch öffnenden Glastüren des Eingangs hindurch zur Empfangstheke. Dort fragt sie mit zaghafter Stimme, ob sie Frau Choppard besuchen dürfe. Frau Choppard würde sich freuen, ihr Kind zu sehen; das hier sei der kleine Florian Choppard. Das vorige Mal, nach einem unmissverständlichen Nein, hat sie mit der weiß gekleideten Sekretärin ein paar Sätze gewechselt, die Hitze, der weite Weg, Moritz, Frau Choppards kleiner Hund, Florians Essens- und Schlafgewohnheiten, vor allem seine Mama, die hier in der Klinik liegt, um gesund zu werden, und die sicher Heimweh hat nach ihrem Kind. Diesmal sitzt dieselbe Frau am Empfang. Statt nach dem Telefonhörer zu greifen, hebt sie Florian aus dem Wagen, wiegt ihn ein wenig in den Armen. Zusammen fahren sie im Aufzug hinauf. Persönlich führt sie sie ins Stationszimmer der Abteilungsschwestern. Die Oberschwester teilt ihre Meinung, der Zustand von Frau Choppard sei nach der Schlafkur so weit wieder gefestigt. Es könne nur gut sein, wenn sie merke, dass ihr Kind sie brauche. Frau Choppard liege jetzt privat, da nach Militärtarif verrechnet werde.

Sie betreten die geschlossene Abteilung, blicken durchs schmale Guckfenster neben der Tür in ein Zimmer, das kahl ist und weiß. Regula sitzt im grünen Trainingsanzug auf einem hohen Spitalbett, dessen Bettzeug zurückgeschlagen ist, lässt die Beine baumeln, die Hände auf den Knien, sitzt wartend. Sie wirkt mit den zu einem Schwanz gebundenen Haaren so schmal, dass Josefine erschrocken Luft holt. So sitze sie immer. Lesen möge sie nicht. Sie sei zufrieden, esse, was es gebe, eine angenehme Patientin. Da Musik sie zum Weinen bringe, hätte man das Radio entfernt.

Sie betreten das Zimmer, Regula lacht unter Tränen. Florian ist endlich da.

Josefine schnieft, dann schimpft sie. Es ist Zeit, dass Regula selber für ihr Kind sorgt. Täglich geschehen irgendwelche Katastrophen in der Welt, man kann sich nicht einfach die Decke über den Kopf ziehen, wenn man einmal zufällig Zuschauerin wurde. Das ist unrecht all denen gegenüber, die wirklich Kummer haben.

Das Leben habe Josefine auch nicht gerade das gebracht, was sie sich in ihrer Jugend erträumt habe, doch nie hätte sie sich einfach ins nächste Bett gelegt. Josefines Stimme wird laut. So gehe das nicht. Da mache sie anderen Arbeit, man dürfe gar nicht daran denken, was es koste, hier auf so einem Bett zu sitzen. Wenn man genau hinsehe, sei überhaupt nichts passiert, außer dass ihr Mann vielleicht weggehen werde, und auch das sei doch nicht das Schlimmste, das einem das Leben bringen könne. Regula sei jung, begabt, habe ein entzückendes Kind, sie solle es sich nur ansehen. Das Beste wäre, sie zöge sich jetzt einfach an und käme mit ihr nach Hause. In so einem Zimmer müsse man ja krank werden.

Endlich gelingt es der Oberschwester, Josefine zu unterbrechen. Wenn Frau Choppard es wünsche, begleite sie den Besuch hinaus, es sei doch etwas viel.

Regula widerspricht. Frau Botta hat recht. Sie will Florian in den Armen halten. Sie fühlt sich ein wenig wirr im Kopf, hat das Zeitgefühl verloren.

Josefine versichert allen, Regula könne jederzeit heimkommen. Sie werde da sein und zum Rechten sehen. Sie habe immer gut für alle gesorgt, bei denen sie in Stellung gewesen sei. Verlassener als hier in der Klinik könne ein Mensch ja gar nicht sein.

Es ist spät, Herr Choppard ist unten in der Wohnung, Josefine hört sein Geigenspiel. Sorgsam bereitet sie ein Kännchen heiße Schokolade, schlägt Rahm steif, trägt beides nach unten.

Sie redet von Florian, von Moritz. Sie ist sehr glücklich, dass sie sich um beide kümmern darf. Es war immer ihr Wunsch, so für jemanden da zu sein. Es ist nicht nötig, dies zu ändern. Heute war sie in der Klinik zu Besuch. Es wäre an der Zeit, dass Frau Choppard heimkommt. Es geht ihr offensichtlich wieder gut. Florian braucht seine Mutter. Sie, Josefine, kann auch weiterhin für sie sorgen. Sie tut es nicht um Geld. Seit sie ihre Altersrente bezieht, erhält sie monatlich mehr, als sie früher verdient hat, sie lebt gut dabei. Es reicht, wenn sie nur über die Auslagen abrechnet, die sie für Essen, Windeln, ein Flohhalsband hat.

Josefine geht wieder nach oben. Jetzt bleibt ihr nichts anderes übrig als zu beten, so fest sie kann, ein Ave-Maria ans andere gereiht, immer mit einer ausführlichen Bitte dazwischen. Was die Madonna auszeichnet ist das Kind. Sie muss Josefines Bitten erhören, Florian ist doch noch so klein. Endlich scheint die Madonna zu lächeln. Josefine lauscht auf Florians leisen Atem im Nebenzimmer.

Maxie

Sie steht hinter der Wohnungstür, äugt durch den Spion ins Treppenhaus, sieht den zum breitstirnigen Schädel mit Glubschaugen verzogenen Kopf mit dem straff zum Zopf geflochtenen grauweißen Haar, dem schweren Busen, Birgit. Es war dumm, zu hoffen, Robert stünde vor der Tür. Birgit, die sich Sorgen gemacht hat, die Maxie umarmt, sie an sich drückt. Birgit in tunikaförmigem Hemd über sandfarbener weiter Hose, in flachen Schuhen aus hellbraunem geflochtenem Leder. Sie stellt Rucksack und Aktenmappe in die Garderobe. Sie kann nur diese drei Tage freinehmen, spätestens Donnerstag wird sie wieder unterrichten.

Sie sitzen in der kühlen Spiegelküche. Birgits Stimme füllt Küche und Wohnung. Hat Maxie wirklich gedacht, sie komme nicht. Sie könne doch nicht in Oslo über Garmethoden und Saftpressen referieren, dabei jeden Gedanken an Maxie beiseite schieben, wenn sie wisse, es gehe ihr nicht gut. So ein Schreck sitze tief. Maxie habe momentan ja niemanden, an den sie sich kuscheln könnte. Wie es denn Robert gehe. Birgit tröstet, Maxie werde sich nicht Angst machen lassen, es wegstecken. Ob sie sich an José erinnere aus dem Kindergarten. Sie sei so winzig gewesen und dieser Bengel, der sie in den Arm gebissen hätte, so groß. Damals habe sie ihr gezeigt, wie man sich wehrt, flink kneifen, fest kratzen und wegrennen. Sie habe es gut gemacht, den Kerl in die Flucht geschlagen.

Die Frage sei bloß, ob er zufällig in der Garage gewesen sei, oder ob er Maxie aufgelauert habe. Dann hätte er gewusst, dass Maxie vorübergehend hier wohne. Das würde Birgit gar nicht gefallen.

Ob Robert von sich hören lasse. Wie lange denn diese Bärenexpedition noch dauere, eine Frau, die mit einem Mann zusammenlebe, sei weniger gefährdet.

Sie trinken Eistee, Maxie fragt sich irritiert, ob Birgit immer so viel redet, keine Antwort abwartet, gar nicht wissen will, wie Maxie sich fühlt. Irgendwo hinter der Hülle einlullender Worte ein irritierend scherbelnder Ton. Es könnte Wut sein, das Knurren einer Bärin, die ihr Junges verteidigt.

Sie allein weiß, dass er das Mäppchen mit den Papieren mitgenommen hat. Birgit sucht das Thema zu wechseln. Was es in letzter Zeit für Neuigkeiten gegeben habe.

Maxie erzählt vom Unfall von Ellen, vom Treffen mit der alten Frau, die das Baby der Kindergärtnerin betreut, seit diese einen Nervenzusammenbruch hatte. Dass Ellen Lachat am Tag vor ihrem Tod versucht hat, sie im Studio zu erreichen, und auch diese Frau Bering aufsuchen wollte, die geschiedene Frau des Geiselnehmers.

Ob Birgit wisse, dass der Bering-Clan ausgerechnet in der Kolonie sein Geld gemacht habe, dass er heute noch eng mit der Regierung dieses Landes verflochten sei. Auch auf das ZNF habe er Einfluss; dieser Hugo Bering halte ein dickes Aktienpaket am ZNF, sitze persönlich im Verwaltungsrat und ausgerechnet einer der beiden Bering-Söhne überfalle einen Kindergarten. Das passe nicht zusammen, wirke so unglaubwürdig.

Birgit ist still geworden. Nein, ihr gehe es gut, sie ist vielleicht etwas müde vom Flug. Fast abwesend meint Birgit, das solle einer der Bering-Söhne gewesen sein, der nach dem Geiseldrama erschossen wurde? Sie habe diese Geschichte wohl doch nicht so genau verfolgt. Ob es denn einen zweiten Sohn gebe, Maxie sage, Familienvater sei er gewesen, geschieden. Ob er verrückt gewesen sei, süchtig oder krank?

Nein, nichts davon. Das sei ja das Merkwürdige. Es sei denn, die Familie verstehe es, den Deckel draufzuhalten. Für Diskretion habe auch Tiziano gesorgt.

Mütterlichkeit. Birgit kocht für eine Woche: Buchweizenpfannkuchen, Gemüselasagne, Körnerauflauf und Getreidebrei, naturbelassen, biodynamisch; Maxie stehe unter Stress, warmes Getreide harmonisiere; Essen bringe sie in einen Austausch mit Lebendigem, sei Widerstand gegen den Zerfall. Zellerneuerung und die heilende Kraft der Calendulasalbe. Von den

Platzwunden und Prellungen sei in acht Tagen nichts mehr zu sehen. Birgits gewohnter Rundumschlag gegen Big Macs und Fertigmahlzeiten.

Doch irgendetwas verschweigt sie.

Birgit geht einkaufen.

Maxie reißt sich zusammen. Sie muss diese dumpfe Schwere überwinden. Das Unfassliche ist, dass die Papiere verschwunden sind.

Du wirst geschlagen und fühlst dich klein, unfähig, unwert, das ist denn auch das Ziel. Du kannst Tiziano zum Vaterersatz machen, zum väterlichen Freund, der dir sagt, was du tun musst, um nirgends anzustoßen. Begreifst du die Lektion?

Wenn sie nur wüsste, woher der Angriff kommt. Oder wurde sie nur zufällig zum Opfer; täglich werden doch Frauen und Männer überfallen und beraubt. Ob Axel sich gefürchtet hat.

Geschmeidig nachzugeben, heißt nicht, sofort aufzugeben. Sich nicht krank machen lassen, was sind schon ein paar Blutergüsse im Gesicht. Hauptsache, das Kind ist noch da. Es geht doch nicht, dass die Mutter eines Kindes sich feige verkriecht. Birgit nicht ins Vertrauen ziehen.

Birgit erträgt Maxies Anblick nicht. Das hat sie nicht gewollt, nicht voraussehen können, hat man früher nicht Frauen geschont. Nie hätte jemand sich an Maxie vergreifen dürfen; das Wichtigste war ihr doch, das Kind nicht zu belasten, es in Ruhe aufzuziehen. Hat man ihr nicht genug zuleid getan, als man Axel tötete.

Dass Birgit gemeint hat, bei offensichtlichem Nichtwissen würden sie beide nicht belästigt, vergessen. Maxie hört es mit Unverständnis. Was redet Birgit davon, dass sie erwartet hätte, wenn sie sich wehrlos stelle, dann passiere ihnen nichts.

Birgit sei so jung gewesen, jünger als Maxie heute, Maxie müsse sie doch verstehen. Sie sei mit andern jungen europäischen Frauen befreundet gewesen. Die Verhältnisse schienen sich doch wieder zu normalisieren.

Axel habe damals noch für mehrere Zeitungen und Radiosender gearbeitet, sich als Beobachter verstanden, auch Fotoreportagen gemacht, mit denen er bekannt wurde, vor allem über Natur, Kultur, Ethnien, damit ließ sich Geld verdienen. Nie ging er zu ausführlich auf die schlechten sozialen Verhältnisse, auf Armut, Ausbeutung, Monopolwirtschaft ein. Nie auf das Thema der Macht. Seine Reportagen interessierten, sein Kundenkreis wuchs.

Axel sei oft unterwegs gewesen, und manchmal habe sie sich gelangweilt. Die jungen Frauen hätten sich zu einem Leseverein organisiert, in dem sie sich über Bücher und Filme, aber auch über die Kinder und die ewige Suche nach guten Hausmädchen unterhielten. Über Politik sei nicht gesprochen worden. Es sei selbstverständlich gewesen, alle Ehemänner waren irgendwie verwickelt. Sie hätten die Einschränkungen hingenommen, den Stadtplan, auf dem kurze Straßenstrecken bezeichnet waren, auf denen sie sich ungefährdet bewegen konnten, mit einem Kreis waren die Einkaufsläden markiert, die sie einigermaßen sicher betreten konnten. Dann brachen die erwarteten Unruhen aus, Diplomaten, Frauen und Kinder verließen das Land. Kurz vor dem Militärputsch wohnten sie im Hotel wie alle andern ausländischen Journalisten. Maxie war ein so pflegeleichtes Kleinkind, so ruhig, das machte das Leben im Hotel leichter. Dann wurden auch sie ausgeflogen. Axel blieb zurück, sie telefonierten oft, am Radio konnte sie seine Berichte hören, die jetzt viel engagierter klangen, politisch Stellung nahmen; seine Quellen schienen sehr gut zu sein. Axel sympathisierte mit den Militärs, die vorgaben, staatliche Ordnung und freiheitliche Wirtschaftsentwicklung gegen eine linke Machtübernahme zu verteidigen. Das waren die Raster, in denen man damals dachte, in der Zeit des Ost-West-Konflikts. Dazu gehörten Waffenverkäufe und Geldbewegungen. Das war das gemeinsame Interesse der westlichen Machteliten.

Birgit hatte sich und Maxie durchzubringen. Es war nahe liegend, dass sie ebenfalls Artikel zu schreiben begann, über gesunde Kinderernährung. Davon verstand sie etwas.

Nie sei der Hass zwischen Menschen größer als im Bürgerkrieg. Maxie wisse das aus ihrem Studium. Jeder Krieg sei grausamer als der vorangegangene, perfekter in der Militärtechnologie und brutaler geführt. Ein einmal ausgeübter Gräuel lasse sich nicht ungeschehen machen, er wiederhole sich, steigere sich, eine Perfektionierung auch des Bösen.

Es war die noch in Kolonialzeiten von Europäern geschulte und indirekt geführte Eliteeinheit, die den beginnenden Volksaufstand niederschlug, im Namen der westlichen Freiheit. Axel muss seine europäischen Freunde bei der Dreckarbeit gefilmt haben, oder er beschaffte sich die Filme anderer: Filme über Einsätze, die tödliche Treibjagden waren, über Folterungen. Auf einigen waren die Zusammenarbeit mit den berüchtigten Paramilitärs und die Zustände in Folterzentren dokumentiert.

Als die Anrufe ausblieben, die Berichte abbrachen, war Axel schon tot. Gefoltert, getötet als Verräter.

Per Post wurde Birgit die weiße Urne mit seiner Asche ins Haus geliefert, als Todesursache war die Explosion einer Landmine angegeben. Monate danach wurde ihr anonym ein Film über Axels Verstümmelung zugeschickt, Axels Ermordung live, samt den Tätern.

Sie hat sich den Film mit Tiziano, dem Freund, im Studio angesehen, es war grauenvoll. Birgit verstummt.

Axels Tod. Maxie hat nie die Grenze des Nichtwissens zu überschreiten versucht. Die Hände auf den Bauch gelegt, meint sie, eine Bewegung zu spüren, was nicht sein kann. Die Erinnerung an Axel hat ihr bisheriges Leben bestimmt. Es ist höchste Zeit, sich neu auszurichten, dem Kind zuliebe.

Was Birgit und Tiziano getan hätten mit ihrem Wissen? Es ging doch um mehr als um Birgits Trauer, es ging doch um Menschenrechtsverletzungen, um Mord.

Tizianos Rat sei es gewesen, nichts zu unternehmen. Die Menschenrechtsverletzungen seien in der Zwischenzeit ja bekannt geworden, alle westlichen Regierungen, insbesondere die Europäer, hätten sich davon distanziert.

Die Verhältnisse hätten sich stabilisiert, der Bürgerkrieg sei überwunden, die Exzesse, wie man das Unvorstellbare nannte, habe man bedauert, eine Amnestie erlassen.

Die europäischen Militärberater verschwanden bald. Die Militärs der Übergangsregierung versprachen Wahlen, die später auch stattfanden, als die Verhältnisse bereinigt waren.

Mit Tiziano ist Birgit auf der Terrasse des Hotels am Fluss gesessen. Er hatte ihr zugesprochen, sie solle vorwärts blicken, niemand könne Tote zum Leben erwecken. Es gelte, das Leben neu in die Hand zu nehmen, eine gute Mutter zu sein, den Film zu vergessen.

Birgits Hilflosigkeit. Maxie weiß nicht, was Lebensangst ist, sie hat den Film nicht gesehen. Ihre Arbeit ist doch rein theoretisch, Maxie kennt solche Menschen nicht, also fehlt ihr das Vorstellungsvermögen. Grausamkeit ist nicht eine theoretische Größe, Sadismus ist real, das Gegenmenschliche.

Tiziano ist kein Held. Ihm gegenüber hat sie behauptet, den Film weggeworfen zu haben.

Schon ein, zwei Wochen danach sind Vertreter des Militärarchivs zu ihr gekommen mit einem formellen Abholbefehl für Axels Dokumentation. Es müsse alles gesichtet werden, da er doch sehr viel für eine der Dienststellen gearbeitet habe.

Sie hätten den leeren Spulenkarton, der mit der Menschenrechtsklassierung der UNO gekennzeichnet war, gefunden und mitgenommen. Sie habe behauptet, im Schock den Inhalt verbrannt zu haben.

Bis zu Maxies Volljährigkeit habe sie den Film in einem Banksafe verwahrt. Dann habe sie beschlossen, Maxie nicht damit zu belasten. Damals auf der Terrasse des Hotels sei Tiziano unbedacht der Name eines der Täter herausgerutscht, Bering. Diesen Namen habe sie nicht vergessen.

Vor Jahren habe sie Gesicht und Namen zufällig in einer Zeitung gesehen. Sie habe sich erkundigt, habe im Telefonbuch seine Adresse herausgesucht und ihm die Spule anonym zugesandt mit dem Vermerk, jeder Mensch sei verantwortlich für das Gute und das Böse in der Welt. Er habe in der Menschheitsentwicklung das Böse verstärkt, sein Leben werde ihm das Entsprechende zurückgeben.

Birgit hätte es ihr sagen müssen. Als sie erwachsen war. Als Maxie diesen Beruf ergriff, Axels Beruf. Als sie diese Stelle annahm, mit Axels früherem Freund als Chef. Ist Birgit sich im Klaren, dass Maxie indirekt beim Bering Konzern angestellt ist. Das sind doch immer einzelne Menschen. Birgit hat gewusst, mit wem Maxie es zu tun bekam.

Maxie verstummt, schweigt verbissen. Hat Birgit insgeheim gehofft, Maxie zur Rächerin zu erziehen? Hat sie sich selber zur Ernährerin, zur großen Mutter stilisiert. Es ist so typisch, diese mütterliche Rolle der Gewaltlosigkeit, wenn die Hoffnung besteht, die Tochter würde zum Handeln gezwungen. Natürlich ist sie nicht wehrlos. Sie hat diesen Beruf erlernt, hat ihre Waffen, weiß sie einzusetzen.

Es ist ein rascher Entschluss, im Studio anzurufen und sich für heute Nachmittag zurückzumelden. Nein, sie wird erst nächste Woche wieder vor die Kamera treten, sie hat ein blaues Auge, Schrammen, eine Art Unfall. Doch die Schreibtischarbeiten kann sie selbstverständlich erledigen. Hat man je gehört, dass einer, der sich beim Boxen ein blaues Auge holt, krankgeschrieben wird – eben.

Sie wird Tiziano zur Rede stellen. Es geht um ihre gemeinsame Arbeit. Wie kommt er dazu, ihr sein Wissen um die Vergangenheit des Geiselnehmers zu unterschlagen, und was untersteht er sich, ihr den möglichen Bezug des Täters zu ihrer eigenen Biografie zu verheimlichen.

Sarah

Mit knapp werdendem Atem tritt sie in die Pedale ihres Hometrainingsgerätes. Sie hat sich eine viel zu hohe Kilometerzahl als Limite gesetzt, tritt gegen die Zeit und weiß es genau. Ihr Puls dröhnt in den Ohren.

Sie ist in die Stadt gefahren, um in Dads Wohnung nicht durchzudrehen.

Diese Ellen Lachat wollte etwas von ihr. Nun ist sie eben verunglückt. Unfälle geschehen täglich, beinah wäre auch sie tot. Einer, der zu schnell gefahren ist und die Kontrolle verloren hat, vielleicht ein Betrunkener. Sie hat hysterisch reagiert.

Sie verscheucht Janics Gesicht, das nicht jenes aus Hugos Silberrahmen, sondern das vor den roten Mohnblumen und dem blauen Himmel ist. Sie hatte ihn so schön vergessen. Jetzt hat er es geschafft, sie ein zweites Mal aus ihrer Biografie zu kippen. Und Gerd lässt auch nichts mehr von sich hören, seit er von ihren Schwierigkeiten weiß.

Es nützt ihr nichts, nicht an ihre Zukunft, an ihre Verpflichtung den Zwillingen gegenüber zu denken. Sie hat ja keine Wahl. Der Besuch bei Helene, die Besprechungen mit Hugo und Victor lassen sich weder aufschieben noch verdrängen.

Seit diese alte Frau bei ihr war, denkt sie über die Papiere nach, an die Ellen Lachat gekommen ist. Wenn diese Geiselnahme lange im Voraus bekannt oder sogar geplant gewesen wäre, dann müsste doch vor allem Janics Name darin stehen. Sein Name kommt aber erst nach der Tat vor, sofern sich diese alte Frau überhaupt richtig erinnern kann. Selbst wenn er – wie in einem Spiel – die für einen anderen vorgesehene Rolle übernommen hätte, niemals ließe Janic sich abschießen, bloß um eine Aktion als glaubwürdig hinzustellen, doch nicht Janic. Es macht einfach keinen Sinn. Falls es nicht ein Unfall war; doch das wären etwas zu viele Unfälle.

Wieso konnte Ellen Lachat glauben, ausgerechnet Sarah könne ihr weiterhelfen, sie, die seit Jahren nicht mit Janic gesprochen hat, von der er sich scheiden ließ, die nicht einmal in diesen Papieren zu stehen scheint.

Mit Wucht tritt Sarah in die Pedale.

Diese Wohnung ist schmutzig. Da verlierst du deine Stelle und schon lässt auch die Qualität der Hausarbeit nach. Hier wird nicht mehr richtig gewohnt. Die Lenkstange des Hometrainers ist so staubig, als trüge seit Tagen ein Sturm Wolken von Saharastaub in die Stadt und durch die Fensterritzen ins Haus. Sarah stutzt. Nein, das stimmt nicht. Bevor sie wegfuhr, hat sie gründlich reine gemacht. Beschäftigungstherapie, die leicht erreichbare Zufriedenheit der tüchtigen Hausfrau. Das war vor vier Tagen. Seither sind die Fenster geschlossen geblieben. Hier aber liegt so viel Staub, dass sie auf dem Geschwindigkeitsmesser mit dem Finger eine Spur ziehen kann.

Sarah betrachtet den Staub, trainiert weiter, hält eisern die Zeit ein, eine halbe Stunde. Sie steigt vom Trainer herunter, fährt mit dem Finger über Flächen und Kanten, auf dem Glastisch, dem Bücherregal, dem Spiegelrahmen, überall feines, ganz feines Pulver. Sie fröstelt, läuft in die Küche, in die Zimmer. Auch in Ninas und Manuels Zimmern liegt der Staub, fein verteilt, an einigen Stellen dichter, an anderen Stellen feiner. Wo sie seit ihrer Rückkehr etwas bewegt, berührt hat, ist der Staub weg. Sie steht mitten im Korridor, schließt die Augen. Sie will sich nicht fürchten, das ist Kunststaub.

Sie kennt das aus der Kriminalistikzeitschrift, die sie manchmal bei Forch & Silbermann gelesen hat. Es ist jemand in der Wohnung gewesen.

Einbrecher arbeiten mit Handschuhen. Die wirklichen Profis arbeiten mit diesem Feinpuder, um auch die Nicht-Spuren zu verwischen, Geheimdienste und Industriespione zum Beispiel. Jetzt sieht sie, wie der Niederschlag einer künstlichen Staubwolke in der Wirklichkeit aussieht. Hier im Wohnzimmer wurde gepfuscht, die Hälfte des Staubs wäre unauffälliger gewesen.

Die Wohnung hat eine Sicherheitsanlage. Bevor

Sarah mit den Kindern hier einzog, hat Janic ein ganzes Sicherheitssystem einbauen lassen. Falls dieses zentral verriegelt ist, mit Code und Zusatzverschlusssicherung, kann theoretisch niemand herein. Doch es war jemand da; irgendeiner, der eine Sicherheitsanlage auszuschalten versteht, der Puder stäubt. Der alles bei ihr anfasst, mit Handschuhen, heimlich, der jederzeit wiederkommen kann. Wenigstens hat er nicht auf sie gewartet.

Das gleiche Gefühl wie vor Tagen, als das Auto auf sie zukam, weg nur weg.

Sie zieht sich schon um, ohne zu duschen. Da war jemand, der nach etwas gesucht hat, vielleicht nach dem Gleichen gesucht hat wie Ellen Lachat. Sie braucht nicht nachzusehen. Es gibt nichts in dieser Wohnung, das interessant wäre. Sie haben einen einfachen Eine-Frau-zwei-Kinder-Haushalt, da ist nichts Außergewöhnliches.

Sarah hält inne. Nicht schon wieder weglaufen, ohne zu denken. In dieser Beziehung hat Gerd Recht, ein Unglück trifft nur den, der Angst hat, der das Unglück anzieht wie ein Blitzableiter den Blitz. Also hat sie jetzt keine Angst und erwartet keinesfalls ein Unglück. Sie setzt sich aufs pudrige Sofa. Sie muss diese Fluchtreaktion sofort unterbrechen, sonst wird sie zum Hasen. Tief Atem holen und sich der Wirklichkeit stellen. Sie will sich eingestehen, Janic geliebt zu haben, noch immer von ihm zu träumen. Sie will ihm die Trauer nicht vorenthalten, die einem geliebten Menschen zukommt. Die Trennung von ihm war ein Verlust, sein Tod macht klar, dass er nie mehr zurückkommt. Insgeheim hatte sie doch immer darauf gehofft.

Überhaupt ist es Unsinn, in einem geschlossenen Zimmer zu laufen. Ein Mensch braucht Bewegung in der frischen Luft, damit hatte die alte Frau Recht. Sie hatte auch Recht, als sie sagte, Ellen Lachat gehe sie etwas an. Sie fürchtet sich nicht.

Wenn sie es richtig überlegt, ist es Zeit, nach Sental hinaufzufahren, zu erfassen, was Ellen Lachat dort tat. Sie muss den Todesort sehen. Hat nicht auch Janic vor Jahren im Gebirgskorps Dienst geleistet?

Den toten Winkeln im Treppenhaus nicht misstrauen, sich nicht vor dem Lift fürchten, im Auto sich sicher fühlen; Dad erst aus einer Telefonzelle beim Einkaufszentrum anrufen, Victors Warnung vor der Presse im Ohr. Etwas naiv ist Dad zwar schon, wenn er meint, wer nichts zu verstecken habe, brauche die Presse nicht zu fürchten.

Maxie

Sie hat nur drei Tage gefehlt. Jeder starrt auf die von der Salbe speckig glänzende schwarze Schramme, die dunklen Flecken. Ja, ab heute arbeitet sie wieder, ein paar Tage noch ohne Fernsehauftritt. Cecile wird weiterhin die Nachrichten sprechen, die Vorbereitung der Sendung wird wie immer sie leiten.

Ja, sie ist in der Tiefgarage zu ihrer Wohnung überfallen worden, brutal geschlagen. Sie hatte aber ihren Spray bei sich, hat sich gewehrt, so dass der Typ flüchtete. Sogar ihre Mappe hat er zurückgelassen, das Portemonnaie war noch drin.

Maxie spricht mit Tom. Ihn bittet sie, sie am Abend im Auto mitzunehmen, sie heimzufahren, sie fühle sich etwas verunsichert. Ob er sie auch sonst etwas im Auge behalten könne. Tom ist nicht dumm, bloß schweigsam. Diesmal meint er nur, er hoffe nicht, sie würden dann froh vereint mit einer Autobombe in die Luft fliegen. Maxies Lächeln gelingt nur halb.

Tiziano kommt in ihr Büro, hat gehört, man habe sie zusammengeschlagen, sie sehe fürchterlich aus. Er habe gemeint, sie sei an der Sommergrippe erkrankt, ruhe sich aus. So, wie sie aussehe, solle sie ruhig daheim bleiben. Cecile mache ihre Sache perfekt.

Tiziano spielt seine Rolle gut. Hätte Maxie nicht mit Birgit gesprochen, sie argwöhnte weiterhin nichts. Sie hat sich vorgenommen, sich nicht aufzuregen, dem Kleinen zuliebe, das sie erwartet. Die Klimaanlage läuft. Die gelben Stoffstreifen des Fensterrollos bewegen sich sanft.

Es brauche mehr, als ihr das Gesicht zu verschandeln, um sie einzuschüchtern. Wenn jemand sie wegen dieser Dokumentation zur Geiselnahme überfallen habe, so sei die Sache jetzt erledigt, nachdem man ihr die Papiere gestohlen habe. Es sei sinnlos, sie weiter zu drangsalieren, da sie nicht die Einzige sei, die diese Papiere kenne, andere teilten ihr Wissen.

Tiziano ist blass geworden, starrt sie an. Endlich fragt er heiser, von welchen Computerpapieren sie spreche.

Maxie bleibt ruhig. Er sei ihr Chef. Er sei auch Axels Freund gewesen. Bis gestern habe sie die Umstände von Axels Tod nicht gekannt. Er werde nicht erwarten, dass sie ihm noch vertraue.

Tiziano ist weg. Maxie sichtet die hereingekommenen Meldungen. Tiziano, der weiß, wer Axel getötet hat, der weiß, wer an der Folter beteiligt war, wer zur Rechenschaft zu ziehen wäre. Er hat geschwiegen. Und wer legt die Hand dafür ins Feuer, dass er sein Wissen nicht für sein Fortkommen genutzt hat. Dass er sich um Birgit und sie nur gekümmert hat, um sein Gewissen zu beruhigen, vielleicht sogar, um Birgit zu kontrollieren. Und diesen Mann hat Maxie bewundert, hat auf seine Ratschläge gehört.

Maxie kann den Blick nicht von der Weltkarte an der Wand lösen, da erscheint alles so nah. Sie sucht Alaska, den Yukon, der jetzt eisfrei ist, das

Bärengebirge. In ihren Träumen ist sie dort, die sich verästelnde hellblaue Linie auf der Karte wird zum Rettungsseil, das sie mit beiden Händen umfasst.

Auf ihrem Schreibtisch blinkt das grüne Licht des Haustelefons, eine Frau Botta stehe unten am Empfang, sie müsse Maxie dringend sprechen. Natürlich hat Maxie Zeit für eine kurze Kaffeepause in der Cafeteria des Studios. Frau Botta möge warten, sie werde sie gleich selber abholen.

Im leuchtend seeblauen Leinenkleid, mit der Rosenquarzkette um den bloßen faltigen Hals, der weißen Leinentasche neben dem Stuhl, sitzt sie in dem ungemütlichen Warteraum gleich hinter dem Schalter der Sicherheitsbeamten.

Sie müsse besser auf sich aufpassen, in ihrem Zustand, sagt sie, als sie Maxies Gesicht mit den blauen Flecken und die Schrammen sieht. Maxie lächelt. Sie weiß, Josefine Botta denkt, ihr Mann habe sie verprügelt.

Mit dem Lift fahren sie hinauf. Maxie holt an der Selbstbedienungstheke zwei kalte Cola.

Sie müsse sich mit Frau Laane unterhalten, da es etwas Neues gebe. Regula Choppard sei wieder daheim und erhole sich gut. Sie habe sie jetzt für eine Stunde mit Florian allein gelassen. Sie, Josefine, habe Regula die Geiselnahme so erzählt, wie sie wirklich gewesen sei, damit sie aufhöre, sich zu fürchten. Das sei auch für das

Kind nicht gut. Die ganze Geschichte habe sie ihr erzählt, wie Ellen Lachat herausgefunden habe, dass dieser Janic Bering wohl kein echter Geiselnehmer war, das sei alles nur Theater gewesen. Regula müsse verstehen, dass sie nicht wirklich in Gefahr gewesen sei. Der Gipfel sei, dass dieser Erschossene ausgerechnet einer von den Berings war, denen das Haus gehöre, in dem sie wohnen. Wäre Janic Bering nicht umgekommen, könnte man denken, es wäre ein böser Bubenstreich gewesen. Regula sage nun, sie hätte ihre erste Beruhigungsspritze bekommen, als sie immer wieder nach dem versprochenen Fluchtauto fragte, wo das denn geblieben sei. Genau das habe sie auch Ellen Lachat vor dem Bankett gefragt. Regula denke, Ellen Lachat habe die Antwort auf diese Frage gefunden und sie deshalb sprechen wollen. Regula sage, dieser Geiselnehmer habe niemals damit gerechnet, erschossen zu werden. Als erstes habe er ja ein Fluchtauto gefordert, das auch lange vor dem Haus gestanden habe, und ganz zuletzt, als er mit erhobenen Händen unter der Tür stand, habe er Ellen Lachat, die hinter ihm im Korridor stand, gefragt, wo denn das Auto sei. Ellen Lachat hätte darauf den Kopf geschüttelt und für sich geflüstert, er müsse verrückt sein. Daran erinnere sich Regula deutlich.

Regula gehe es gut. Sie habe gesagt, Josefine solle Maxie Laane fragen, ob es möglich sei, dass der Geiselnehmer von den anderen, die mit ihm dieses Spiel ausgeheckt hatten, getäuscht worden sei. Ob man Regulas Nervenzusammenbruch wollte, damit niemand ihr glaubte.

Maxie hat darauf keine Antwort. Aber sie will darüber nachdenken.

Als Josefine Botta nochmals eine Bemerkung wegen der blauen Flecken macht, wehrt sie ab. Sie sei überfallen worden, man habe ihr mit Gewalt die Papiere abgenommen.

Josefine blickt sie scharf an, wenn sie erschrocken ist, lässt sie sich nichts anmerken. Frau Laane sei doch unbemerkt zu ihr gekommen und wieder weggegangen. Woher sollte jemand wissen, dass sie den Schlüssel hatte. Sie denke, es habe sogar niemand gewusst, dass es diesen Schlüssel gab. Wenn Maxie sicher sei, von niemandem beobachtet worden zu sein, als sie das Mäppchen aus dem Schließfach holte, dann könnte es doch sein, dass Maxie aus einem andern Grund überfallen wurde.

Sie selber sei übrigens bei Frau Sarah Bering gewesen. Sie habe auch deren Vater und die Kinder gesehen. Frau Bering sei sehr abweisend gewesen. Sie frage sich immer wieder, was Ellen Lachat wirklich bei Frau Bering wollte.

Maxie

Sie trifft Sarahs Vater in der Werkstatt, dem Schuppen auf der Hofseite des Hauses. Er habe genug von dieser Bering-Geschichte, knurrt er. Seine Tochter sei sowieso nicht da. Wäre sie da, würde er ihr abraten, irgendetwas zu sagen. Mehr erfahre sie nicht von ihm.

Maxie schaut stumm zu, wie er vergeblich versucht, die Schlaufe eines dünnen Federdrahtes über den Zapfen eines Doppelzahnrads zu schieben, jedesmal beim Anziehen rutscht sie ab. Endlich sieht er wieder auf. Er habe doch gesagt, sie verplempere ihre Zeit. Sie störe.

Maxie beneidet Sarah Bering um diesen streitbaren Vater, um diese Werkstatt. Sie sei nicht gekommen, um seine Tochter auszufragen. Natürlich habe sie eine Frage, vielleicht auch zwei, doch in erster Linie sei sie hier, um Frau Bering zu warnen, sie sei in Gefahr.

Spatzenmist, verächtlich spuckt er das Wort aus. Seit dieser Geschichte seien alle hochgradig hysterisch. Sein Schwiegersohn habe von Anfang an ein Rädchen zuviel im Kopf gehabt, das sei alles. Sie störe, er sei dabei, an diesem Werk eine Feineinstellung vorzunehmen, dazu brauche er eine ruhige Hand, überhaupt überlege er, ob die Übersetzung stimme, er denke, ein

Rädchen habe ein, zwei Zähne zu wenig; dann müsse er aber ein neues fräsen. Maxie setzt sich auf eine Kiste, schaut zu.

Seine Arbeit interessiert sie. Sie wird wiederkommen und ihn fragen, ob sie eine Reportage über ihn und seine Spielautomaten machen darf. Fasziniert beobachtet sie seine Hände mit den beweglichen Fingern, die kleinen Schrauben und Schraubenzieher. Jetzt klemmt er sich eine Uhrmacherlupe vors Auge, feilt am Zahn eines Rädchens, meint konzentriert, da gehe es um Millimeterbruchteile.

Später erklärt er ihr den Mechanismus. Eine spannende Konstruktion, die Koppelung zweier Mechaniken, eigentlich seien es drei, doch die dritte sei genau besehen eine Walze mit einer Übersetzungsschaltung, die einfach angekoppelt sei. Er zeigt auf ein Viertelschlagwerk mit Schlossscheibe, das mit einem Rechenschlagwerk verbunden wurde, mit einem Stundenschlag auf Gong und Glocke. Die interessantesten Flötenuhren mit beweglichen Figuren seien im Schwarzwald hergestellt worden. Diese sei ein besonders wertvolles Stück, stamme aber aus Waldkirch im Breisgau. Der Figurenmechanismus allein sei so interessant wie ein Uhrwerk. Da gehe es nicht bloß um drei Zeiger, sondern um die Steuerung aller Figuren, einzeln und als Gruppe. Jede Figur könne Kopf, Rumpf und Hände bewegen, jedes Teilchen sei Handarbeit, die Blechäffchen seien eine Rarität. Sie kenne das ja, für den Zuschauer, der davor stehe, sei nicht ersichtlich, dass sich die Figuren auf zwei Scheiben mit unterschiedlicher Geschwindigkeit in unterschiedlichem Takt bewegten. Der springende Punkt sei, dass diese Räder über ein Schwungrad und den Keilriemen mit einer einzigen Achse verbunden seien. Diese Achse treibe die ganze Mechanik an. In der Verteilung des Antriebs durch die Übersetzung liege die Kunst, es hänge alles von der Verzahnung ab.

Maxie nimmt ihren Schreibblock hervor, sie dürfe doch Notizen machen, das Ingangsetzen der Rädchen, ihr Ineinandergreifen, bis sich schließlich die Figuren bewegten, es erinnere sie an etwas. Andeutungsweise zeichnet sie die Kreise, die Linien, die links- und rechtsläufigen Spiralen.

Sie beobachtet. Beide reden nicht. Sarahs Vater schraubt, dreht und feilt an Rädchen, Rädern, Federn, Hebeln, Bolzen und Muttern, setzt die Äffchen in Bewegung, eins ums andere.

Natürlich sieht Maxie die possierlichen Äffchen in ihren farbigen, gestichelten Kostümen, doch es ist das Räderwerk, das sonst unter dem lackglänzenden Deckel aus Mahagoni verborgen ist, von dem sie den Blick nicht lassen kann. Der Verstand sucht Ursache und Wirkung auseinander zu halten, doch das geht nur, solange das Werk stillsteht, knapp noch, wenn es sich zu drehen beginnt, doch dann wird das Auge von der Bewegung mitgezogen, dann ist es die schleifende, ratternde, schnurrende Mechanik, das Gesamtwerk, das sie in seinen Bann zieht.

Stolz schließt Sarahs Vater den Kasten, kurbelt, die Flöten setzen ein in raschem Tempo, die Äffchen bewegen sich, tanzen.

Der Reigen der Äffchen überlagert die Ereignisse um den Kindergarten, Figuren kommen und gehen im Kreis, die einen bewegen sich schneller, die andern langsamer, Schatten steigen und fallen. Es sind nicht nur die zwei Drehscheiben, die verwirren. Die Täuschungseffekte gehören zum Spiel, kommen durch Spiegelungen zustande und dadurch, dass sich auf beiden Scheiben gleich aussehende Äffchen bewegen, für den Betrachter nur erkennbar an den spiegelverkehrt laufenden Schatten. Bei langer Beobachtung lassen sich an den tanzenden Schattenwürfen die Kreise ausmachen.

Das wäre das Muster dahinter, man kann es sich vorstellen, ganz leicht schimmert es durch die Realität hindurch, dass sich alles jederzeit verschieben könnte. Die Schräubchen sind noch nicht angezogen, noch ist nichts fixiert, denn das Mechanische wäre bloß eine Konstruktion, das Modell eine Vorstellungshilfe.

Maxie erklärt es Sarahs Vater, der die schmale Pinzette aus der Hand legt, die Lupe blinzelnd entfernt. Da gibt es die eine Drehscheibe, auf der sich die Geiselnahme abspielt. Maxie strichelt an ihrem Kreis. Zugleich gab es eine zweite Drehscheibe, mit der ersten verzahnt. Vielleicht wusste es der Geiselnehmer nicht. Dann war es Mord.

Sie sei heute Morgen ins Studio gegangen, um

nach einem Gespräch mit ihrer Mutter ihren Chef zur Rede zu stellen.

Sie habe ihre eigene Biografie. Ihr Vater sei gestorben, als sie sehr klein war. Er sei Reporter gewesen und während der Unruhen vor dem Militärputsch getötet worden, grausam getötet durch Folter.

Perverserweise sei die Ermordung gefilmt worden; ihr heutiger Chef kenne den Film. Ihre Mutter habe vor Jahren auf einem Foto in der Zeitung Janic Bering gesehen und in ihm einen der bei der Folterung anwesenden europäischen Berater erkannt.

Starr sehen sie einander an.

Ihr Chef habe erklärt, er hätte keinen Grund gehabt, mit ihr darüber zu sprechen, da er nicht gewusst habe, dass der Geiselnehmer Janic Bering sei. Um dessen Person aber drehe sich anscheinend das ganze Spiel. Die Rolle des Fernsehens bei dieser Geiselnahme sei von Anfang an eingeplant gewesen. Ihr Chef habe die Medienkontrolle gehandhabt. Weil er zum Mord an ihrem Vater geschwiegen habe, hätte er Karriere gemacht.

Die Geiselnahme, das sei die eine Ebene des Spiels. Die andere habe Ellen Lachat in einer geheimen Computerdatei entdeckt. Dabei gehe es um eine gut vorbereitete verdeckte Militäraktion. Der Blick werde immer wieder davon abgezogen, weil sich auf der anderen Drehscheibe die Figuren um die Geiselnahme bewegten.

Sie habe seine Tochter warnen wollen, weil jene, die in die Militäraktion verwickelt seien, annehmen könnten, Sarah Bering kenne Ellen Lachats Computerausdruck. Es sei ihr erst jetzt aufgegangen, dass Sarah Bering beide Kreise kenne. Sie habe sich vielleicht nicht deutlich ausgedrückt. Doch für Erklärungen sei keine Zeit, seine Tochter sei in Gefahr.

Sarahs Vater hat schon die Schiffermütze aufgesetzt. Wenigstens ist gleich beim ersten Anruf jemand daheim, Gerd nimmt das Telefon ab.

Selbstverständlich können die Zwillinge den heutigen Tag mit ihm verbringen, zum Übernachten werden sie sich einrichten. Sie sollen mit dem Pendelbus zur Schule fahren und ihn dort treffen. Manuel und Nina blicken beunruhigt, wollen Dad begleiten oder hier bleiben. Dad lässt nicht mit sich diskutieren, sie müssten aus der Wohnung weg, sofort. Jetzt sind sie verängstigt. Wo ist Sarah, sie wollen zu Mama.

Sarah

Sie läuft hoch oben auf dem schmalen Höhenwanderweg, der von der Sentaler Alp oberhalb der Waldgrenze zum oberen Stausee und weiter zur Passhöhe führt. Sie läuft in leichten Bergschuhen, die Karte und den Kompass mit Höhenmesser umgehängt, in schenkellanger schwarzer Läuferhose. Im kleinen Rucksack sind Windjacke, Pullover, Thermosflasche und Knabberstängel verstaut.

In Sental ist sie gestern im Gasthof zum *Rebstock* abgestiegen. Sie hat das Zimmer für drei Nächte vorausbezahlt, da der Wirt etwas misstrauisch gefragt hat, ob sie nicht mehr Gepäck als den kleinen Rucksack habe. Sie hat nicht mehr zu Hause angerufen, Dad und die Zwillinge wissen ja ungefähr, wo sie ist. Sonst geht es niemanden etwas an.

Sie hat als einzige das Postauto Richtung Passhöhe bestiegen. Die Straße ist überraschend gut ausgebaut. Nach dem zweiten, gut beleuchteten Kurztunnel ist sie an den schroffsten Stellen seitlich mit breiten Granitpflöcken abgestützt. Das Seil eines Lastenlifts verschwindet irgendwo oben in den Felsen, der Träger ist aus perfekt behauenen Quadern gebaut, eine architektonische Leistung, für Jahrhunderte gedacht. Seitlich oberhalb der Straße eine Lawinenverbauung, hat sie nicht eben hinter einem Bretterverschlag im Fels ein großes graues Tor erspäht. Schon wieder fahren sie an einer breiten, geteerten Abzweigung vorbei, hier führt eine Straße den Steilhang hinunter. Die dicken Stränge der Hochspannungsleitungen erinnern daran, dass diese Anlagen wohl zum Kraftwerk gehören.

Bei der Zwischenhaltestelle am Wolfstobel steigt Sarah aus. Neben der noch offenen Postautotür auf der Straße stehend fragt sie den Chauffeur, wie lange man auf dem Bergweg bis hinauf zum oberen Stausee und zur Gheidhütte brauche. Er antwortet im breiten Lokaldialekt, das komme ganz darauf an. Die meisten, die hier ausstiegen, verlören den Weg sowieso. Man müsse sich eben auf die Wegmarken verstehen. Viele hätten nicht einmal eine etwas genauere Wanderkarte dabei. Wenn es dann eindunkle, sei sowieso nicht mehr viel zu sehen. Schließlich stünden sie spät wieder hier auf der Straße. Wenn sie Glück hätten, könne er sie mitnehmen.

Sarah lacht herausfordernd, das werde ihr nicht passieren und wenn, werde sie sich einen Spaß daraus machen, ihn auf offener Strecke anzuhalten. Da lacht auch er. Sein Lachen ist ihr unangenehm. Misstrauisch bemerkt sie seine dünne Oberlippe, einen hässlichen Mund.

Sie ist vielleicht fünfzig Meter zügig bergauf gegangen, als sie sich wundert, dass sie kein Motorengeräusch hört. Sie blickt zurück, das Postauto steht immer noch da, der Fahrer sitzt hinter dem Steuer und telefoniert. Offensichtlich wartet er die vorgegebene Abfahrtszeit ab.

Den Aufstieg von knapp einer Stunde bewältigt sie problemlos, sieht allmählich zwischen sich lichtenden Tannen ins Tal hinunter, das sich nach Osten öffnet. Der Weg folgt streckenweise dem alten Saumpfad, ab und zu sind parallel verlegte Steinplatten zu erkennen, ein quadergemauerter Einschnitt, eine Hangbefestigung aus Felsbrocken. Jetzt geht sie schon oberhalb des unteren Stausees. Milchig weiß liegt er in der Tiefe. Von hier aus ist die Verschandelung des Tals durch Staumauer und Elektrizitätswerk nicht zu übersehen. Wie Klebestreifen glänzen die Betonpisten des Militärflugplatzes auf dem flachen Schwemmland. Jetzt, in den Touristenmonaten, wird er nicht benutzt.

Sie bleibt einen Augenblick stehen. Ellen Lachat stammte aus Sental. Ganz sicher ist sie nicht nur einmal hier oben gewesen, hat vielleicht sogar etwas Bestimmtes gesehen, doch Sarah kann sich nicht vorstellen, dass sie darüber mit ihr sprechen wollte.

Nach der kurzen Pause fühlt Sarah sich wohl. Hier ist der Pfad einigermaßen ausgetreten, sie kann einen Laufschritt einlegen. Dad, die Zwillinge, die Stadt sind in einer andern Welt. Sie will heute nichts weiter als diesen Lauf genießen, sich an den schroffen Felsbergen gegenüber, den glattpolierten Granitwänden freuen, den Äderungen im Fels, gelbgrün leuchtenden Moosbelägen, Flechten, winzigen Blumen.

Schon lange begleitet sie ein kolkender Dohlenschwarm. Hier gibt es auch Birkhühner, Steinböcke, Gämsen. Es könnte ein Schneefuchs auftauchen, er hätte ein flauschiges bräunliches Sommerfell. Sie läuft über einen offenen Weidhang, weiß sich beobachtet, nicht bloß von Tieren, von Menschen. Vielleicht ist es die Dammwache im Turm weit unten, die aus Langeweile mit dem Feldstecher die Gegend absucht. Im weit entfernten Gasthaus unterhalb der Passhöhe sitzt möglicherweise ein Ausflügler mit dem Fernglas auf der Terrasse. Oder es ist die Festungswache, die sie unterirdisch auf einem Bildschirm oder auf einem Spiegelteleskop erfasst hat. Irgendwo oben in den Felsen könnte auch der verdeckte Ausguck eines Postens sein.

Hier oben bewegt sich nichts und niemand, ohne dass es registriert würde, allein schon deshalb, weil nichts geschieht.

Nach einem kleinen Abstieg in eine Runse steigt der Bergpfad unvermittelt steil an, die Steigung muss hier fast eins zu zwei ausmachen. Sarah geht jetzt wieder rasch, die Karte so zusammengefaltet, dass sie auf einen Blick sieht, wo sie ist. Keinesfalls will sie vom Weg abkommen. Sie keucht ein wenig und schwitzt, sie ist noch immer sechs Kilo schwerer als vor zehn Jahren, das muss ja den Puls hochjagen. Früher hätte sie diese Höhe in einem Zug überwunden.

Endlich, nach einer Spitzkehre um eine Felsnase wird es wieder einigermaßen flach, ein mit gelb-weißen Farbstreifen markierter Weg durch niedere Büsche, Zwergkiefern, Fels und Geröll. Weit unten liegt der See, ein blitzender Taschenspiegel, die Passstraße leuchtet in der Sonne. Eine kurze Strecke läuft sie im Bergschatten. Ein Stück weiter vorn wird sie eine längere Rast einlegen.

Sie lässt sich erschöpft fallen. Der Ausblick ist wunderbar: auf der gegenüberliegenden Talseite die gleißenden Felswände, die hart gezeichneten Schrunde und Felscouloirs, die Schneekuppen mit dem hellblauen Himmel darüber, die Stille.

Ein flüchtiger Gedanke im Hinterkopf, der sich dem Zugriff entzieht.

Weit vorn im Tal auf der Sonnenterrasse liegt Sental. In großer Höhe schwebt lautlos ein in der Sonne gleißendes Flugzeug, zieht einen Kondensstreifen hinter sich her. Sie denkt, auf einer Satellitenaufnahme sähe man sie als Wärmefleck, dächte an eine Hirschkuh oder einen Steinbock.

Sie liegt im warmen Gras, genießt die Sonne, den leichten Wind, fragt sich, ob man wohl den Unterschied messen könnte zwischen der Schwingung einer Gegend, in der Gneis und Granit den Untergrund bilden, und einer Gegend, in der Kalkgestein alle Energie aufsaugt. Diesen Unterschied fühlte sie jetzt. Es könnte andererseits von Einrichtungen im Berginnern herrühren.

Sie sieht in den milchblauen Himmel, sieht das Zickzackband der Passstraße vor sich. Es muss entsetzlich sein, in milchig weißem Wasser zu ertrinken. Ellen Lachat und ihr Mann sind über eine dieser Kurven hinausgefahren, den Steilhang hinuntergestürzt. Sie müssen von der Passhöhe gekommen sein, es ist gar nicht anders denkbar.

Das Wasser ist weiß vom Gestein, undurchsichtig, merkwürdig, dass man das Auto noch am selben Morgen gefunden hat.

Sie starrt hinunter auf dieses schimmernde Bleiplättchen, ins Tal gegossen und erstarrt. Zu Silvester wurde auf Felseneck jeweils Blei gegossen. Helene liebte es, die Zukunft zu deuten. Als Sarah hochschwanger war, hat ein Glücksrad im Becken gelegen, Janic hat es so genannt. Immer wieder enden ihre Gedanken bei Janic. Jeder hat in seinem Denken einen Punkt, um den sich alles dreht. Hier im Tal hat sich eine Zeit lang alles um Ellen Lachat gedreht, in den Tagen, als sie fast stündlich auf dem Bildschirm zu sehen war, schick im Overall; in der Vorsendung zur Medaillenverleihung hat Sarah einige Ausschnitte in Wiederholung gesehen. Einmal auf der Schwelle zum Hort, einmal auf dem Weg zurück, einmal sitzend, einmal redend, mitagierend in dieser aufregenden Aktion. Das konnte sich gewiss keiner hier oben entgehen lassen. Sie alle werden sich einen Platz vor dem Bildschirm ergattert haben. Ihre Ellen. Ein gerahmtes Foto von ihr hängt hinter der Theke in der Gaststube. Bestimmt keiner, der nicht zugesehen hätte. Die Straßen und Wege im Dorf, die Passstraße menschenleer.

Irgendwo schlägt ein Stein auf, Sarah lauscht, hört sich nähernde Schritte, ein Felsblock versperrt ihr die Sicht. Sie steht auf, sieht auf dem Geröllpfad zwei behelmte Soldaten im gescheckten Overall, in Bergschuhen mit Gamaschen, die Maschinenpistolen im Anschlag auf sich zukommen. Die müssen ganz in der Nähe aus dem Berg gekrochen sein.

Sie sehen Janic ähnlich, irgendwo gibt es eine Farbaufnahme von Janic in Uniform, mit weiß gefärbten Lippen vom Melkfett, mit Fliegerbrille und Käppi, ein Gewehr locker im Anschlag, in einem Felscouloir stehend, im Hintergrund eine Schneekuppe. Janic hat nicht gern Gebirgsdienst geleistet, da er nicht schwindelfrei war.

Sie rufen sie an, Halt. Als wenn sie wegliefe. Instinktiv hält sie die Hände schräg seitwärts, damit die sehen, dass sie keine Waffe trägt, sicher ist sicher.

Sie ruft zurück, he, sie dürfe doch hier sein. Der Weg sei öffentlich.

Ein großer Alter, ein kleinerer Junger. Sie müssten kontrollieren, was sie hier tue.

Sie sei Orientierungsläuferin, baue ein Höhentraining auf. Wer sie denn seien. Ob sie hier oben im Wiederholungskurs seien.

Sie seien zum Wachdienst abkommandiert. Sie solle bitte ihren Ausweis vorzeigen.

Sie kontrollieren Sarahs Führerschein, den sie immer bei sich trägt, überprüfen die Adresse, ihr Foto. Der Große guckt überrascht, Voss, sie sei doch nicht etwa die Orientierungsläuferin, die zweimal Silber und einmal Gold erreicht habe. Das sei ja wundervoll, sie hier oben anzutreffen. Ob sie ein Come-back vorbereite. Natürlich, Sarah bestätigt. Sie sei jetzt wieder im Aufbau.

Sie sei auf dem Weg zur SAC-Hütte oberhalb

des oberen Sees, in zwei Stunden sei sie dort, lange vor dem Dunkelwerden.

Es folgt ein Wortwechsel. Das gehe nicht, gleich nach fünfhundert Metern beginne das Sperrgebiet.

Das sei aber auf der Karte nicht eingezeichnet, auch der Chauffeur des Postautos habe nichts davon gesagt. So etwas müsste im Gasthaus angeschlagen werden.

Es komme auch selten jemand so weit herauf, die meisten würden sich schon vorher verirren.

Der Kleine streckt das Kinn vor: Hier kann sie nicht durch. Befehl ist Befehl.

Sarah ist wachsam: Wer denn so einen Blödsinn befehle, im Sommer einen Wanderpfad zu sperren, sie führen doch keine Schießübungen durch.

Eine Ausnahme. In etwa zwei Wochen werde die Sperrung aufgehoben, aber jetzt gelte sie, sie müsse zurück. Einfach so allein in den Bergen herumlaufen sei sowieso nichts für eine Frau.

Sie haben Anweisung, sie zur Straße hinunterzubegleiten. Dort hat sie Richtung Sental zu gehen. Die Straße trifft weiter unten auf die Passstraße. Das letzte Postauto wird sie mitnehmen.

Sie protestiert lahm, weiß ja, dass sie gegen diese Befehle nicht ankommt. Das seien drei Stunden Weg, sie wolle hinauf und zwar in die SAC-Hütte, nicht zurück, bis dahin sei es dunkel. Sie bemerkt den Blick, den der Kleine dem Großen zuwirft, sieht von einem zum andern.

Beide sind ihr sympathisch, sie lächelt sie an. Ob sie öfters so etwas machen? Wieder wechseln die beiden einen Blick.

Sie gehen hintereinander, der Kleine voran, Sarah in der Mitte, sie hat ja keine Wahl, morgen kann sie sich auf der Gemeindekanzlei beschweren. Im Hinuntersteigen wechseln sie zwei, drei Sätze. Sie sind nur drei Wochen hier im Dienst. Auf ihre Frage nach ihrer Einheit geben sie keine Antwort, das sei geheim. Darum tragen sie keine Schulterzeichen.

Unvermittelt ruft der Große hinter ihr, er habe sich den Fuß vertreten, sie müssten kurz anhalten. Er ist zurückgeblieben, ruft den Kleinen zu sich. Sarah setzt sich auf eine Felsplatte. Die Straße liegt immer noch weit unten, es ist ärgerlich.

Sie sieht zu den beiden zurück, der Große sitzt gegen einen Fels gelehnt am Boden, sein rechtes Bein wird umständlich hochgelagert, Ledergamasche und Schuh werden sorgfältig aufgenestelt. Vielleicht kann sie helfen, sie steigt die paar Schritte zu ihnen hoch. Sie blicken ihr entgegen. Der Große meint, sie laufe gut, man erkenne den Profi. Beide sehen sie eindringlich an, wechseln wieder einen Blick. Sarah fragt nach dem Fuß. Die militärgrüne Wollsocke wird sorgsam ausgezogen. Zu ihrer Überraschung meint der Große, dem Fuß fehle nichts, sie seien bloß auf dem Bildschirm im Stollen zu sehen. Sie müssten mit ihr reden. Sie solle sich vor ihn hinknien und den Fuß anpacken, dann sehe man nur ihren Rücken. Sie solle ihm kunstgerecht eine elastische Binde anlegen, das könne sie doch. Als sie reglos stehen bleibt, herrscht der Kleine sie an, es gehe vielleicht um ihr Leben, sie solle sich Himmelherrgott endlich hinknien. Er kauert neben ihr, holt aus einer seiner Ärmeltaschen Salbentube und Verbandspatrone, streicht Salbe auf den Fuß, sagt, wenn hier schräg unterhalb des Knöchels ein Sehnenriss ist, sieht man den nicht. Schon ein Anriss tut höllisch weh, bei jeder Bewegung, auch beim Stehen. Also solle er eine Schmerztablette schlucken, von jetzt an habe er zu hinken.

Der Große redet. Er habe sie immer bewundert. Sarah Voss, die Spitzenläuferin. Er habe die Reportagen in den Illustrierten noch lange aufbewahrt, gut sei sie gewesen, sein Kamerad erinnere sich ebenfalls, der sei damals noch zur Schule gegangen. Sie hätten beschlossen, sie zu warnen. Möglicherweise bildeten sie sich etwas ein, er vor allem, man werde ja sehen, was passiere. Sarah kniet, wartet.

Der Große heißt Flurin Segal, ist Schreiner aus Letsch im Hochtal. Sie sei schon die zweite Frau in so kurzer Zeit, die hier oben auftauche, vorher sei nie eine Frau so weit heraufgekommen, schließlich sei das Militärgebiet. Die andere sei an einem Morgen mit dem Auto hochgefahren und dann noch einmal nachts. Er hätte sie auf dem Bildschirm gehabt und sie pflichtgemäß gemeldet, es wird immer alles gemeldet.

Es sei Ellen Lachat aus Sental gewesen. Das habe er erst nach dem Unfall erfahren. Es gibt Sektoren, die sind auf dem Bildschirm einzusehen, andere nicht. Er kennt die Sicherheitsanlagen in dieser Gegend; sie wurden vor neun Jahren neu eingerichtet, sind gegen Spione und Saboteure gedacht. Der Unfall ereignete sich an einer Stelle, die mit Absicht nicht von einer Überwachungskamera erfasst werde. Einer muss das Drahtseil gespannt und auch wieder entfernt haben. Eines der Drahtseile war in jener Nacht verschwunden, jetzt ist es wieder da. Er wette, dass Autolack dran sei. Das ist das eine.

Das andere ist, dass ihr Erscheinen heute genau die gleiche Hektik ausgelöst hat. Er war in der Zentrale, als der Anruf hereinkam. Er hat den Kommandanten beobachtet, der anschließend vor den Bildschirmen wartete, bis sie auf dem einen zu sehen war. Gleich darauf sei er verschwunden und Minuten später mit dem ausführlichen, schon vorbereiteten Befehl zurückgekommen. Sie sollten ihr bis Punkt 77/38 entgegengehen, das haben sie getan. Mit der Erklärung, hier sei Sperrgebiet, müssten sie sie auf dem steilen Weg da zur Straße hinunter bringen. Ein auf die Minute genauer Zeitplan hätte den Befehl ergänzt, das sei das Unsinnige daran: Wegzeit, Eintreffen bei der Straße, sofortiger Rückweg. Wann sie wieder im Bunker einzutreffen hätten, sei nicht angegeben. Da müsse man sich doch nach dem Grund fragen. Wenn sie der Straße Richtung Sental folgt, ist sie noch auf einer Strecke von vierhundert Metern auf einem der Bildschirme zu sehen. Dort verschwindet die Straße in einer scharfen Kurve hinter einem Felsbuckel. Gleich dahinter ist eine weitere Falle eingerichtet, ein Steinschlag, der mit einem Code über Funk ausgelöst werden kann und die Straße auf einer Breite von mindestens hundert Metern verschüttet. Das geht rasch, sieht ganz natürlich aus.

Ob sie begriffen habe?

Sarah schweigt. Irgendjemand will sie umbringen. Weil es einfacher wäre für diese beiden, sie totzuschlagen und den Hang hinunterzustoßen, haben sie nichts damit zu tun. In ihren Ohren klingt es nicht verrückt.

Sie soll ihnen glauben. Wenn man davon ausgeht, dass der erste Unfall auch fingiert war, dann muss man doch misstrauisch werden, wenn sie so pünktlich bei dieser Falle sein soll. Doch jetzt müssen sie sich beeilen. An den Zeitplan haben sie sich auf jeden Fall zu halten.

Der Jüngere nennt ihr seinen Namen, Simon Ast, er arbeitet im Zivilleben als Elektroniker bei der Fluggesellschaft. Sie soll lebendig nach Sental hinunterkommen. Er weiß, dass sie mit dem Geiselnehmer verheiratet war und jetzt geschieden ist. Er glaubt ihr nicht, dass sie nur zum Höhentraining so nah beim Sperrgebiet unterwegs ist. Falls der Kommandant weiß, wer sie ist, denkt er das eben auch nicht. Aber er, Simon Ast, tut hier weder als Henker noch als Mörder Dienst. Er schätzt ihren Vater, der viel für die Gewerkschaft getan hat zu seiner Zeit. Hier, sie soll diese Ernstfalltablette kauen, dann hält sie vier Stunden durch und hier ist eine zweite, als Reserve. Sie müssen sich jetzt beeilen, denn die Zeit, die sie Vorsprung gehabt haben, ist gleich aufgebraucht. Von jetzt an muss Flurin etwas hinken.

Den Rest besprechen sie beim Abstieg. Sie werden sie auf der Straße verlassen, wie vorgeschrieben, sie werden sich scheinbar auf den Rückweg machen. Dann aber werden sie an Flurins Fuß die Bandage etwas lockern und abwarten, ob der Steinschlag kommt oder ob sie sich alles nur eingebildet haben.

Sie müsse hinter dem Felsbuckel verschwinden, doch keinesfalls mehr als zwei Meter weiterlaufen. Der Felssturz werde gleich vor ihr niedergehen, extrem nah. Sie müsse einen guten Tritt fassen an der Felswand, sich an den Fels klammern, sich nicht wegbewegen, auch nicht, wenn versprengte kleine Steine sie träfen. Die Straße werde möglicherweise bis zu ihr weggerissen.

Wenn sie beide hörten, dass es wirklich geschehe, kämen sie zu Hilfe. Das wirke ganz natürlich. Sie müsse unbedingt bleiben, wo sie sei.

Sie erreichen die Straße fünf Minuten zu früh. Zeit genug, Sarah auf ihrer Karte den

Standort zu zeigen, die Kurve, den Punkt, von dem der Felssturz ausgeht, die Breite und die Sektoren, die von Kameras überblickt werden. Sie reden nicht von Satellitenbildern, Satellitenaufnahmen werden auch bloß in wichtigen Fällen ausgewertet, Janic hat das einmal gesagt.

Sie verabschieden sich zackig, in strammer Haltung, nicht mit Handschlag, wegen der Kamera. Wenn nichts passiert, war es nett, dass sie sich so viel Sorgen um sie gemacht haben, dann wird sie sich morgen beim Gemeindeschreiber über die Schikane beschweren. Falls sie Ausgang haben, wird sie sie im *Rebstock* zu einem Glas Wein einladen.

Das Donnern kommt von schräg oben. Die ersten großen Felsbrocken fliegen an ihr vorbei, schlagen ein, springen hoch, schon ist die Steinlawine neben ihr, ein Krachen und Tosen. Sie kneift die Augen zu, denkt an die Zwillinge, an Dad, klammert sich an den Fels, der erbebt. Der ganze Berg scheint zu erzittern. Das Donnern neben ihr dauert, ebbt schließlich ab, vereinzeltes Prasseln, Stille.

Sie blinzelt, dunkelgrauer Staub. Allmählich sieht sie schräg neben sich auf der Straße große Felsbrocken. Sie lebt. Die Staubwolke senkt sich, unmittelbar vor ihr hört die Straße auf, der Belag endet in einem gezackten Abriss, ein Band aus Schutt und Geröll, das noch rutscht und sich bewegt, reicht von weit oben am Berg bis hinunter in die Runse, wo auf der Karte ein

Bach eingezeichnet ist. Auf der anderen Seite dieses breiten Schuttstreifens geht die Straße weiter.

Es hat ihr gegolten. Schon hört sie die Stimme von Simon Ast. Er steht unter ihr. Sie sehen einander an. Neben ihm erscheint der Große. Er streckt die Hände nach ihr aus, schreckensbleich, Gottseidank, dass sie da ist. Jetzt könne sie herunterkommen. Sarah fühlt sich starr und steif. Er stemmt sie von ihrem Tritt herunter, setzt sie auf den Boden, tätschelt ihre Schulter: Es ist vorbei, sie lebt.

Was sie sich und ihnen da bloß eingebrockt hat, Simon Ast sagt es trocken. Wer das veranlasst hat, dem ist das Leben von möglichen Mitwissern auch nichts wert. Sie können sie nicht einfach mitnehmen in den Stollen und sich als ihre Retter aufspielen. Sie beide können sie aber auch nicht nach Sental in Sicherheit bringen, sie würden sich strafbar machen wegen unerlaubtem Entfernen von der Truppe.

Der Große, der Flurin heißt, hat sich wieder gefasst. Natürlich geht das nicht. Sie beide kehren zurück, sofort, er humpelnd, da seine Sehne immer noch gezerrt ist. Sie melden den Felssturz. Sie haben ihren Auftrag erfüllt, haben das Krachen gehört und sind nachsehen gegangen. Sie melden ihre Einschätzung der Lage, die Frau müsse verschüttet worden sein. Sie wissen nicht einmal mehr richtig, wie sie heißt. Sie haben erfolglos nach ihr gesucht.

Das wird eine Rettungsaktion des Bauzugs

auslösen mit Kompressoren, Seilwinden, Scheinwerfern. Es wird die ganze Nacht dauern. Morgen wird man die Suche ausweiten, womöglich mit Rettungshunden. Sie wird ja nicht zu finden sein. Sie werden auf jeden Fall einen schriftlichen Rapport machen.

Simon Ast meint, es sei lebenswichtig, irgendwie müsse sie nach Sental gelangen, müsse heute Nacht noch unbemerkt Polizei und zivile Untersuchungsbehörden alarmieren; nicht wegen des Felssturzes. Sie müsse Anzeige erstatten, sie könne sich auf die Beweise verlassen. Im Computer lasse sich feststellen, dass der Steinschlag vorsätzlich ausgelöst wurde und durch wen. Das lasse sich auf der Festplatte nicht löschen, er sei Spezialist und finde das auf jeden Fall. Das solle sie sagen. Der Festungskommandant müsse verhaftet werden. Bei Ellen Lachat und deren Mann sei es Mord gewesen, und sie wäre jetzt auch tot, hätten sie nicht aufgepasst.

Sie müsse sofort verschwinden, bald werde der erste Helikopter auftauchen. Ihre gemeinsame Chance liege darin, die Untersuchungsbehörden zur Absturzstelle heraufzubringen. Wenn es dann heiße, sie seien eingetroffen, um die Tote unter dem Schutt zu suchen, werde sich der Kommandant ebenfalls zeigen. Dann müsse er auf der Stelle verhaftet werden. Hier draußen sei das ungefährlicher. Man dürfe ihm keine Gelegenheit lassen, Beweisstücke beiseite zu schaffen oder irgendjemandem noch einen

Befehl zu geben. In der Festung gebe es übrigens noch ganz andere Überraschungen.

Er werde gleich bei der Rückkehr in den Stollen darauf beharren, die Ursache des Steinschlags zu untersuchen, eine Fehlmanipulation am Computer sei ja immer möglich. Er werde anschließend behaupten, der Steinschlag habe sich von allein gelöst, das werde den Kommandanten beruhigen. Bei dieser Kontrolle werde er für die nächsten Stunden die Videokameras blockieren oder zumindest die Nachtsicht ausschalten, eine Störung. Das werde sich nicht so rasch beheben lassen.

Die untere Straße dürfe sie nicht nehmen. Dort würden bald die ersten Fahrzeuge auftauchen. Sie müsse sofort am Rand des Felsrutsches absteigen bis zum Bach. Das linke Ufer sei nicht so schroff, dort gebe es einen Pfad, größtenteils verdeckt durch Büsche und kleine Bäume; er sei nicht auf der Karte eingezeichnet. Wenn immer möglich solle sie die Taschenlampe nicht anknipsen, die sie sicher im Rucksack bei sich habe.

Bis sie die Passstraße erreiche, sollte es ihm gelungen sein, die Kameras zu blockieren, nicht vor einundzwanzig Uhr null null. Sie müsse immer daran denken, in den Armeefahrzeugen wie in den Helikoptern sei man mit Nachtsichtgeräten ausgerüstet, zum Teil mit Wärmebildgeräten. Wenn sie ein Fahrzeug höre, müsse sie deshalb versuchen, sich unsichtbar zu machen, sich nicht bewegen, bis es weg sei.

Sarah klettert wie in Trance den Steilhang hinunter, kraxelt über Felsbrocken, steigt schließlich über den Geröllkegel, immer die Gesichter Manuels, Ninas, Dads und Janics vor Augen. Sie ist in den Büschen, bevor der Helikopter über ihr hinwegdonnert, wartet. Über der Absturzstelle scheint er in der Luft zu stehen, steigt hangaufwärts, verschwindet endlich über dem Grat.

Es wird rasch dunkel. Auf der Straße über ihr im Hang fährt ein Lastwagen. Allmählich erfüllen weitere Motorengeräusche das Tal. Sie zieht den Pullover über, trinkt Tee aus ihrer Flasche. Die Taschenlampe kann sie nicht benutzen; von dort aus, wo die Lichter zu sehen sind, wäre auch sie sichtbar. Der Pfad ist uneben und gefährlich, ab und zu in Felsen gehauen. Scheinwerferkegel gleiten hinten im Tal über den Fels. Die Suche hat eingesetzt. Endlich steigt der Pfad steil nach oben, mündet in den Sennweg.

Mit großen Schritten durchquert Sarah Weideland. Die Passstraße erreicht sie um zwanzig nach neun. Jetzt ist sie im Kamerabereich. Vielleicht hängt wirklich ihr Leben davon ab, dass sie nicht auf den Bildschirmen in der Festung erscheint.

Sarah läuft auf der Straße. Es sind nur noch sieben Kilometer in zum Teil langgezogenen Kehren bis Sental. Janic hat früher hier oben Dienst geleistet.

Es muss hier zwischen den Felsen oder in der Festung etwas geben, das so wichtig ist, dass es ein paar Leichen wert ist, ihre eigene zum Beispiel, oder die von Ellen Lachat und deren Mann. Ein Märchen, wer dem Geheimnis zu nah kommt, wird zu Stein verwandelt.

Sarah kann versuchen, die Spitzkehren abzukürzen, doch sie darf keinen Fehltritt riskieren. Die Motorengeräusche der Fahrzeuge auf der Passstraße hört sie schon von weitem, sie hallen von den Felswänden wider, dann hat sie genügend Zeit, sich unsichtbar zu machen. Zweimal versteckt sie sich im Straßengraben, einmal hinter einem Felsklotz, einmal läuft sie bis zur nächsten Kieskiste, einmal ist da einfach nichts; da läuft sie wie ein Hase, duckt sich, kurz bevor der hell erleuchtete Helikopter über ihr hinwegdonnert, zusammengekauert an die Stützmauer der Straße, wartet, ob er zurückkommt.

Sie läuft jetzt wieder gleichmäßig, denkt an die beiden Männer, die ihr das Leben gerettet haben. Es ist auch für diese beiden lebenswichtig, dass Sarah rasch unten ist. Beide sind Befehlsempfänger ohne Truppenzeichen.

Ellen Lachat wären die fehlenden Truppen- und Gradabzeichen sofort aufgefallen. Ellen dachte in militärischen Kategorien. Was Ellen interessierte, als sie die Aktenblätter zu studieren begann, das waren Janics Einteilung, die Truppengattung, seine Spezialausbildung, seine unmittelbaren Vorgesetzten, seine Militärkarriere.

Daraus ließ sich sein ganzes Beziehungsnetz ablesen. Und noch jemand hätte darüber Auskunft geben können, seine geschiedene Frau.

Mit trommelnden Füßen sich an die Fotos zu erinnern.

Sie wäre mit Ellen Lachat zuoberst in Vaters Werkstatt geklettert, hätte aus den Gestellen ihre großen Pappschachteln geholt. Auf dem Boden kauernd hätten sie Fotos gesichtet: Janic in Uniform, Janic im Kampfanzug, Janic vor dem Gelsenstock mit Melkfett im Gesicht, Janic an militärischen Feiern in Galauniform. Alle Fotos, auf denen er mit Kollegen abgebildet war, Feiern, Auszeichnungen, Beförderungen, Gruppenbilder, die hätten Ellen Lachat interessiert. In jenem Karton stehen auch die Alben mit den Beringschen Familienfotos. Sie werden zur Identität der Zwillinge gehören, später. Wer ihre Wohnung durchwühlte, suchte nicht Ellen Lachats Computerausdrucke.

Sarah läuft, sie konzentriert sich auf Manuel und Nina, auf Dad. Um das Leben ihrer Liebsten zu laufen, weil das, was Ellen Lachat von ihr wissen wollte, auf Fotos zu finden wäre. Sie sieht Victors Gesicht vor sich, seine äußere Ähnlichkeit mit Janic, die auf einigen der Familienfotos ins Auge sticht. Es gibt Fotos, auf denen selbst sie die Brüder kaum unterscheiden kann.

Dass jemand erraten hätte oder wusste, wonach Ellen Lachat suchte, dass er gewusst hätte, dass sie es besitzt.

Durch den Hintereingang betritt Sarah den Korridor des *Rebstock*. Es ist zehn Uhr. Um diese Zeit sitzen die Gäste in der holzgetäferten Gaststube, in der Küche wird abgewaschen. Sie könnte einfach den Schlüssel zu ihrem Zimmer nehmen, rasch die Kleider wechseln, die Toilette benutzen. Sarah zögert vor der dunklen Treppe, den Nischen im oberen Korridor mit dem abgelegenen Zimmer an seinem Ende.

Je mehr Leute in der Nähe sind, desto größer der Schutz. Es ist albern, sich darüber Gedanken zu machen, wie verschmutzt Läuferhose und Pullover sind, wie zerschrammt und verdreckt Hände und Beine. Also betritt sie die Gaststube.

Eine Jassrunde sitzt da und hört bei ihrem Eintritt auf zu spielen, als stünde ein Uhrwerk still. Sie starren sie an, warten. Die Frau hinter dem Ausschank ruft überrascht, da sei sie ja, es sei mehrmals nach ihr gefragt worden. Sie hätte gemeint, sie übernachte in der Gheidhütte. Das Telefon in der Hütte funktioniere nicht. Es sei ein Felssturz niedergegangen, der müsse das Kabel mitgerissen haben.

An einem der hinteren Tische steht eine Frau auf. Dort sitzt ja auch Dad. Lächelnd kommt Maxie Laane auf sie zu, ein frisches Gesicht, saubere, gekämmte Haare, schwarze Jeans und ein sauberer grüner Sportpullover. Erst knapp drei Schritte vor ihr verliert sie das Lächeln, blickt alarmiert, ob ihr etwas Schlimmes passiert sei.

Sarah muss sich besinnen, etwas Schlimmes. Da ist endlich jemand, vor dem sie sich nicht fürchtet. Schlimmes ist ihr nicht passiert, außer dass sie nach einer Bergwanderung seit vier Stunden um ihr Leben läuft, dass jemand versucht hat, einen ganzen Felshang auf sie zu kippen. Sarah zittert, bedeckt mit einer Hand die Augen, fährt über das Gesicht. Nein, zugestoßen ist ihr nichts. Dad ist da. Sie fällt ihm um den Hals, wie klein er ist, kleiner, als sie je bemerkt hat. Sie fragt schluchzend, wo die Zwillinge seien.

Dad drückt sie an sich, so ein verrücktes Mädchen. Frau Laane habe gemeint, sie sei in Lebensgefahr. Die Zwillinge übernachten bei Gerd.

Beringsche Disziplin, das Durchhaltevermögen einer Läuferin.

Dass Maxie Laane hier ist, ist eine unvorstellbare Erleichterung. Sarah fühlte sich sofort sicherer. Maxie müsse helfen, damit den beiden Soldaten in der Festung, die Sarah gewarnt haben, nichts zustoße. Sie hätten Beweismaterial auf ihrem Computer, doch das dürfe niemand wissen, bis die zivilen Untersuchungsbehörden bei ihnen in der Festung seien und den Computer beschlagnahmt hätten.

Dad meint erschreckt, sie habe doch nicht etwa Ärger mit denen in der Festung. Das seien die ganz Verbohrten. Zunächst einmal müsse sie etwas essen, sie hätte weiße Ohren.

Das altmodische schwarze Telefon hängt zu nah bei den Männern der Jassrunde, die ihr Spiel wieder aufgenommen haben.

Maxies Funktelefon sei möglicherweise weniger abhörgefährdet als irgendein Anschluss in Sental. Spreche Sarah hier am Tisch halblaut ins Telefon, würden die Jasser vorne das kaum verstehen.

Sarah telefoniert, zur Sicherheit mit Maxie Laanes Aufnahmemikrofon am Hörer. Dad hat ihr einen Kaffee mit Schnaps bestellt. Sie fühlt sich wach, betrachtet Maxie Laanes schmales Gesicht; unter dem Auge schillert ein Bluterguss, schräg über das Jochbein verläuft eine verkrustete dunkle Schramme, jemand hat sie geschlagen.

Er ist daheim. Im Hörer Daniels vertraute Stimme, seltsam befremdlich nach dem heutigen Tag. Sarah atmet auf. Für Mord und Mordversuch in Sental ist der Gerichtsstatthalter im Bezirkshauptort zuständig, Ivo Knup. Daniel kennt ihn aus der Studienzeit. Warum sie das wissen wolle. Er hoffe, sie habe keine Probleme. Sie muss Daniel vertrauen können. Er hätte neulich gesagt, falls sie ihn brauche, sei er da. Jetzt brauche sie ihn. Zur Sicherheit erwähnt sie, sie sei nicht allein, Maxie Laane vom ZNF nehme alles auf Tonband auf. Wenn Daniel ihr Freund sei, fahre er unverzüglich zu diesem Gerichtsstatthalter und bringe ihn, so schnell er könne, hierher. Maxie und Dad nicken unterstützend. Sie sei erst in Sicherheit, wenn dieser ihre Aussage habe. Daniel dürfe zu keinem Menschen davon sprechen, wohin er fahre, mit wem er telefoniert habe, auch davon hänge vielleicht ihr Leben ab.

Daniel verspricht, sofort loszufahren, jetzt ist zehn nach zehn, in zwei Stunden sei er da.

Sarah hängt auf. Maxie stoppt das Band.

Sarah bittet die Frau hinter dem Ausschank, sie auf ihr Zimmer zu begleiten, jemand hat ihr einen Schreck eingejagt, jetzt fürchtet sie sich allein. Die Frau hat Verständnis, steigt vor ihr die Treppe hoch, redet über die Schulter. Heute sei mehrmals nach ihr gefragt worden. Am Morgen sei ein Mann am Telefon gewesen, den Namen habe sie nicht verstanden, dann sei jemand hier vorbeigekommen, schließlich seien Frau Laane und dieser Mann gekommen, die Zimmer bezogen; ob das ihr Vater sei, sie habe es sich noch gedacht. Auch der Fahrer des Postautos habe am späten Nachmittag auf sie gewartet, er habe gedacht, sie finde den Weg sowieso nicht; als sie nicht aufgetaucht sei, habe er gefragt, ob sie in der Gheidhütte eingetroffen sei. Vorhin sei noch einer am Telefon gewesen, ein Herr.

Sarah denkt, vielleicht einer ihrer neuen Freunde, die wissen wollen, ob sie angekommen ist.

Geduscht, flüchtig geschminkt, mit feuchtem Haar, im sauberen Sommerkleid mit über die Schultern gelegtem Pullover sitzt Sarah bei Dad und Maxie am Tisch. Sie hat die zweite Ernstfalltablette erst jetzt geschluckt, es wird eine lange Nacht werden. Die Wirtin bringt ausnahmsweise so spät noch Tagessuppe, Trockenfleisch auf einem Holzbrettchen, Brot, kopfschüttelnd Kaffee anstelle von Wein.

Maxie meint halblaut, es wäre gut, bis zum Eintreffen des Gerichtsstatthalters die einzelnen Punkte zusammenzustellen, ihr sei überhaupt nichts klar. Allem Anschein nach habe Sarah jetzt Beweise für eine Anklage? In welchem Punkt denn und gegen wen? Sarah zwingt sich, zu essen, nickt, flüstert eindringlich, Ellen Lachat und deren Mann sind umgebracht worden. Heute hat man sie ebenfalls töten wollen. Sie drückt die Faust gegen die Stirn, sie darf jetzt nicht schwach werden. Es gebe Zeugen. Es gehe um die zum Teil geheimen Militäranlagen oben am Pass. Darum sei alles so verwickelt. Der Gerichtsstatthalter müsse rasch handeln, die Zeugen seien solange gefährdet, bis alles aufgedeckt sei. Sie beschuldigten den Festungskommandanten.

Sarah denkt, Dad guckt so ängstlich. Früher hätte er die Barrikaden gestürmt und sich nicht um die Gefahr gekümmert.

Maxie zeichnet Kringel auf ihren Block, guckt auf, hat einen scharfen Zug um den Mund. Sie werde den Statthalter fragen, ob sie morgen ein Interview mit ihm machen dürfe, wenn das Kamerateam da sei. Wer der andere sei, der ihn bringe.

Ein Anwalt, Daniel Silbermann, Sarahs früherer Arbeitgeber. Dad guckt schon wieder abschätzig. Der ihr auf Wunsch ihres Schwagers gekündigt habe. Wenn es um Mord gehe, werde er klug sein. Mit einem aufgedeckten Mord wolle keiner in Verbindung gebracht werden, Anwälte so wenig wie Politiker. Daniel sei juristisch gewitzt, kenne die Beziehungsgeflechte, wisse, mit wem er es zu tun habe. Auch ihm gegenüber sei Maxies Anwesenheit ein Trumpf.

Dad zögert. Ausgerechnet bei den Medien und insbesondere beim Militär lägen doch die Schwachstellen. Es gebe Leute, die Nachrichten unterdrücken könnten, bevor sie überhaupt bekannt seien. Leute im ZNF zum Beispiel.

Maxie listet die Punkte auf, zeichnet auf ihrem Block. Das sei die Idee, die ihr immer deutlicher werde.

Sarah blickt starr auf Maxies Hand, auf das Papier: Dads Flötenspieluhr. Sie kann sich das Werk vorstellen, die verschiedenen Kreisebenen, auf denen die Figürchen sich drehen, jedes seinerseits mit einer Mechanik ausgestattet. Sarah weiß, wie die Drehscheiben des Puppenspiels von einer Zentralachse angetrieben werden, von vorne sieht es aus wie ein kunstvoller Tanz.

Dad hört mit einem so bekümmerten Gesicht zu, dass es Sarah schmerzt, sie ist es, die ihn trösten muss.

Der Wirt kommt aus der Küche, stellt sich breit

hinter die Theke, bietet Feierabend, halb zwölf. Die Männer der Jassrunde leeren widerwillig die Gläser, bezahlen. Da der Wirt Frau Laane selbstverständlich erkannt hat und weil sie als Gäste hier Zimmer bezogen haben, können sie sitzen bleiben.

Er solle die Eingangstür noch nicht verschließen, sie erwarteten noch Freunde, die jeden Augenblick eintreffen müssten.

Sarah ergänzt Maxies Zeichnung. Sich selbst auf ihrer Scheibe drehend, nimmt sie das Geschehen anders wahr.

Dass sie Janics geschiedene Frau und jetzt seine Witwe ist, verändert ihre Wahrnehmung, als wäre ein gefärbtes böhmisches Glas dazwischen gestellt, die geschliffenen Facetten spiegelten ihr in jeder Position täuschend real den Bering-Clan ins Gesichtsfeld.

Vergangene Woche hat jemand versucht, sie zu überfahren. Das kann sie nicht beweisen. Vor zwei, drei Tagen ist bei ihr eingebrochen worden, sie ist überzeugt, dieser Staub lässt sich analysieren. Heute sollte sie umgebracht werden. Dafür hat sie wenigstens Zeugen, bloß macht es das auch nicht besser.

Dad hat etwas auf dem Blatt zu ergänzen, auch er bittet Maxie um ihren Schreibstift.

Diese Scheibe ist es also, die sich um die Sentaler Festung dreht: Hier bewegt sich Ellen Lachat, inmitten von Militärs. Die Mechanik ist an mehreren Stellen mit jener der Wirtschaftsmacht verzahnt. Dort bewegen sich die Berings im Kreis. Janic wird ausgeklinkt. Das Werk bleibt nicht stehen, es klemmt zwar ein wenig, doch gut geölt rattert es weiter. Nur Ellen Lachats Figur ist aus dem Gleichgewicht geraten, schwankt, verursacht Reibung, scheint das ganze Getriebe zu gefährden, muss entfernt werden.

Sarah ist bei ihrer Heirat zwar freiwillig auf die Beringscheibe gehüpft. Dad ereifert sich: Doch jetzt weißt du, was deine kluge Schwiegermutter schon damals erfasst hat, du bist nicht aus demselben Material wie die Berings, du lässt dich nicht auf eine Scheibe schrauben, nickst mechanisch mit dem Kopf, winkst und drehst dich, du doch nicht.

Die Spieluhr ist nur ein Modell, eine Vorstellungshilfe.

Bevor Sarah ihre Punkte auflisten kann, hören sie einen Wagen vorfahren, anhalten, Autotüren schlagen. Daniel betritt auch um diese Zeit noch mit federndem Gang die Gaststube, gefolgt von einem dicklichen Mann in heller Lederjacke, Bluejeans, festen Schuhen: Ivo Knup, der Gerichtsstatthalter, Daniels Studienkollege. Sarah sieht ein weiches pickeliges Gesicht mit hoher Stirn, hinter dem schmalen Brillengestell aus Metall helle Augen.

Sie trinken Kaffee. Sie legen dar, erörtern, erwägen, verwerfen. Ivo Knup eher bedächtig, Daniel messerscharf und spöttisch, das dauert länger als eine Stunde. Schließlich sind sie sich einig, es ist eine Anzeige wegen Mord und eine zweite wegen versuchtem Mord zu erheben. Beides fällt in den Zuständigkeitsbereich des Gerichtsstatthalters. Das Problem liegt darin, dass ein Armeeangehöriger als Täter verdächtigt wird. Üblicherweise wäre dies ein Fall für den militärischen Untersuchungsrichter. Doch ist zu befürchten, dass beim Anzeichen einer Untersuchung sowohl Beweismittel als auch Zeugen zum Verschwinden gebracht würden. Gehe es um Geheimhaltung, sei die Militärjustiz befangen, heilige jedes Mittel das Ziel. Da würden selbst Mord und Totschlag vertuscht.

Das Wichtigste sind die Aussagen und Beweise der beiden Soldaten und ihr Schutz. Deshalb muss gezielt und schnell gehandelt werden.

Ivo Knup presst die weichen Lippen zusammen. Sarah denkt, jetzt hat er es sich überlegt, jetzt wird er stur.

Er spricht gemessen. Für ihn gehe es um eine Grundsatzfrage. Die Festung liege geografisch in seinem Zuständigkeitsbereich. Die Militärpräsenz hier im Tal sprenge jeden Rahmen normaler militärischer Übungen, doch wenn man sich erkundige, berufe sich jeder auf die Geheimhaltung. Nach seinem Gespür gehe in der Festung seit längerem etwas Neues vor sich. Man höre davon gerüchteweise. Das Auffallendste sei die Abschottung. Es falle nicht mehr unter den üblichen Geheimhaltungstick, wenn die Militärs sich bewegten, als befänden sie sich im Krieg. Seit dem Frühling werde dort oben mit scharfer Munition Wache geschoben. Doch die Behörden und die Öffentlichkeit wüssten von nichts.

Jetzt erwische er sie. Das Auto des Ehepaars Lachat sei außerhalb des Militärbezirks in den See gestürzt, die Zuständigkeit des Gerichtsstatthalters unbestritten. Er persönlich habe bestätigt, dass es sich um einen Unfall handle. Falls er irregeführt wurde, lasse er das nicht auf sich sitzen. Wenn es irgendwo einen Beweis gebe, der auf einen Mordanschlag hinweise, hole er ihn heute noch. Da gehe er keinesfalls das Risiko ein, dass irgendjemand den Täter warne. Die Militärjustiz komme danach immer noch früh genug.

Sobald er mit einem Durchsuchungsbefehl oder gar einem Haftbefehl dastehe, würden er und seine Polizisten von der Festungswache hinausgeworfen, wendet Daniel locker ein. Ivo mache sich doch keine Illusionen. Da könne er dann draußen im Freien oder bestenfalls in einem einsamen Vorzimmer auf den Armee-Auditor warten.

Ivo Knup denkt nicht daran, klein beizugeben. In diesem Fall wird er eben darauf verzichten, die Medien auf Distanz zu halten, im Gegenteil.

Das ZNF wird zufällig gleichzeitig mit den Untersuchungsbehörden beim Felssturz eintreffen. Vor laufender Kamera wird er den Festungskommandanten verhaften. In der Festung wird er mit Hilfe der beiden Soldaten das Drahtseil und die Computerdaten sicherstellen. Die beiden Soldaten werden unter Polizeischutz als Zeugen zur Protokollaufnahme ins Amtsbezirksgebäude gebracht. Bei der ersten sich bietenden Gelegenheit wird Maxie Laane mit ihnen ein nicht-autorisiertes persönliches Interview drehen. Dann verschwindet sie sofort mit ihrem Material. Im Studio wird sie eine Sicherheitskopie erstellen, die sie umgehend dem Gerichtsstatthalter aushändigt. Bevor das Geschehen von einem Außenstehenden überblickt werden kann, wird sie ihren Bericht in den Nachrichten verlesen haben.

Die beiden sind sich einig, in diesem Fall ist die öffentliche Vorgehensweise gerechtfertigt, da ohne sie die Gefahr besteht, dass die Ermittlungen abgeblockt werden. Hier braucht es die Medien, damit die Justiz funktionieren kann.

Sarah hört zu, wie Maxie telefoniert. Oberhalb Sental hat sich ein Felssturz gelöst. Militäreinheiten suchen nach einer verschütteten Frau. Das ist der Aufhänger. Sie benötigt in aller Heimlichkeit eine Blitzequipe. Pünktlich um sechs Uhr morgens soll sie in Sental eintreffen, mindestens drei Leute, Tom sollte dabei sein. Es geht um eine brisante Story, das Team ist zum Stillschweigen verpflichtet, das ZNF ist die einzige Anstalt, die Wind davon hat. Die Fakten wird sie am Nachmittag im Studio persönlich aufbereiten. Von heute an wird sie ihre Nachrichten wieder selbst lesen.

Einem der inzwischen eingetroffenen Polizeibeamten gibt Sarah die Ereignisse des Tages zu Protokoll, unterschreibt ihre Anzeige gegen Unbekannt, jemand habe einen Felssturz ausgelöst, um sie umzubringen.

Sie sieht sein ungläubiges Gesicht, macht ihre undurchdringliche Bering-Miene.

Da sie jetzt nicht mehr benötigt wird, fährt sie im Morgengrauen mit Dad nach Hause.

Die Zwillinge kehren schon nach dem Frühstück heim. Gestern durften sie Gerd im Schulgarten beim Jäten helfen, anschließend sind sie schwimmen gegangen. Gerd habe gemeint, Sarah solle beim nächsten Mal mitkommen.

Gemeinsam holen sie die Fotoschachteln vom Gestell. Jetzt, da sie darauf achten, sticht die Ähnlichkeit ins Auge. Janic auf den Fotos könnte in einigen Fällen ebenso gut Victor sein. Das zeigt die Einzelaufnahme im Gebirge. Ellen Lachat muss auf solche Bilder gehofft haben. Vielleicht nützen sie dem Gerichtsstatthalter bei seiner Untersuchung.

Dad bringt sie am Nachmittag direkt ins Statthalteramt. Dort wartet er, bis sich endlich eine Tür öffnet und er sie Herrn Knup persönlich übergeben kann.

Maxie

Im Studio trinkt sie einen großen Becher mit heißer Schokolade, nur kurz will sie sich entspannen, durchatmen. Sie ist froh, keine Zeit zu haben, sich in irgendwelche Fernen zu trommeln, weder in die Vergangenheit zu einem verlorenen Vater noch in die fernen Tundren und weißen Berge Alaskas.

Ivo Knups Überraschungsaktion von heute Morgen glückte wie geplant. Jetzt gilt es, das Ineinandergreifen der Mechanik für alle durchschaubar zu machen. Janic – Victor, verwechselbar, scheinbar auswechselbar, doch das war der entscheidende Irrtum. Birgit, ein weiteres Rädchen im komplexen Spiel, das abbrach, als sie dem falschen Bering den schrecklichen Film zuschickte.

Am Nachmittag ruft Daniel Silbermann an. Die sichergestellten Computerdaten bestätigten die Angaben der beiden Soldaten. Ivo Knup hat ihn eben wegen der Personen auf den Fotos befragt. Dies ist eine vertrauliche Mitteilung an sie, zur Bestätigung, dass sie mit ihren heutigen Nachrichten richtig liegt.

Zusätzlich sei erwiesen, dass Victor Bering während seiner militärischen Ausbildung sowohl mit dem späteren Festungskommandanten wie mit dem späteren Chef der Einsatzleitung bei der Geiselnahme eng befreundet war. Das entscheidende Detail: sie waren zur selben Zeit als Militärberater in der Kolonie tätig.

Die Überprüfung der Telefonbewegungen von Victor Berings Privatanschluss hätte die Kontakte zu den Verantwortlichen der Geiselnahme während dieser Tage belegt.

Ivo Knup brauche jetzt, wie abgesprochen, den Druck der Medien, um die Untersuchung ausweiten zu können. Die Öffentlichkeit werde aufschreien bei der Nachricht, Ellen Lachat sei ermordet worden, weil sie entdeckte, dass dieses Geiseldrama im Kindergarten ein Ablenkungsmanöver war.

Die Gerüchte um die Sentaler Festung bestätigten sich. Es gehe um geheime und mit Grund nicht bewilligte Militärprojekte. Armee- und Wirtschaftskreise hätten unter Umgehung aller politischen Behörden damit begonnen, heimlich die Sentaler Festung mit Spitzentechnologie aufzurüsten. Ob es dort etwas zu bewachen gebe, oder ob dies im Zusammenhang mit geheimen Militärabkommen stehe, darüber könne man nur spekulieren. Jedenfalls habe in jener Nacht ein geheimer Großtransport in die Festung stattgefunden. Genaueres werde vielleicht die Untersuchung ans Licht bringen. Die Medien müssten Politiker und Behörden eben unter Druck setzen. Gelinge es, all die Mitwisser, Hintermänner, Drahtzieher dieser Aktionen zur

Rechenschaft zu ziehen, dann lasse sich vielleicht der Filz zerstören, unter dem das Land ersticke.

Maxies Nachrichten fallen ausführlich aus.

Sie hat einen Fensterplatz erwischt. Die rosafarbene Küste der Bretagne ist noch knapp erkennbar, blau liegt das Meer unter ihr, die weißen Streifen müssen die Schaumkämme hoher Wellen sein. Es wird viele Stunden dauern, bis auf dem Wasser treibende Eisschollen Neuschottland ankündigen. Robert wird sie in Anchorage abholen. Seine Stimme am Telefon hat erfreut geklungen, als sie ihm ihren Abflug mitteilte. Für zwei Wochen ist sie beurlaubt, aus gesundheitlichen Gründen.

Ihre Sendung hat, wie erwartet, eingeschlagen. Schon am nächsten Tag lagen Ellen Lachats Computerpapiere neu ausgedruckt auf ihrem Pult.

Sie hat weitere Papiere gesichtet: die Beweise, dass in jener Nacht auf den Samstag zwischen halb elf und halb drei Uhr nachts zwischen Blixen und der Passhöhe ein mysteriöser Transport stattfand, während die Leute auf ihre Fernsehschirme starrten.

Sie hat die Berechnungen des Satellitenschattens gelesen und zumindest verstanden, worum es ging. Doch aus keinem Dokument ging hervor, woher die Transporte kamen und was auf den Lastwagen war.

Dass auf andern Computerlisten die Namen sehr reicher, sehr einflussreicher Leute aus aller Welt aufgeführt waren, die in Ferienorten in der Nähe der Festung Häuser besaßen, gab nur Anlass zu weiteren Vermutungen.

Bei den Papieren war eine Fotokopie von Tizianos eidesstattlicher Erklärung, in der er Victor Bering und den Festungskommandanten beschuldigt, den Mord an Janic Bering inszeniert zu haben. Janic Bering habe für sie eine Bedrohung dargestellt.

Tiziano war mit diesem Papier in ihr Büro gekommen. Er müsse das Geschehene richtig stellen, vor ihr und auch vor sich selbst. Er werde bei der Gerichtsverhandlung gegen Victor Bering aussagen.

Janic habe Birgits Brief und den Film benutzt, um Victor zur Rede zu stellen und zum Rückzug aus allen Geschäften zu zwingen. An dem Ablenkungsmanöver für den Militärtransport, also an der Geiselnahme, sei Janic hingegen von Anfang an beteiligt gewesen, es hätte seinem Weltverständnis entsprochen. Es sei für Victor ein Leichtes gewesen, Janics Vorgesetzte von dessen Unzuverlässigkeit zu überzeugen. Es war nahe liegend, den Verlauf der Aktion leicht zu verändern.

Gegen Victor Bering werde jetzt Anklage erhoben wegen Anstiftung zum Mord an seinem Bruder. Seine Beteiligung an angeblichen Militäraktionen in der Kolonie sei nicht verjährt, da sie unter Verbrechen gegen die Menschlichkeit falle. Jetzt gelte es, diesen Film wiederzufinden.

Tiziano hatte Maxie geraten, ihre Arbeit aufzugeben. Sie sei nicht hart genug dafür und er wolle nicht, dass sie zynisch werde wie er. An den Machtklüngeleien könne noch so viel Öffentlichkeit nichts ändern. Es gehe eben nicht um Demokratie, wenn sie das nicht einsehe, sei sie noch immer ein blinder Hase, es gehe immer um die Macht der Mächtigen. Wenn sie sich ihnen entgegenstelle, komme sie um wie Janic Bering, wie Ellen Lachat.

Maxie guckt aus dem kleinen Fenster in lockere weiße Wolken. Ja, Tiziano hat den Schläger bezahlt, um sie einzuschüchtern. Von den Papieren habe er nichts gewusst. Die seien auch nicht zu ihm gelangt, der Mann habe sie direkt an Victor Bering verkauft. Das habe er aus ihm herausgekriegt, ebenfalls gegen Geld.

Maxie erwarte doch ein Kind. Sie solle um des Kindes willen den Beruf aufgeben. Es sei so viel wichtiger, ein Kind großzuziehen als sich dem Getriebe der Macht entgegenzustellen. Ihr Kind sei Axels Enkel. Sie solle das bedenken.

Maxie hat Tiziano hinausgeworfen. Sie hat ihm nicht erklärt, warum sie bleibt.

Sie hat es sich überlegt. Gerade weil sie weiß, dass die organisierten Morde der Kriege nie aufhören werden, dass die Menschen einander immer weiter foltern, quälen, umbringen werden, gerade darum freut sie sich auf das Kind.

Maxie trommelt mit den Fingern auf die Sessellehne. Sie weiß, wie es für Birgit war, Birgit, die jetzt wieder in Oslo ist. Der Überfall auf Maxie und Maxies Vorwürfe hatten sie doch erschüttert. Als Maxie nach Hause kam, hatte Birgit gepackt und geputzt, um am nächsten Morgen zurückzufliegen. Ihr Gespräch hatte sie nicht wieder erwähnt, sie hatte sich ruhig und gelassen gegeben. Wenigstens hatte sie diesmal kein Rezept, wie Maxie aus der Erfahrung etwas Positives machen könne, und sie hatte wohl auch Hemmungen, weiterhin Maxie gegenüber den Standpunkt zu vertreten, alles sei Schicksal.

Hugo Bering hatte einen Schlaganfall erlitten, als die Polizei zur ersten Hausdurchsuchung auf Felseneck eintraf. Maxie war mit dem Kamerateam dabei. Es wurden kistenweise Papiere sichergestellt.

Maxie legt die Hände auf das gespannte Bäuchlein, fühlt das Kind. Robert wird zurückkommen. Er wird sich für das Baby interessieren, weil es ihm gleichen wird. Und falls es nicht so wäre, würde die Welt nicht untergehen.

Der Verlag dankt dem Kanton Solothurn für die Förderung dieses Werkes.

Verlag Nagel & Kimche

Verena Wyss
Die Untersuchungsrichterin
Roman, 190 Seiten
ISBN 3-312-00196-X

«Ein spannender Kriminalroman mit überraschendem Handlungsverlauf und einer Fülle unterschiedlicher Realitätsbezüge, die von der Diskriminierung von Frauen bis zur Verflechtung von Wirtschaft, Verwaltung und kulturellen Institutionen reichen. Verena Wyss' Roman bietet aber noch mehr. Auffällig ist von Anfang an die ganz nach innen, in den Wahrnehmungs-, Assoziations- und Erinnerungsraum der Hauptfigur gewendete Erzählweise. Diese erlaubt trotz der Fülle der angeschnittenen Themen eine Verknüpfung und Verdichtung bestimmter Motive, insbesondere des Opfermotivs.»
(Tages-Anzeiger)

Verlag Nagel & Kimche

Gabrielle Alioth
Die Arche der Frauen
Roman, 228 Seiten
ISBN 3-312-00212-5

«So irritierend es fürs erste erscheint, wie die drei in Art und Stil unterschiedlich präsentierten Frauengeschichten ineinander verfugt sind, als so konsequent erweist es sich im Verlauf der weiteren Lektüre. Die Geschichten sind durchaus einem kompositorischen Konzept untergeordnet; nach und nach wird man inne, wie die Autorin – darin zeigt sie sich von besonderem Raffinement – frühzeitig gewisse Signale setzt, wie sie planvoll Zeichen und Vorzeichen plaziert. So wie die Ich-Erzählerin beginnt, Spuren zu lesen im Haus und ums Haus herum, so legt Gabrielle Alioth ihrerseits Spuren für die Lesenden.»

(Der Bund)